KB168030

상처 하나, 문장 하나

밑줄을 긋고 살아갑니다

상처 하나, 문장 하나

정인구 구은주 이시은 이은설 김소진 오유경 양윤희 한기수 김지혜 정유나

 프로방스

한 줄 덕분에 살았습니다 ──

정인구

"엎질러진 결과 앞에서 그 원인을 먼저 생각하고
절망할 필요가 없습니다. 어떻게 하면 다시 물을 떠 올
수 있을까를 생각해야 합니다."

〈내 인생의 용기가 되어준 한마디, 정호승〉

코로나19로 온 국민이 극도로 예민할 때, 헐레벌떡 숨을 몰
아쉬며 과장이 들어왔다. 뭔가 일이 터졌음을 직감했다.

"국장님, 큰일 났습니다. ○○우체국 집배원이 코로나 감염
되었습니다. 친구와 스크린 골프장에 갔었는데, 친구 부인이 코

4

로나에 걸렸다고……"

코로나 예방을 위해 상부로부터 수많은 지시사항이 있었고, 직원교육에 만전을 기해왔다. 황당하고 화가 났다. 부산/경남/울산지역 우체국을 통틀어 처음 발생한 일이었다. 급히 간부회의를 소집했다. 어떻게 해서 걸렸는지, 가지 말라는 스크린 골프장을 왜 갔는지, 지시사항을 왜 어겼는지, 소속 국장이 교육은 제대로 했는지 등 원인과 대책에 대해 이야기하고 있었다.

"자, 이미 일어난 일을 되돌릴 수는 없다. 함께 근무하던 오전팀 직원들도 감염이 되었다던데, 우선 배달대책부터 수립하자. 우체국 폐쇄 조치도 당장 검토하고!"

정호승 작가의 책에서 읽은 한 줄의 문장이 정신을 번쩍 들게 했다. 대책이 먼저다. 감염 직원을 나무라는 것은 급한 일도 아니고 도움이 되는 일도 아니었다. 우편물 배달 등 문제 해결이 우선이었다. 비상 상황을 슬기롭게 극복할 수 있었던 것은 두 줄 문장 덕분이었다.

"전 지금이 좋아요. 하루하루가 다 내 것이라는 것. 내 의지대로 움직이고, 선택하고, 그 결과도 온전히 내 것이라는 것. 그게 꽤 근사한 일이더라고요. 지금 이렇게 사는 제가 마음에 들어요."

인기 드라마 〈왜? 오수재인가〉에 나오는 대사이다. 변호사 오수재가 로펌회사를 만들어 주겠다는 제안을 거절하는 장면이다.

아들이 취직했다. 회사 면접 때 말했던 연봉과 근무 조건이 맞지 않는다며 그만두고 싶다고 했다. 얼마 전 창업을 준비하고 있었고 꽤 진척이 된 것으로 알고 있다. 입사할 때 썩 내키지 않는 눈치였다. 아빠로서 뭔가 조언을 해 줘야겠다는 생각이 들었다. 드라마 대사를 흉내 냈다.

"아들, 이제 너도 성인이다. 아빠는 네가 어떤 선택을 하든지 그 선택이 잘 되길 바란다. 그리고 결과에 대해서도 스스로 책임지면 되는 거야. 아빠는 네가 어떤 선택을 하든 행복하길 바란다."

알아서 잘 결정하겠다는 아들의 뒷모습을 보니 안쓰럽다. 뒷바라지를 좀 더 잘해 줄 걸, 아쉬움도 남는다.

내 나이 이제 환갑이다. 지난 세월, 내 의지대로 산 적이 별로 없다. 늘 다른 사람 눈치 보며 하고 싶은 말 못하고 살았다. 내가 아들에게 한 말은, 어쩌면 나 자신에게 한 말일 수도 있다. 하루하루가 다 내 것이고, 내 의지대로 움직이고, 그 결과도 온전히 내가 책임지는 삶. 오늘, 지금 온 마음 다해 행복한 삶을 살기로 다짐해 본다. 드라마 대사 하나가 나와 아들의 삶을 바꾸고 있다.

"우성아 태어나 줘서 고마워"

최근 개봉한 영화 〈브로커〉에 나오는 대사다. 이 영화는 장대 같은 소나기가 오는 어두운 밤, 출산한 지 얼마 되지 않은 여인이 비틀거리며 계단을 올라 '베이비박스' 앞쪽 바닥에 아기를 두고 가는 장면부터 시작된다. 결말 부분에서 미혼모인 소영

(아이유)은 자기 아기(우성)와 가족이 되어 준 모두에게 "태어나줘서 고마워"라는 말을 전한다. 자신 역시 아역 배우에게 이 말을 듣는다. 그리고 아기 주위를 둘러서 있는 다섯 명이 서로의 이름을 부르며 "태어나 줘서 고마워"라는 말을 한다. 주책없이 눈물이 흘렀다. 마음속으로 수없이 말했다. 아내 이름을 부르며, 나 이름을 부르며 "태어나 줘서 고맙다"고. 집으로 오는 길, 보이는 모든 것들이 밝게 보였다. 마음속에 있는 찌꺼기가 다 씻어 내려간 듯한 기분이 들었다.

[아주 특별한 아침 만들기(미라클모닝, 아침 5시)] 회원들과 서로의 이름을 부르며 "○○야 태어나 줘서 고마워" 시간을 가졌다. 자신의 이름을 부를 때 울먹거리는 회원이 많았다. 회원들이 좋았다고, 고맙다고 했다. 이 세상에 온 사람, 소중하지 않

은 존재는 없다. 누구나 소명을 갖고 이 땅에 왔다. 한 번뿐인 소중한 인생이다. 내가 소중한 존재이고 꽤 괜찮은 사람이라는 걸 온몸으로 느낄 수 있으면 좋겠다.

영화 〈태어나 줘서 고맙다〉 대사 한마디가 내 삶을 풍요롭게 만들고 있다.

사람은 하루 약 오만 가지 생각을 하는데, 그 중 대부분이 시기, 질투, 짜증 등 부정적 생각이라고 한다. 부정적인 생각을 긍정적 생각으로 바꾸는 최고의 방법은 독서다. 책 읽는 동안 부정적인 생각을 하는 사람은 드물다. 어떤 책도 시기, 질투, 짜증 등 투덜거리라고 강조하지 않는다. 적어도 책을 읽는 동안에는 긍정적 생각을 많이 하게 되는 것 같다. 33년 동안 거의 하루도 빠짐없이 술을 퍼마시며 삶을 낭비하며 보냈다. 한 권도 제대로 읽은 적이 없었다. 그나마 다행인 것은 5년 전부터 술을 끊고, 책을 읽으며 독서모임을 만들어 운영하며 강제로(?) 책을 읽고 있다는 사실이다.

힘들 때마다 책 속 문장이 힘이 되어준 때가 많았다. 문장 덕분에 힘을 얻고, 문장 덕분에 용기를 갖고, 문장 덕분에 도전할 수 있었다. 어렵고 힘든 세상, 견디고 버티고 극복하는 방법은 한 줄의 문장이다.

〈상처하나, 문장 하나〉. 여기 열 명 작가의 삶을 담았다. 문장 하나로 삶을 바꾸고 상처를 치유한 이야기. 한땀 한땀 수 놓는 심정으로 엮었다. 살아가는 데 힘이 되었다는 사람이 있다면, 아픈 마음 위로받았다는 독자 있다면, 더 바랄 것이 없겠다.

차 례

제1장 ♥ 다시 힘을 냅니다 ♥

제2장 ♥ 외로워도 슬퍼도 ♥

제3장 ♥ 주먹을 불끈 쥐고 ♥

제4장 ❤ 삶이 권태로울 때 ❤

제5장 ♥ 지금 행복합니다 ♥

제1장

다시 힘을 냅니다

두드려라! 열릴 것이다!

정인구

> "난 도움이 필요할 때마다 도움을 요청했다. 사람들은
> 대부분 도움을 구하지 않는다. 그것이 큰일을 성취하는
> 사람들과 그런 일을 꿈꾸기만 하는 사람들의 차이다."
>
> — 김찬배, 《요청의 힘》 – 스티브 잡스 재인용

스물네 살, 우체국에 입사하여 37년 근무하고 퇴직했다. 일하기 편한 부서에 발령받은 적 한 번도 없다. 이른바 '꿀보직' 행운은 나와는 거리가 멀었다. 스물한 번의 보직을 옮겼다. 그중에서도 기억에 남는 인사이동이 있다. 2004년 10월경. 마케팅

부서에 발령받은 지 일 년밖에 되지 않았을 때였다. 인사과장이 불러 면담했다. 인사 발령은 당사자와 상의하지 않는 게 관행이었고, 현 부서 근무 경력이 1년(보통 3년 이상)밖에 되지 않아 나는 인사 발령 대상조차 아니었다. 아무 생각 없이 인사과장 방에 들어갔는데, 날벼락 같은 말을 듣게 되었다. 회사 100년사 편찬, 2004 아시아 텔레콤, 2005 APEC 등 대형 국제행사 업무를 추가로 담당하게 되는 부서로 나를 보내겠다고 했다. 죽으라는 얘기다. 일반 회사 대리 직급인 내가 인사과장한테 발령을 거부한다는 건 있을 수도 없는 일이었다. 고개를 푹 숙인 채 제발 살려달라는 눈치를 보냈다. 헛일이었다. 죽도록 일만 해야 하는 부서로, 나는 쫓겨나듯 이동할 수밖에 없었다.

100년사 편찬을 위해 TF팀을 꾸려 밤낮없이 전국 도서관을 찾아다녔다. 대형 국제행사로 대통령을 비롯한 장·차관 고위직들이 수시로 부산에 왔다. PPT 업무보고서를 만드느라 토, 일요일도 출근해야 했다. 어떻게 그 많은 일을 다 했는지 기억조차 나지 않지만, 어쨌든 시간은 흘렀고 다행히 모든 프로젝트는 성공적으로 완수되었다. 좋은 보직을 주겠다는 약속은 지켜지지 않았다. 나는 그 후에도 남들이 가기 싫어하고 일이 많은 부서로 발령이 났다.

지나고 보니, 나는 한 번도 내가 가고 싶은 부서로 보내 달라는 요청을 정식으로 한 적이 없었다. 요청해도 들어주지 않을 것 같다는 생각에 말 한 번 제대로 해 보지 못했다. 그 시절, 한 번이라도 인사 발령에 대해 정식으로 이의를 제기하고 희망 부서 발령을 요청했더라면 어떻게 되었을까? 30년 근속한 회사를 떠난 지금, 시키면 시키는 대로만 했던 태도가 아쉽고 안타깝다는 생각이 든다.

서기관승진. 인사를 발령하는 위치가 되었다. 보직 발령 6개월 조금 지난 우편 실장이 면담을 청했다. 자녀 문제와 집안 사정을 이야기하며 부서 이동을 부탁했다. 최소 1년은 되어야 인사 발령이 가능하다. 그전에 발령 내려면 상부 기관에 사전 승인을 받아야 했다. 인사 담당 과장을 불러 발령 가능 방안을 검토해 보라고 지시했다. 결국, 상부 기관 전보 사전승인을 받아 원하는 부서로 발령 냈다. 내가 우편 실장 부탁을 받아들여 희망 부서로 발령 낸 이유는, '그가 요청했기' 때문이었다.

33년 동안 매일 마시던 술을 5년 전부터 끊었다. 술에 취해 흥청망청 보낸 날들이 후회되었다. 가정, 직장, 부부관계 등 어느 것 하나 제대로 된 것이 없었다. 아내와 별거까지 했고, 이혼 직전까지 갔었다. 이렇게 살면 안 되겠다 싶어 뒤늦게 마음을 잡았다. 환갑부터 철든다고 했던가. 지난 세월은 돌이킬 수 없다. 앞으로 잘 살면 된다고 나를 위로했다.

술을 끊고 나니 술친구들이 하나둘 떨어지기 시작했다. 갑자기 우울증이 왔다. 인터넷을 뒤지며 자기계발 인터넷 강의를 미친 듯이 들었다. 우연한 기회에 강민구 부산법원장(2017년)의 특강을 듣고 필독서 자료를 확보했다. 독서를 제대로 해 보고 싶었다. 3P 자기경영 연구소에서 독서 리더 자격을 취득했다. 인터넷으로 독서모임 회원을 모집했다. 6명이 모여 첫 독서모임을 시작했다. 매월 첫째 주와 셋째 주 토요일 아침 7시. 아침에 문을 여는 모임 장소가 없어 회사 응접 소파에서 모임을 했다. 시간이 갈수록 회원 수가 점점 늘어났다. 장소가 좁아 회사 사무실, 회사 식당 등으로 모임 장소를 옮겼다. 진행 횟수를 거듭하자 토요근무 직원들이 불편해하는 눈치였다. 회사 보안상에도 문제가 있었다. 다른 장소를 구해야 했다.

부산 시내 카페를 비롯한 모임 공간을 물색했다. 아침 7시에 문을 여는 곳은 없었다. 이대로 접어야 하나. 독서 모임을 중단해야 할 위기에 처했다. 회원들에게 양해를 구하면 되겠지만 인터넷을 보고 기꺼이 나를 찾아온 세 명의 회원은 어떻게 설득해야 할지 난감했다. 독서 모임 겨우 4회째다. 그들에게 도저히 모임 중단을 이야기할 용기가 나지 않았다. 당시 김찬배 작가의

《요청의 힘》을 읽고 있었다. 용기가 생겼다. 더 적극적으로 '요청'해 보자는 결심을 했다. 모임 장소부터 다시 검색했다.

'부산의 중심!, 집에서 20분 이내 거리, 지하철이 연계되는 곳' 네이버 지도를 보고 건물을 하나, 둘 물색해나갔다. 부산 도시철도 부전역 8번 출구 바로 옆! 〈위드 부산 경매학원〉이 눈에 들어왔다. 주변 환경이며 거리, 강의장 크기까지 우리 독서 모임을 하기에는 최적의 장소였다. 학원장과 인연이 있었다. 휴대전화 목록을 뒤져 그의 번호를 찾았다. 밤 10시. 지금 전화하면 실례되지 않을까. 거절하면 어쩌지? 카톡을 보내면 예의가 아닌데. 그렇다고 밤늦게 불쑥 전화하는 건 예의가 아닐 것 같았다. 상황이 급했다. 떨리는 손으로 더듬더듬 문자를 작성했다.

"안녕하세요. 저는 부산 큰솔 나비 독서모임을 운영하는 전인구입니다. 오전 7시에 독서 모임을 하려니 모임 장소가 없어, 대표님 학원을 이용할 수 있을지 문의드립니다. 초면에 카톡으로 부탁드려 죄송합니다."

보내야 하나 말아야 하나. 손바닥이 땀으로 축축해졌다. 발송 버튼을 눌렀다. 5분, 10분, 15분이 흘렀다. 기다리는 시간

동안 가슴이 답답했다. 난생처음 술을 끊고 호기롭게 시작한 독서 모임이었다. 장소 문제로 이렇게 허무하게 문을 닫을 수는 없었다. 시간이 갈수록 초조했다.

20분쯤 지났을까. 휴대전화에 카톡이 도착했다는 알람이 울렸다. 조심스럽게 확인했다.

"좋은 일 하시네요. 저도 독서 모임에 참여하겠습니다. 대관료는 필요 없습니다. 무료로 쓰세요."

그 후로 독서 모임은 더 성장했다. 모임 위치가 좋아서 그런지 매회 신규회원이 늘어났다. 50여 명이 토요일 아침 7시에 참여하고 있다. 독서 모임 중단의 위기를 극복했다. 내가 한 일은 하나뿐이었다. 필요한 시기에, 담당자에게, '요청'했을 뿐. 바로 그 요청 덕분에 지금까지 무려 5년 동안 규모나 모임의 질 면에서 여느 모임 못지않은 독서 모임을 계속해오고 있다.

영국 보험회사 통계에 따르면 남성 운전자들이 자존심 때문에 길을 묻지 않아 1년 동안 평균 444km나 헛주행한다는 조사 결과가 있다. 나는 예외다. 필요하면 묻는다. 자주 묻는다. 너무 자주 물어서 아내한테 핀잔까지 들을 정도다. 특히, 백화

점이나 쇼핑센터에 갈 때마다 무엇이 어디에 있는지 아무나 붙잡고 물어본다. 요청의 힘을 알게 된 덕분이다. 친절하게 답해주는 사람도 있고, 쌀쌀맞게 돌아서는 사람도 있다. 상관없다. 정보를 얻는 경우가 훨씬 많기 때문이다. 자존심? 몰라서 헤매고 시간 낭비하는 게 무슨 자존심인가! 필요하면 묻는다. 아쉬우면 요청한다. 인생을 풀어가는 방법이다.

아이도 울어야 젖을 주고, 새도 자기 새끼가 입 벌리는 순서대로 먹이를 준다고 한다. 거절에 대한 두려움 때문에 혼자서 끙끙 앓기보다는, 당당하게 도움을 요청하길 권하고 싶다. 최악의 상황은 거절뿐이다. 과감하게 요청도 하고 필요할 때 도움도 주면서, '함께' 살아가는 것이 지혜롭고 현명한 태도이다. E. 허버트는 '친구의 부탁에는 내일이 없다'고 했다. 기회가 있을 때마다 타인을 돕고, 필요할 때에는 정중하게 요청할 수 있는, 그래서 일도 관계도 효율적인 인생을 만들어가는 것이 현명한 태도 아닐까 생각해 본다.

더 아픈 사람

구은주

"할머니는 내가 아픈 걸 어떻게 그리 잘 알아요?"

"그게 말이지. 아픈 사람을 알아보는 건, 더 아픈 사람이란다."

상처를 겪어본 사람은 안다. 그 상처의 깊이와 넓이와 끔찍함을. 그래서 다른 사람의 몸과 마음에서 자신이 겪은 것과 비슷한 상처가 보이면 남보다 재빨리 알아챈다. 상처가 남긴 흉터를 알아보는 눈이 생긴다. 그리고 아파 봤기 때문에 다른 사람을 아프지 않게 할 수도 있다.

– 이기주 《언어의 온도》 중 –

인생이란 매일 아침 눈을 뜨고 하루하루 평범하고 무탈하게 살아가는 일상이 모인 것이다. 평범한 일상을 지내다가 '악' 소리를 내며 눈앞에 별을 보는 순간이 있다. 개똥 치우고 일어나다가 식탁 모서리에 이마를 박는 순간, 책상 모서리에 팔꿈치를 찧은 순간, 마블링이 끝내주는 스테이크 한 점을 입에 넣었는데 아이스크림처럼 사르르 녹아버리는 순간, 또는 레스토랑에서 유명 연예인을 만나는 순간, 우리는 눈앞에서 반짝이는 별과 후광을 본다. 그런데 나에겐 대낮에 찬란한 별똥별쇼를 보는 순간이 또 있었다.

2020년 6월 9일 오후에 친구랑 셋이서 골프를 갔다. 코로나 시국이라 골프 칠 때만 야외에서 친구를 만날 수 있었고 스트레스를 풀었다. 애틀랜타 여름 날씨는 한국보다 더 뜨겁고 무더워 대낮에 한 차례씩 스콜처럼 소나기가 쏟아진다. 전반 나인 홀이 끝날 때쯤 비가 내리기 시작했다. 굵은 장대비가 쏟아져서 경기를 멈추고 비를 피하려고 클럽하우스로 갔다. 코로나 때라 일인 일 카트를 운전했다. 두 번째 방문이라 코스가 낯설어서 앞 친구 카트를 열심히 쫓아갔다. 비가 세차게 오니까 친구도 빨리 운전했다. 그런데 갑자기 카트길이 오르막으로 올라가다가 길이 꺾이면서 내리막길로 변했다. 핸들을 살짝 틀었더니 비가 오는 내리막길에 카트가 휘청했다. 카트는 비탈길 옆으로 구르면서 나를 내동댕이치고 길바닥에 처박혔다. 카트가 옆으로 넘어지는 순간, 텀블러에 가득 채웠던 얼음조각이 공중에 보석처럼 반짝이며 뿌려지는 것이 마치 수많은 별똥별이 하늘에서 폭죽같이 천천히 떨어지는 것처럼 보였다. 카트는 전복되었고 발목은 아스팔트 위에서 카트에 깔려 짓이겨지고 내 몸은 잔디밭 위로 넘어졌다. 팔이 안 닿아서 카트를 들어 올릴 수 없었고 전화기가 든 가방도 반대편으로 떨어졌다. 추적추적 비는 내리고 앞서간 친구들이 내 눈앞에서 멀어져 갔다. 친구를 큰 소리로 불렀지만 내 목소리는 세찬 빗소리에 파묻혔다. 발목 위로 무거운 카트가 덮쳤고 잔디밭에 앉아서 장대비를 온몸으로 맞으며 내가 할 수 있는 것은 기도뿐이었다. 한참 시간이 흐른 후 뒤 팀이 나를 발견하고 같이 간 친구들도 되돌아와서 바닥에 쓰러진 나를 보고 서둘러 카트를 들어 올렸다. 어른 셋이서 겨우 들 만큼 카트는 무거웠다. 발등과 다리는 까지고 피가 흘렀다. 다른 카트에 나를 옮기고 클럽하우스로 돌아와서 911을 부르고 난생처음 미국 소방대원이 탄 소방차를 타고 사이렌을 울리며 병원으로 갔다.

응급실에서는 지혈하고 상처만 소독하고 다음 날 성형외과로 보냈다. 그런데 그 성형외과에는 젊은 여자들은 단 한 명도 없고 대부분 할머니 할아버지가 휠체어 타고 깁스한 채 대기하고 있었다. 내가 병원을 잘못 찾아왔나 내 눈을 의심했다. 미국에서 신체 외과수술은 대부분 성형외과에서 한다는 것을 처음 알았다. 우리나라처럼 이뻐지고 아름다워지기 위해 찾는 병원이 아니다. 의사는 발과 다리 상처를 보더니 피부 이식 수술을 권했다. 피부 이식을 하면 2주면 흉터 없이 깨끗이 낫고 수술을 안 하면 상처가 아무는데 대략 6~8주 걸린다며 이식 수술을 간단히 설명했다. 나는 흉터 없이 빨리 낫는다는 말에 쉽게 수술을 결정했다. 코로나 시대 보호자도 없이 영어도 잘못하는데 혼자 전신 마취하고 수술실에 들어갔다. 수술 후에 의식만 깨면 바로 퇴원시킨다. 그날부터 거동 못하는 환자를 돌보는 것은 온전히 가족들 몫이었다. 미국은 웬만한 암 수술이나 큰 수술을 제외하고는 수술 당일에 퇴원한다.

수술 후 나의 보호자는 상재였다. 남편은 한국 출장 가서 자가격리로 발이 묶인 상태였고 세현이도 한국에서 인턴을 하고 있었다. 상재는 여름학기 수업을 들으며 나를 간호했다. 성격이 소심해서 남 앞에서 말도 못 하고 앞에 나서는 것도 주저하며 싫어한다. 그런 아들이 엄마가 큰 사고를 당하고 아빠가 집에 없으니 장남 역할을 아주 톡톡히 했다. 처음 업혀 보는 아들의 등짝은 한없이 넓고 든든했다. 병원 운전, 통역, 휠체어 밀기, 머리 감겨주기, 밥, 빨래, 청소는 물론 개똥 치우는 것까지 보호자의 일을 묵묵히 감당했다. 30년 후쯤이나 받을 효도를 미리 다 받아버린 셈이다. 아이들은 태어나서 돌 때까지 온갖 애교와 이쁜 짓을 하며 부모에게 평생 해야 할 효도를 미리 다 했다는 말이 있다. 그런데 난 거기에 덤으로 업혀도 보고 손수 해 준 밥도 먹어 보고 나이 들어 치매에 걸렸을 때나 받을 법한 돌봄을 미리 다 받았다. 아들의 지극 정성 어린 간호와 교회 분들과 친구들의 도움으로 수술 후 집에서 회복 기간을 보냈다. 2주면 낫는다고 한 피부 이식 수술은 3개월이 지나도 수술 부위에서 진물이 나고 빨간 속살이 아물지 않아서 결국 나는 한국에 가서 치료하기로 했다. 그리고 아들의 보살핌도 고맙지만, 또 한편으론 아들에게 짐이 된 것 같아 아무리 자식이라도 미안한 맘이 더 컸다. 부모가 되어 자식에게 부담되는 존재가 되는 것은 누구도 원치 않는다. 더군다나 움직일 수 없어서 도움만 기다리는 인생이 된다면 그것 또한 답답하고 막막한 삶이다. 나이 들어 자식들 고생시키지 않기 위해 평소에 운동을 열심히 해야겠다고 다짐했다. 자식들에게 유산 대신에 노후까지 건강관리 잘해서 병원비 부담 주는 일은 만들지 말아야겠다.

사고를 통해 평소에 할 수 없었던 생각을 하게 되었다. 먼저 장애인들과 아픈 분들의 고통과 불편함이었다. 혼자 걷고 움직이고 화장실 가고 먹고 돌아다닐 수 있다는 사실이 당연한 것이 아니라 감사해야 할 일이다. 또한 아파보니 아픈 곳은 신경이 쓰이고 거슬린다. 발등뼈가 금이 가서 한 달 동안 신발도 못 신고 발을 못 디뎠더니 발목이 굳어버려 재활치료를 하였다. 불편한 것은 신경 쓰인다는 것이고 편한 것은 존재가치를 잊어버린다는 것이다. 살이 쪄서 바지가 꽉 끼면 그제야 삐져나온 뱃살과 작아서 답답해진 바지를 알아챈다. 사람이 건강하면 아픈 사람의 고통을 알지 못한다. 아픔과 결핍은 그 전에 인식하지 못했던 것을 깨닫게 하고 내가 누린 것을 당연함이 아닌 감사함으로 받아들이는 사고의 전환점을 갖게 한다.

내가 아파보니 다른 아픈 사람이 눈에 들어온다. 이건 비단 육신의 고통뿐 아니라 마음의 상처도 마찬가지일 것이다. 과부가 홀아비 사정 안다고 비슷한 아픔을 겪은 사람들이 서로에게 위로가 되는 것처럼 상처받은 자만이 고통의 크기와 깊이를 먼저 경험함으로써 다른 사람의 마음을 진심으로 위로하고 공감할 수 있다. 그래서 '상처 입은 치유자'라는 말이 존재하나 보다. 더 아픈 사람이 덜 아픈 사람을 안아주고 위로할 수 있다.

비 온 뒤 땅이 더 단단해지듯이 시련은 사람을 한 뼘 더 성장
시킨다.

믿으면 그렇게 됩니다

이시은

오늘도 교보문고에는 많은 신작이 놓여있다. 그중 한 권이 내 시선을 잡았다. 책을 훑다 보니 눈에 띄는 문장이 있다. 내가 늘 마음에 새기는 말이다. 이렇게 우연히 만나 반갑다.

– 《당신은 결국 무엇이든 해내는 사람》 김상현

"결국 그렇게 믿으면 그렇게 됩니다."

대학생 시절, 커피숍에서 일했던 적 있다. 나는 서빙을 보았다. 어느 날 음료를 제조하던 직원이 결근했다. 가뜩이나 일손이 부족한데 토요일 오후에 결근이라니, BAR 안은 정말 난리가 났다. 무엇을 닦았는지 행주는 물이 흥건하고 작업대 위는 온갖 시럽들이 떨어져 있었다. 싱크대에는 컵들과 커피잔, 믹서기 통이 뒤엉켜 쌓여있었다. 전쟁터가 따로 없다. 주문은 밀려있고 일손은 부족해 설거지는 엄두도 못 내고 있었다. 누가 시킨 것도 아닌데 들어가 쌓여있는 식기들부터 설거지했다. 그런 나를 곁눈으로 지켜보던 사장님이 말했다.

"시은아, 냉동고에서 하겐다즈 아이스크림 가져와. 딸기 맛으로! 세 덩이 퍼서 놓고, 가운데 체리 올려!"

그때부터 아이스크림은 내 담당이다. 파르페, 아이스크림, 비엔나커피 주문이 들어오면 후다닥 아이스크림을 가져와서 펐다. 마음은 아이스크림 푸는 것 말고 커피 내리고 싶었다. 해보고 싶다고 한번 말해볼까 하다가 말았다. 다들 바빠 보이기도 했고, 신입이라 설치는 것처럼 보일까 조심스러웠다. 저녁 식사 때가 되니 손님이 하나둘 빠져나갔다. 이때다 싶었다. '되든 안 되든 물어나 보자'하는 마음에 말했다.

"저도 커피 내려보고 싶어요!"

BAR 안에 있던 사장님이 들어오라고 손짓했다. 손님이라도 몰려오면 못 할지도 모른다는 생각에 후다닥 사장님 옆으로 갔다. 홀에서만 보던 에스프레소 기계를 가까이서 보니 웅장하게 보였다. 사장님의 시범에 따라 했다. 포터 필터를 들어 그라인더에서 갈린 원두를 받았다. 탬퍼로 꾹꾹 누르고 있는 내 모습이 제법 전문가처럼 보였다. 우유 데우는 법도 배우고 거품도 만들어 보았다. 마침 카푸치노가 주문 들어왔다. 사장님은 영국에서 사 온 찻잔에 카푸치노를 담아 손님께 내어 줬는데, 이렇게 커피가 우아해 보일 수 없었다. 이제 홀이 아닌 BAR 안에서 일하게 됐다. 음료 제조가 내 업무다.

한데 이상하다. 허구한 날 커피 생각이 났다. 커피를 내리는게 이렇게 재밌는 일이었나? 학교에서도 집에서도 문득문득 생각날 정도다. 쓴맛도 좋고, 커피를 내리는 것도 좋았다. 고객을 응대하면 활기가 생긴다. 막연하지만 내 커피숍을 차리고 싶었다. 당시 졸업반이라 친구들은 전공을 살려 취업 준비가 한창이었다. 외국 기업에 가려는 친구, 아이들을 가르치려는 친구, 면세점을 가려는 친구, 외국으로 어학연수를 가는 친구. 하지만난 달랐다. "난 트럭을 개조해서라도 내 커피숍을 차릴 거야."

2005년. 졸업 한 해에 결혼하고 곧 임신도 했다. 임신 초기에 하혈로 회사를 관두고 재택이 가능한 사업을 시작했다. 지인 말만 듣고 덜컥 벌렸으니 잘 될 리 없지. 결국은 수억의 빚만남기고 폐업했다.

"여보, 나 이디야 커피숍 차릴 거야."

이런 상황에도 커피숍을 차릴 거라고 앵무새처럼 떠들다니. 돈은 없었지만 패기는 넘쳐났다. 어쩌면 주문일지도 모르겠다. 내 꿈을 잊지 않으려는 노력이었던 것 같다. 언젠간 할 테지. 그날이 하루라도 빨리 오기를 바랄 뿐이다. 이미 내 머릿속은 유니폼 입고 커피 내리는 모습으로 가득 차 있다.

자본금을 만들어야 했다. 유빈이가 어린이집 갈 때까지는 직장을 다닐 수 없다. 아르바이트라도 해야 한다. 할 수 있는 일거리가 있을까 싶어 유빈이를 유모차에 태우고 나갔다. 눈에 보이는 건물마다 채용 공고가 붙어있지만 역시나 내게 맞는 일은 없었다. 오늘도 허탕을 쳤다며 집으로 발길을 돌렸다. 그때 건물에 붙은 공고가 눈에 들어왔다. 헬스장에서 일할 여직원을 찾고 있었다. '헬스장의 꽃'인 안내 직원이다. 거리도 시급도 마음에 쏙 든다. 무엇보다 내가 찾던 새벽 시간이었다. 모든 조건이 만족스럽다. 문제는 '저쪽 조건'이다. 채용조건에 맞는 것은 딱 하나, 여자라는 성별뿐이다. 나이도 경력도 안 맞는다. 25세 이하 여직원이라는 조건을 읽고 건물 유리문에 비친 내 모습을 보았다. 눈앞에는 날씬하지 않은 아줌마가 서 있다. 육아에 외모도 못 돌보는, 안경 끼고 머리카락을 질끈 묶은 평범한 주부다. 하지만 하고 싶다. 아니, 해야 했다. 안내 직원인 내 모습을 상상하다 보니 용기가 생겼다.

'혹시 알아? 나도 될 수도 있어. 아니 믿어. 들어가 보는 거야!'

유모차를 밀며 당당하게 들어갔다. 마침 유빈이는 곤히 잠들어있다. 헬스장에 들어가 입구에 유모차를 두고, 안내 직원에게 관장님을 만나고 싶다고 말했다. 사무실에서 나온 관장님은 놀란 눈으로 나와 유모차를 번갈아 보았다.

"관장님! 일하게 해 주세요. 나이가 많지만 그만큼 잘하는 것도 많아요. 일하고 싶습니다!"

결국, 성공이다. 헬스장의 꽃인 안내 직원으로서 말이다. 후담이지만 관장님은 내가 간절해 보였다고 했다. 겉은 추레하지만 당차고 눈은 또렷했다고 하더라. 이력서 한 장도 없이 가다니 지금 생각해도 당돌하고 기특하다. 해낼 것이라 믿으니 용기가 생겼다. 결국, 원하는 대로 됐다.

2012년 2월 16일 드디어 이디야 점주가 됐다. 자본금에 맞춘, 근방에서 가장 허름한 건물에 10평도 안 되는 매장이다. 그래도 내 눈엔 그럴싸하다. 가게를 시작하면 꽃길만 걸을 줄 알았는데 막상 운영해보니 아니었다. 장사가 좀 되니 경쟁업체가 우후죽순으로 생겨났다. 4개월간 도보 5분 거리에 6개의 커피

숍이 생겨 매출이 바닥을 찍기도 했다. 기분이 태도가 되는 손님, 물장사하는 여자라고 비아냥대는 주변 상인, 골탕 먹이려고 음료에 머리카락을 넣은 손님도 있었다. 생각지도 못한 많은 일에 울기도 참 많이 울고 때려치울까 하는 생각도 들었다. 그럴 때면 마음속으로 주문을 외웠다. '반드시 이 고비를 넘기리'

어느 날, 간판 전체를 가리던 커다란 플라타너스가 사라지고 아담한 가로수가 심어졌다. 가게가 훤해졌다. 이제 매장 안에서도 하늘이 보인다. 노력에 보상받듯 손님의 90% 이상은 단골이 됐다. 빚도 갚고, 아이들이 치킨을 먹고 싶다고 하면 고민 없이 사 주는 여유도 생겼다. 2020년 12월 31일까지 9년을 운영했다. 광나던 집기들에도 세월의 흔적이 보인다. 벽에는 서비스 우수매장을 기념했던 액자도 걸려있고 내 사진과 인터뷰가 실린 홍보용 브로슈어도 진열돼 있다. 인터뷰에는 '학교 다닐 때부터 하고 싶었던'이라고 쓰여있다. 많은 우여곡절이 있었지만 결국 이루었다. 그렇게 생각하고 믿으니, 정말 그렇게 됐다.

새로운 일을 시작할 때나 버거운 일이 생겼을 때는 긴장된다. 두려워하기도 한다. 때로는 예상과 다른 결과에 좌절하거나 지친다. 그때마다 포기하고 싶다는 생각이 든다. 순식간에 머릿속은 온통 부정적인 생각으로 가득 차 버린다. 살다 보면 누구나 겪는 일에 좌절할 필요 없다. 습관처럼 내뱉는 부정적인 말들과 안된다는 상상은 전의를 잃게 할 뿐이다. 그런 상상은 이 위기에서 날 꺼낼 수 없다. 이 상황을 벗어날 수 있게 하는 것은, 오로지 나 자신이다. 된다는 믿음과 해낸 후의 모습을 상상한다. 그런 긍정적인 생각에 다시 꿈을 꾸고 다짐하게 된다. 강한 동기부여도 되고 시작할 용기를 갖게 한다. 가끔 친구들은 내게 운이 좋았다고 한다. 하늘은 스스로 돕는 자를 돕는다고 했다. 내가 그렇게 했기에 운도 따르는 것이다. 된다고 믿고 행동하니 그렇게 됐다.

작가가 되고 싶었다. 공저 프로젝트에도 참여하고, 혼자서 습작도 했다. 쉽지 않았다. 분량은 얼마든지 채우겠는데, 도무지 무슨 말인지 메시지가 명확하지 않았다. 글쓰기 선생님께도 호되게 혼났다. 자신감을 잃었다. 곰곰이 생각했다. 난 글쓰기 재주가 없는 것인가? 작가가 되겠다는 건 무리한 욕심인가? 입에서 절로 한숨이 나왔다. 나도 모르는 사이 부정적인 생각에 휩싸였다. 김상현 작가의 말이 귓가에 맴돌았다. '그렇게 생각하면 그렇게 된다.'

자세를 바로 하고 다시 의자에 앉았다. 노트북을 펼쳤다. 그래! 다시 해 보자! 모니터에 뜨는 하얀 종이 뒤에 작가가 된 내 모습이 그려진다. 내 이름으로 책이 출간되는 날, 그 책이 서점에 진열된 모습, 독자들이 내 책을 읽고 흐뭇해하는 모습을 상상한다. 그렇게 믿으면, 그렇게 된다.

서울을 배우고 나를 배웠다

이은설

꽃모종 한 포기 옮겨 심은 경험이 있는가? 비가 오는 날 옮겨 심으면 사름이 쉽게 이루어지고 얼른 자리를 잡는다. 비가 오지 않을 때는 옮겨 심고 물을 주어도 제 자리에 뿌리를 내리기까지는 며칠 걸린다. 꽃모종 한 포기도 옮겨 심으면 며칠간은 활기를 찾아볼 수 없다. 풀과 나무도 사는 곳을 옮기면 힘들어하는데, 30년 살아온 터전을 옮기는 일 쉽지 않았다. 내가 살던 곳을 떠나 낯선 곳에서 시작하는 것이 낯설고 두려웠다. 지금까지의 익숙한 환경을 떠나 낯선 상황에서 새로운 시작은 또다른 도전이 되기 때문이다.

2017년 11월. 어둠이 깔리는 동서울 버스터미널에 내렸다. 서울에 한두 번 온 적은 있지만 낯설고 물선 서울이었다. 시골에서는 늘 스타렉스로 이동했다. 버스표를 끊는 것보다 주유소에서 기름값 결제하는 것이 익숙했다. 대중교통 이용이 당시 나에게는 낯설고 어색했다. 대중교통을 이용하려면 교통카드가 필요하다는 것도 몰랐을 정도다. 남동생 교통카드를 보름 정도 가지고 다녔다. 여의도에서 신길 한 정거장이지만, 어두워진 밤에 집 오는 길을 찾지 못해 지하철을 이용하기도 했다. 요즘은 여의도와 영등포 길을 대부분 익히고 가까운 거리는 자전거로 이동한다. 내가 처음 만난 여의도는 하늘 높은 줄 모르는 고층 빌딩이 나를 내려다 보고 있었다. 주눅이 들었다. 산과 들만 보며 살던 나에게 콘크리트의 높은 건물은 삭막하고 메마른 느낌뿐이었다. 정붙이고 살아갈 곳은 어디에도 보이지 않았다.

아침 출근길이었다. 지나다니던 길 오른쪽에 있던 건물이 갑자기 왼쪽에서 딱! 나타났다. 내 머리가 이상해진 것 같았다. 순간 멍해졌다. 눈앞이 어지러웠다. 그것도 서울 시내 여의도 한복판에서 귀신에게 홀린 것 같았다. 동화책에서나 나올 법한 일이 눈 앞에 펼쳐진 것이다. 혼자서 아무리 생각해도 이해가 되지 않았다. 건물이 이동되었을 리는 없고, 밤새 누가 건물을 옮겨 놓은 것도 아닐 텐데…. 영문을 알 수 없었다. 마음이 답답했다. 앞으로 서울에서 살아갈 일이 아득했다. 동생한테 묻기는 창피했다. 자리에 누워서 아무리 생각해도 의문이 풀리지 않았다. 이튿날 건물이 옮겨간 자리로 가 보는 수밖에 없었다. 내가 다니던 골목이 아니라 다른 길로 나오니 건물 자리가 바뀌게 된 것이었다. 이유를 알고 혼자 쓴웃음을 지었다. '두 눈 똑바로 뜨고 정신 차리고 살아' 뒤통수를 한 대 얻어맞은 기분이다.

서울을 배우기로 했다. 서울 시민 기자단이 되어 한강 야경 투어를 다녀왔다. 반포 한강공원, 서래섬, 세빛섬, 잠수교를 다녀왔다. 서래섬에서 서울의 야경과 풀벌레 소리를 함께 만날 수 있었다. 서래섬에서 바라보는 서울 야경은 아름다웠다. 멀리 보이는 동작대교, 반포대교의 불빛은 나를 유혹하는 것 같았다. 남산의 N서울타워의 기둥은 그날의 공기 정도에 따라 색깔이 변한다고 했다. 내가 가던 날은 푸른빛으로 공기 상태가 맑은 날이었다. 세빛섬은 꽃을 형상화한 인공섬으로 활짝 핀 꽃, 봉오리, 씨앗을 연상하게 하는 세 개의 섬으로 이루어졌다. 반포대교 무지개 분수에서는 정해진 시간에 분수 쇼가 30분간 진행되었다. 바람의 방향에 따라 그날의 물줄기가 바뀐다는 설명을 들었다. 조금씩 서울을 만나고 있었다.

서울 자전거 따릉이를 타고 다니는 사람들이 부러웠다. '자전거라면 나도 자신이 있는데…' 며칠을 지켜보다가 따릉이 보관소에 있는 사용 방법 스티커를 사진 찍었다. 집에 와서 차근차근 읽어보고 따릉이 이용권을 구할 수 있었다. 바코드를 찍고 자전거 번호를 입력하니 잠금장치가 풀렸다. 따릉이 이용 첫날. 새 자전거 샀을 때처럼 기뻤다. 교통비를 아끼기 위해 원효대교, 마포대교, 서강대교를 자전거로 건너기도 했다. 한강 다리 위로 달리는 자동차는 많지만, 자전거를 타고 건너는 사람은 많지 않았다. 다리가 끝나는 곳에서 계단을 오르내리는 것이 힘들었다. 자전거로 한강을 건너고 나니 뭐든지 배우면 되겠다는 자신감이 생겼다.

서울은 배울 곳이 많았다. 25개 구마다 여성 인력 개발원이 있었다. '50 플러스센터'에서는 다양한 신중년 교육이 행해졌다. 내가 배우고 싶은 것이 있으면 집에서 한 시간 이상 걸리는 거리도 마다하지 않고 무조건 다녔다. 덕분에 서울을 조금씩 익히고 알아갈 수 있었다. '노원 50 플러스센터'에서 책 쓰기 수업을 듣고 전자책과 종이책을 만들었다. 돌아보면 부족하기 짝이 없지만, 처음으로 내가 책을 만들었다는 생각에 뿌듯하기도 했다. 글을 잘 쓰지 못했지만, 글쓰기 강좌가 열리는 곳은 어디든지 다녔다. '영등포 50 플러스센터' 글 쓰는 목요일 강좌에서 공저 두 권을 펴냈다. 작가 중에는 시인도 있었고 강사, 피아니스

트도 있었다. 작가 본인들의 특기를 살려 작은 공연을 준비했다. 그들의 지인을 초청해서 출판 기념회도 조촐하게 할 수 있었다. 4층 강당에 손님이 꽉 찼다. 정작 나는 누구 한 사람 초대할 수 없었다. 언젠가 나도 지인들을 초대할 날이 있겠지. 지인들과 함께 즐기는 그들이 부러웠다. 이럴 줄 알았으면 남동생이라도 부를 걸…. 때늦은 후회가 밀려왔다. '괜찮아! 더 당당하고 멋진 날. 누나의 모습을 보여주어야지.' 돌아오는 발걸음이 무겁지만은 않았다.

'동작 50 플러스센터'에서 뚜껑 열리기 전 내 마음 다스리는 법을 배웠다. 상대의 마음을 이해하고 내 마음의 상태를 읽을 수 있었다. '영등포보건소 정신상담 센터'에서 그동안 힘들었던 시간을 돌아보면서 일주일에 한 번 상담을 통해 나를 찾을 수 있었다. 선생님의 도움으로 앞만 보고 열심히 살아온 나 자신을 안아주고 격려할 수 있었다. 이 세상에서 가장 소중한 사람은 바로 '나'인데, 잊고 있었던 나를 만날 수 있었다. 이제는 '나'를 찾고 싶었다. '나'를 찾아 나답게 살아가야지.

'50 플러스 서부 캠퍼스'에서 배운 발 마사지를 통해 봉사활동과 재능기부를 하였다. 서부 캠퍼스 와글와글 축제에서 발그레 발 마사지 봉사단이 대상을 받았다. 회원들이 모두 바쁘다고 일찍 가버린 통에 혼자 단상으로 나가 상을 받았다. 축하해

주는 사람이 없는 시상식은 소가 없는 찐빵 같았다. 있을 때는 그 고마움을 모르다가 없을 때 '함께' '더불어'의 소중함을 깨닫는 시간이 되었다.

요양보호사 교육을 받으면서 사회복지사에 대해 알게 되었다. 평소 관심을 가지던 직업이었다. 사회복지사 2급에 도전했다. 과제와 시험은 통과했지만, 실습 기관을 구하지 못해 난감했다. 몇 번을 실패한 후 다행히 한 곳에서 실습을 허락해 주었다. 근무 일정을 조정하면서 실습을 할 수 있었다. 시간이 맞지 않을 때는 밤 10시 실습을 마치고, 지하철을 타고 돌아오기도 했다. 캄캄한 밤중에 홀로 가는 외로운 길이었지만, 목표가 있기에 가슴은 뿌듯했다. 2급 자격증을 따고 나니 코로나가 시작되었다. 2급을 땄으니 조금만 더 노력하면 1급을 딸 수 있을 것 같았다. 1년 동안 인터넷으로 공부했다. 모의고사를 볼 때까지 별로 자신이 없었다. 시험을 보고 가 채점 결과. 합격선을 무난히 통과할 수 있었다. 마음이 놓였다. (1급 자격증을 받고) 시골 계신 아버지께 합격 소식을 전할 수 있었다. 아버지의 눈에는 내가 서울에서 조금씩 자리를 잡아가는 것으로 보일까.

서울. 처음 발을 디뎠을 때는 막막하기 그지없었다. 힘들고 어려웠다. 여러 번 극단적인 생각도 했지만, 용기가 없었다. 마음이 아프니 몸도 아팠고 병원을 내 집처럼 드나들었다. 지인들과 주변의 도움으로 간신히 몸과 마음을 가다듬을 수 있었다. 주저앉아 있을 수는 없었다. 배울 곳은 많았기에, 모르는 것을 하나씩 배워가는 기쁨을 만끽했다. 모르는 것은 무조건 배우자. 메타버스 시대, 웹 4.0 시대라고 한다. 책을 읽고 배우며, 글을 쓰면서 느끼고 내가 모르는 분야에 대해 알아가고, 세상을 배울 수 있는 것에 감사했다.

얼마 전에 읽은 책《타이탄의 도구》들에서 밀러는 마지막으로 이렇게 말했다.

"지금 뭔가 마음에 들지 않고 좌절하기 쉬운 곳에 있는가? 그렇다면 그건 아름다운 희망으로 가득 찬 곳으로 갈 날이 멀지 않았다는 뜻이다."

서울 생활 힘들고 어렵다. 좌절하기 쉬운 곳이다. 내게 아름다운 희망이란 무엇인가? 배움이다. 내 나이 올해로 쉰아홉이다. 환갑을 앞둔 나이에 배움이라니. 가슴 설레고 호흡이 가빠진다. 어디에다 써먹겠다는 의도 없이, 그저 배움 자체로 기쁘고 충만하다. 배울 수 있다는 사실에 감사한다. 노력하고 땀 흘리며 한 걸음 나아가려 한다. 어쩌면 그곳에 내 인생의 희망이 한 자락 피어 있을지도 모를 일이니.

나는 내 인생을, 놓치고 싶지 않다

김소진

30년 해오던 미술학원을 그만두어야 한다. 남편의 퇴직으로 가정의 경제를 책임져야 하기 때문이다. 해오던 미술학원은 매달 원생 숫자가 달라 안정적이지 않아서 가정 생계가 불안하다.

미술학원은 몇 년 꾸준히 다니는 아이가 있는가 하면 몇 달 하다 가 더 중요과목의 핑계로 그만두는 경우가 있다. 초중등 전문 미술학원은 학부모님과 생각하기로는 굳이 안 해도 되는 과목이며. 그냥 조금 해두면 좋은 과목쯤으로 알고 있다. 국. 영. 수가 가장 큰 필수과목이었기 때문에 그 과목 다하고 남는 시간에 취미로 하는 것에 불가했다. 가끔 주변에서 재능 있다고 해서 큰 기대를 하고 보낸다. 예능과목은 초등학교 때나 보내지, 그림 그리는 걸 좋아하니 보내지, 그림을 워낙 못 그리니 보내지, 등 이유로 상담하러 오는 경우가 많다.

간혹 방학 때만 오는 아이들도 있다. 여름방학, 겨울방학 1 달씩, 1년이면 2달 하면서 그림이 늘지 않는다고 하는 부모님을 만날 때마다 자존심도 상하고 답답하다. 미술이라는 과목을 적당히 해도 되는 과목으로 쉽게 생각하고 무시한다는 생각이 들어 화가 난다.

경험한 일을 그림으로 표현하기, 상상해서 만들어보기 등 활동이 많다. 이것은 그림으로 하는 새로운 자기표현 언어이다. 다양하게 활동하려면 다양한 미술도구가 필요하고 내 생각을 잘 표현하려면 그 방법을 배워야 한다. 미술 학원에서의 활동은 내 생각을 다양한 재료와 방법으로 표현하는 연습 활동이다. 그림을 잘 그리려고 하는 것보다 상상력을 자극해 주는 관찰력과 자신감으로 접근해야 한다. 표현할 수 있는 그리기 연습이 절대적으로 필요한 시기에 어른들의 입시 편중 때문에 아이들의 창의력 시기를 놓치는 경우가 있어 안타깝다.

우리나라에 금융위기가 왔다. 우리 집은 내 수입으로 생활비를 하는 게 아니니 원생이 줄어도 부담 없었다. 그러나 우리 나라의 경제 위기는 얼마 안 가 우리 가정에도 영향을 미쳤다. 남편의 회사 경영난으로 인원 감축해야 하는 상황이 되었다. 본 인이 퇴사를 말해야 하는 임원직이라 차마 부하직원에게 퇴사를 권하지 못하고 자신이 명퇴하기로 했단다. 이 무슨 날벼락 인가. 우리 집 애들 둘 다 대학생이고 양쪽 어르신 다 계시는데 어쩌란 말인지. '남의 집 사정 봐주다가 우리 밥 굶는다'라고 했지만, 저축금과 퇴직금으로 다른 일 찾아보자 한다. 그나마 우리 집은 내가 학원 하면서 어느 정도는 수입이 있으니 견딜 수 있다는 결론이다. 다른 직원들은 아직 어린애들과 맞벌이가 아닌 혼자 벌어서 도저히 퇴사를 권할 수 없단다. 본인이 퇴사하면 직원 두 사람을 살릴 수 있다고 설득하지만 이미 결정된 통보였다. 내 의견을 낼수록 난 이기적이고 비정한 사람만 될 뿐이었다. 1~2년 천천히 새로운 일 찾아보잔다. 마음도 느긋하지. 나이가 많지도 적지도 않은 어중간한 나이에 무얼 한다는 건지. 평생 회사밖에 모르던 성실한 사람이 부하직원을 힘들게 하느니 차라리 자신이 양보한다고 마음먹은 것이다. 나와는 상의 한 번 하지 않고 일방적으로 통보하고 더 이상 거론하지 말란다.

앞이 캄캄하고 기가 차서 말문이 막혔다. 갑자기 열이 올라와 마주 보고 있을 수가 없어 밖으로 나와 아파트 뒷길을 걸었다. 잠시 나무 벤치 의자에 앉았다. 다들 평화로운 저녁 산책길이다. 내가 사는 아파트 사람들은 저녁 운동을 좋아하는 것 같다. 이 시국에 다들 아무 일도 없는듯하다. 강아지와 함께 있는 사람은 사람이 산책하는 건지 강아지 산책하는데 사람이 따라 나온 건지 분간이 안 간다. 강아지가 빨리 달리면 줄에 끌려가고, 가다가 멈추면 한참을 멈춰 대기하는 수행비서 같다. 아빠와 공차기하는 아이들, 엄마와 훌라후프 돌리는 아이들의 얼굴에는 웃음이 가득하다. 삶이 평온하고 행복해 보인다. 일상의 보통날들이 얼마나 고마운 일인가. 나만 다른 세상에서 온 사람처럼 뚝 떨어져 앉아 멍하니 쳐다보고 있다. 나의 든든한 버팀목은 남편의 퇴직으로 무너져 버렸다. 결정 난 일이라고. 되돌릴 수 없다고 가슴을 쓸어안고 달래 봐도 속상하고 화가 난다. 어떻게 할 수 없는 일인 건 알지만 예전의 안전지대가 그리웠다.

친구를 만나 하소연하려고 자주 가던 카페에 갔다. 마음이 공허하니 견딜 수가 없어 밖으로 나와버렸다. 영문을 모르는 친구는 무슨 일 있냐고 물었다. 갑자기 바쁜 일 생겼는데 잊었다고 서둘러 돌아섰다. 말할 수가 없었다. 알량한 자존심이 친한 친구에게도 털어놓지 못했다. 나는 한심한 겉치레 인간이다. 모든 걸 나에게 털어놓은 남편은 속이 편할까? 궁금했다. 누구에게도 말할 수가 없었다. 무엇을 하든 굶기는 안 하겠지만, 변함없이 직장에 다니는 친구 남편들은 부럽기까지 하다. 인간적이고 소신 있게 일 처리 잘하는 남편을 자랑스러워하고 좋아했는데. 이제는 그런 면이 원망스럽다. 괜찮은척하는 남편의 마음도 오죽하겠냐마는 대책 없는 미래가 막막하기만 했다. 남편의 백수 생활은 언제까지 이어질까? 염려스럽다. 퇴직하는 날. "그동안 고생했어! 이제 좀 쉬어." 하고 나서는데 긴 한숨이 난다. 출근길이 이렇게나 멀었나 몸이 천근 쇳덩어리를 어깨에 메고 가는 것처럼 무겁고 힘이 든다. 매일 흥얼거리며 뛰어가던 출근길이었는데 심란하다. 무엇부터 해야 하나. 앞날이 어둡기만 하다.

내 인생 이대로 두고 싶지 않다. 이제부터 내가 나선다. 우선 미술학원은 그만하고 새로운 사업을 해야겠다고 마음먹었다. 다음날 남편과 의논했다. "그냥 잠시 이대로 있자. 천천히 생각하자" 한다. 역시 초지일관 느긋함은 세계 일등이다. 내가 너무 닦달하고 급하게 서두르는 것 같기도 해서 지켜보기로 했다.

남편은 먼저 일주일 정도 여행을 다녀오자는 의견이 했다. 그동안 학원 때문에, 남편 휴가 때도 난 출근을 했으니 제대로 된 여행 한번 못 갔다. 이번 기회에 이야기할 시간이 필요할 것 같아 남들 일하는 조용한 평일에 가기로 했다.

남편 눈치 본다고 새로운 사업에 대해서는 말없이 시간만 보냈다. 직장이란 영원히 있을 수도 없고 언젠가는 퇴직해야 하는데 마음의 준비도 안 하고 있다가 뒤통수 제대로 맞은 격이다. 다시 시작하기에 너무 늦은 나이가 아닐까, 해오던 일 말고는 경험이 없어 못 할 텐데 하며 걱정만 해진다. 물가에 내놓는 어린아이 같아 안쓰럽다. 믿어보자. 기다려보자. 과연 우리의 막막한 현실에서 벗어나 예전처럼 행복한 부부로 바뀔 수 있을까.

생각에 따라 미래를 바꿀 수 있다.
타오르는 소망을 지닌 한 누구나 새롭게 자기 인생을 개척할 수 있다.
노력의 방향이 잘못되지 않았다면 언젠가는 반드시 빛을 볼 수 있다.
성공을 눈앞에 두고 중도에서 포기한다면 이름도 모르는 다른 이에게 승리를 넘겨주고 마는 것이다.

《놓치고 싶지 않은 나의 꿈 나의 인생》 나폴레옹 힐.

다시 시작해 보기로 했다. 여기서 멈출 수는 없다. 일단 지친 몸과 마음을 좀 쉬기로 했다. 남편과 열흘간의 여행을 떠났다. 강원도 정선. 산이 좋았다. 하늘도 맑았다. 바람도 향기로웠다. 멀리서 바다 냄새가 섞여오는 듯했다. 심장까지 시원했다. 그동안 뭐 하느라 이런 여유조차 즐기지 못하고 살았을까. 막다른 벽에 가로막혀 한 치 앞도 보이지 않는 상황이 되어서야, 우리 부부는 여행이라는 걸 오게 된 것이다. 그래. 바로 여기에서 다시 시작해 보는 거다. 나도 내 인생을 개척할 수 있다. 소중한 삶과 행복과 기쁨과 승리를 타인에게 넘겨줄 수는 없다. 붉은색 단풍으로 빛나는 새벽 시골 마당에 서서 크게 숨을 쉬어 본다. 나는 내 인생을, 놓치고 싶지 않다.

아픔을 이겨내는 기술 3단계

오유경

몽테뉴에게 죽음은 마치 나무에서 떨어지는 낙엽처럼 "재앙이 아닌 아름답고 불가피한 것"이다. 낙엽은 어떻게 떨어져야 할지 걱정하지 않는다. 우리도 그래야 한다.

– 《소크라테스 익스프레스》 에릭 와이너

서른세 살에 첫 아이를 가졌다. 열 달 동안 뱃속에서 고이 키웠다. 축복이었다. 세상 모든 엄마가 그렇듯이, '살면서 이토록 행복한 적이 있었던가.' 싶었다. 하루하루가 기쁨이었다. 아이는 태어날 예정일에 세상을 떠났다. 의료 사고였다. 3 킬로그램이 넘고 건강하다 했던 그 아이는, 응급상황에 제대로 대처하지 못해서 숨을 거두었다. 마취에서 깨어나 보니 몇 시간 전만 해도 가끔 배를 발로 차며 즐겁게 놀던 아기가 뱃속에서 사라지고 없었다. 믿을 수 없었다.

다음 날 아침, 미역국이 나왔다. 뜨듯한 국을 먹자 가슴에서 젖이 한 방울씩 뚝뚝 흘렀다. 내 몸은 그렇게 아기를 위한 준비가 완벽하게 되어있었는데, 젖을 먹어야 할 아기는 사라졌다. 꿰맨 자국만 남았다. 분홍색 압박 밴드가 배를 둘러싸고 있었다. 나는 숟가락을 내려놓았다. 환자복이 가슴 부분에서 배까지 젖으로 흥건히 젖어서 달콤하고 구수한 젖 냄새가 났다. 아기에게 먹이고 싶었다.

퇴원 후 집으로 왔다. 12시가 넘어도 잠이 오지 않았다. 겨우 잠들었지만, 새벽 4시만 되면 악몽에 잠에서 깼다. 옆방에서 주무시던 시어머니가 바로 달려오셨다. 마음껏 울 수도 없었다. "괜찮아, 어서 털고 일어나야지." 내가 하루빨리 괜찮아지고 웃기를 바라는 사람들 틈에서 나는 무력해져 갔다.

노트북을 열고, 난생처음 '정신과'를 타이핑하는 손끝의 감각이 낯설었다. 떨리고, 무거운 마음으로 병원을 검색해서 찾아갔다. 진료실 안에는 제자의 발을 씻겨주는 예수님의 그림이 걸려 있었다.

'이 의사가 나의 고통을 씻어줄 수 있을까?' 예수님의 마음으로 치료하고 있다는 뜻일까?' 맑고 깊은 눈빛의 의사 앞에서 대성통곡을 했다. 깊은 아픔을, 그동안 가족들 앞에서는 전혀 드러내지 못하고 살았다는 걸 알았다. 처음 보는 의사 앞에서 어린아이처럼 울고 있는데도 마음은 편했다.

당황할 만도 한데, 의사의 시선은 흔들리지 않았다. 나의 슬픔에 동조하거나, 나를 불쌍히 여기지도 않았다. 그저 내가 하는 모든 행동이 다 괜찮다는 듯 '굳건히' 들어줬다. 그때 알았다. 남들 눈치 보지 않고 '실컷 울 수 있게 해 준 사람'이 내 옆에는 단 한 명도 없었음을. 가장 따뜻한 위로란 입을 닫고, 그저 들어주며 슬픔을 모두 토해내도록 도와주는 것이란 걸.

울고 나니 가슴이 그렇게 시원할 수 없었다. 의사는 처방을 내렸다. '혼자 있을 수 있는 곳으로 가서, 실컷 울 것' 아픔을 이겨내는 기술 1단계다. 나처럼, 뱃속에서 다 자란 아이를 잃는 일은 드물다. 하지만, 나의 일부를 잃어버린 듯한 아픔, 예를 들면, 달콤한 사랑을 나누던 연인과 헤어지거나, 10년 동안 사랑으로 키워온 반려동물이 죽고, 부모님이 돌아가시는 일은 누구에게나 온다. 불가피한 것이다.

그래서 어쩌면, 우리는 모두 아픔을 이겨내는 기술 3단계를 잘 익혀두어야 할지도 모르겠다.

아이가 쉽게 오지 않았듯, 이별도 쉽지 않았다. 처음에는, 괜찮은 척하고 지내면 자연스레 기억에서 사라질 거라 생각했었다. 딱히 살 물건이 없는데도, 쇼핑몰을 돌아다니며 시간을 흘려 버렸다.

아이와 함께하는 무지개빛 꿈만 꿈꾸었기에, 어둡고 깊은 동굴에 빠져버린 내가 싫었다. 아니, 그런 못난 나를 대면하는 것이 두려웠다. 그저 숨만 쉬고 있을 뿐, 생기와 활기를 모두 잃었다. 나의 내면은 원했던 것으로 채워지지 않았기에 공허했다. 점점 나약해졌고, 움츠러들었다. 그런 모습으로, 늦은 밤, 수목원처럼 넓은 올림픽 공원의 구석진 곳을 찾아가 의사의 처방에 따랐다. 어둠뿐, 아무것도 보이지 않는 탁 트인 공원에 퍼져나가던 슬픈 울음소리를 아무도 제지하지 않았다. 다행이었다.

'33세에 경험한 피붙이의 죽음이 받아들여지지 않는다' 노트의 첫 줄에 적었다. 있는 그대로의 모습을 숨기지 않고 써 내려 가다가 갑자기 몇몇 사람에 대한 원망을 쏟아내기 시작했다.

지금의 내 마음을 몸이라고 생각한다면, 어떤 육체적인 고통과 비슷할까 생각해봤다. 화상을 입어 내 살갗이 벗겨졌는데, 그 위에 아무 생각 없이 누군가가 소금을 뿌리고 있었다. 따갑고, 쓰렸다.

소리를 지르고, 몸을 비틀어대며 울었다. 내 안에 단단히 뭉쳐져 있던 커다란 응어리가 느껴졌다. 하얀 종이 위에 고통으로 몸부림치는 내 모습이 점점 더 선명하게 드러났다.

아이는 갔지만, 아이를 사랑하는 내 마음은 그대로 남아있었다. '어이없는 이런 일을 겪고 어디로 가야 할지 방향을 모르겠다'라고 썼다. 나에 대한 변명도 포장도 없이 글을 쓰니, 떠올리기 힘들 것만 같던 지난 임신 기간도 떠올랐다. 다시 볼 수는 없지만, 열 달을 내 뱃속에서 함께해준 아기가 고마웠다.

'아가야, 너랑 같이 있는 동안 나는 천국에서 사는 것 같았어. 사랑해.' 말을 마치자, 갑자기 마음에서 댐이 와르르 무너졌다. 마치 금기어와도 같았던, 꾹꾹 눌러놓았던 그 말. 아이를 향한 사랑 고백이 급류를 타고 터져 나와 손끝을 타고 노트에 담겼다. 노트 위로 툭. 툭. 툭. 빗방울 떨어지는 소리가 났다. 수성펜으로 빽빽하게 쓴 글씨가 눈물에 젖어 동그랗게 여기저기 번졌다.

그날, 내 맘에서 아이를 완전히 떠나 보내줄 수 있었다.

수면제 대신 눈물을 처방해준 의사는 옳았고, 그가 씻겨준 내 발은 개운했다.

무엇이 들어있는지 알 수 없는 판도라의 상자를 열 듯이, 내 마음을 밑바닥까지 열어보고 나서야 두 번째 기술, 용서가 가능했다. 가장 넓은 마음으로 용서해줘야 할 사람은 다름 아닌 나 자신이었다.

안심하라던 산부인과 의사에게 "당장 수술해 주세요!"라는 여덟 단어를 내뱉지 못했던 나를 죽이고 싶었다. 모든 게 내 잘못이라고 생각하며 밥을 먹다가도, 머리를 감다가도 무의식중에 나를 탓하고 있었다. 나 자신을 용서하지 못했기에 남들의 위로가 마음에 와닿지 않았다.

언제인지 정확히 기억나지 않지만, 울고 있는 나를 달래는 편지를 쓰던 어느 날, '괜찮아. 네 잘못도, 그렇다고 의사의 잘못도 아니야. 하늘의 소관이었어'라는 말이 무의식중에 흘러나왔다. 내 잘못이 아니라고 생각하니 숨통이 트이고 살 것 같았다.

그리스 신화 속 판도라가 상자 뚜껑을 여는 바람에 온갖 재앙이 세상 밖으로 쏟아져 나왔지만, 다행히 밑바닥에는 마지막 카드 한 장이 남아있었다. 인간이 겪는 어떤 힘든 일도 이기게 하는 히든카드, 희망! 희망을 손에 쥐고 싶었다. 그동안 허투루 보낸 시간이 아깝게 느껴지면서 드디어, 현실을 자각하기 시작했다.

아픔을 이겨내는 기술 3단계, '모든 것이 과정임을 깨닫는다.' 천재 화가, 신께서 태초에 나를 스케치하셨다면, 이 모든 것이 '나다운 것'을 만들어 가고 있는 과정이 분명하다.

내가 지워지고, 찢기고, 덧칠되는 과정을 겪는 것은, 아직 내 삶을 디자인하고 있는 신의 손길이 내게 머물러 있다는 증거다. 신은 앞으로도 또 다른 시련을 가져다 붙일 수도, 떼어갈 수도 있다. 그러니, 그때마다 내가 완성되어 가는 과정이라 생각하고 아무런 저항 없이 순순히 받아들일 것이다.

성급히 열 달 만에 아이를 데려가신 것이 미안하셨는지 신은 곧바로 지금의 첫째를 주셨고, 딸 둘을 키우고 싶은 로망이 있던 나에게 나를 꼭 닮은 둘째도 주셨다. 눈에 넣어도 아프지 않을 아이들이다.

삶이라는 시험은 계속된다. 시험시간이 끝나는 종이 울려야 비로소 시험지 채점도 시작된다. 이런 일을 한 번 겪었으니 내 인생은 몇 점이라는 점수를 매길 필요도 없다. 묵묵히 문제를 풀어가면 된다.

14년 전, 그날의 아픔을 몽테뉴가 이야기하는 '아름답고 불가피한 일'로 받아들이기에는 아직도 역부족이다. 지금도 가슴 한편이 아리고 목이 멜 때가 있다. 중요한 것은, 죽고 싶을 만큼 고통스러웠던 상처가 많이 아물었다는 사실. 나는 견뎌냈고, 살아냈다. 한 권의 책에서 만난 소중한 문장 하나가 나를 돌아보게 했다. 몽테뉴의 말처럼 죽을 수밖에 없는 인간에게, 죽음이란 갑작스러운 일이 아니다. 죽음 역시 삶의 과정으로 받아들이며, 이보다 더한 아픔이 또 온다 해도, 나는 다시 버텨내며 극복하고 살아낼 것이다. 신께서 다음에 주실 것이 축복이라면 깊이 감사하고, 아픔이라면 기꺼이 품을 것이다.

나답게 살기 위해 버리는 중입니다

양윤희

"엄마 배고파 밥 줘."

퇴근 후 돌아와 잠시 쉴 겨를도 없다. 신나게 놀아서 배가 고픈 것인지, 엄마를 보고 그저 칭얼거리는 것인지 알 수 없었다. 아이들 먹일 생각에 바로 저녁 준비를 한다. 간단하면서도 빨리 되는 단품 요리로 식탁을 차린다. 아이들은 엄지손가락을 치켜들며 게 눈 감추듯 밥을 먹는다. 맛있게 먹어 주니 고맙다. 오늘 하루 지낸 이야기를 나누며 즐겁게 저녁 식사를 한다. 저녁 식사 후 예원이는 과제를 하고, 주원이는 장난감을 가지고 논다. 나는 빨래를 돌린다. 빨래를 돌려놓고 설거지를 한다. 하루에 한 번만 하는 설거지라 양이 많다. 어서 침대에 누워 쉴 생각이 간절하다. 설거지를 끝내고 안방 침대에 잠시 누우러 들어갔다.

"이게 뭐야! 누가 이랬어?"

쉬러 들어간 안방은 전쟁터나 다름없다. 일곱 살 주원이는 꼭 안방 침대에 장난감을 펼친다. 여기저기 뒹구는 장난감, 침대에서 흐트러진 이불과 베개, 보기만 해도 악~소리가 난다. 어질러진 안방에서 도저히 쉴 수 없다. 나는 호랑이처럼 으르렁거리며 아이들에게 소리친다.

"너희들 장난감 다 갖다 버려! 도대체 언제까지 청소하고 정리해야 해. 엄마는 언제 쉬냐고!"

천둥 같이 내지르는 엄마 소리에 깜짝 놀란 아이들은 주섬주섬 자기 물건을 줍기 시작한다.

분을 내고 난 나는 기분이 안 좋다. 이번이 처음이 아니기 때문이다. 일하고 와서 기본 살림만 해도 기운이 없었다. 집안에 쌓인 물건을 치우는 일은 자꾸 뒤로 밀리고 밀렸다. 짐이 주인이 된 집에 들어설 때부터 스트레스가 쌓였다. 쉴 공간이 사라진 집이다. '우리 집이 언제부터 이렇게 되었지?' 신혼 때는 정돈되고 깔끔한 상태를 유지했었다. 부동산에 집을 내놓았을 때, 부동산에서 '깨끗한 집'이라는 문구를 달고 자신 있게 선보였던 집이 우리 집이었다. 공인중개사가 안주인인 나를 보며 흐뭇한 미소를 지어 보였던 때가 생각났다. 신혼부부 둘이서 단출하게 사니 정리 정돈도 쉽고 청소도 쉬웠다. 1년 뒤 첫째 예원이가 태어나 물건이 늘어나기 시작했고, 6년 뒤 둘째 주원이가 태어나 지금은 일곱 살이 되고 보니 집안 살림은 맥시멈이 되었다. 주로 아이들 책과 장난감이 문제라고 생각했다. 아이들이 어려서 그렇다며 정리 정돈을 포기했고, 시간이 갈수록 집에서의 일상에 불만이 쌓이기 시작했다.

'나는 왜 내가 원하는 모습으로 살고 있지 않지?'

집안을 둘러봤다. 애들 어린 탓을 했지만, 집안 가득 들어찬 물건이 들어온 경유를 생각해 보니 원인은 따로 있었다. 필요해서 산 물건보다 가족에게 얻은 것, 좋은 이웃들에게 받아 온 물건이 많았다. 그중에 대표적인 것이 아이들 책과 장난감이다. 책은 많으면 많을수록 좋다고 생각했다. 그런데 지나고 보니 많다고 다 좋은 것은 아니었다. 내가 얻어 놓은 책을 아이는 읽지 않았다. 전집을 아이가 다 읽을 수야 있겠냐마는 엄마가 얻어 놓은 책보다는 도서관이나 서점에서 아이가 직접 골라 온 책을 읽었다. 책장을 메운 책은 병풍이나 다름없었다. 아이가 고른

책으로 아이만의 책장을 만들어 주는 것이 더 나았을 것이다.

장난감도 마찬가지다. 친구네 아이들이 쓰던 장난감을 쉽게 받았다. 직접 보지도 않고 아이가 좋아할 만한 장난감이다 싶으면 달라고 했다. 아이가 갖고 싶어 하는 장난감은 또 얼마나 비싼지 다 새것으로 사줄 수는 없었다. 아이가 원하는 장난감이 지나치게 비쌀 때는 중고 장난감을 찾았다. 중고를 살 때는 원하는 것을 싸게 구하는 이점도 있지만, 파는 사람도 장난감 처분이 목적이라 여러 장난감을 묶음으로 내놓았다. 원했던 것보다 더 많은 장난감이 생겼고, 필요하지 않았던 장난감들도 집 안에 자리를 잡았다. 돈을 아낀 줄 알았으나 훨씬 더 비싼 우리 집 방을 장난감에 내준 격이다.

원하지 않은 살림살이들도 한몫했다. 신혼 주방 살림살이를 준비할 때다. 큰 가전제품을 사면 작은 가전제품이나 주방 살림살이를 사은품으로 끼워 주었다. 믹서기, 토스터, 그릇, 컵, 머그잔, 냄비 등이다. 공짜로 받은 듯 좋아했지만, 필요해서 사온 물건들이 아니라 부엌 수납장에 자리만 차지했다. 양가 어머니들이 우리 집에는 살림 도구가 없다고 사다 주신 물건들이 있다. 마늘 빻는 절구, 김치 담글 때 쓰는 양은 대야, 수저 받침대, 조리 도구. 어머니들이 살림할 때는 필요한 도구들이 맞다. 하지만 나는 잘 쓰지 않는 도구들이다. 가끔 집에 오시면 찾으셔서 버리지도 못한다.

이러한 이유로 우리 집은 내가 원하고 필요해서 사 온 것이 아닌, 누군가가 필요할 거라고 사다 주거나 물려준 물건들로 가득했다. 지금 당장은 필요하지 않지만, 언젠가 한 번쯤 쓸 만한 물건들이 주인 행세를 하고 있다. 그것도 필요할 때 찾으면 다행이다. 어디에 있는지 몰라서 제때 못 쓰는 일이 다반사다.

원인을 찾았다. 그런데 버리는 게 쉽지 않다. '저 전집들이 얼마야? 지금은 관심이 없어 보이지만 곧 흥미를 갖게 될지도 몰라.' '저 비싼 장난감을 어떻게 버려. 나도 중고로 팔아볼까?' '가족들이 생각해서 사준 건데 버리면 서운해할지도 몰라.' 이런 생각들은 우리 집에 물건들이 똬리를 틀게 했다. 물건을 쉽게 들여놓았지만, 물건을 버리는 것은 세상 제일 어려운 일이 되었다.

'이게 없으면 못살까?' 그렇다고 대답할 수 있는 물건은 얼마 없었다.

— 《보노보노처럼 살다니 다행이야》, 김신회

책, 장난감, 옷, 그릇, 신발, 조리 도구⋯⋯. 이게 없으면 못살까? 이게 없으면 못살까?

몇 번을 되풀이해 스스로 물어도 대답은 한결같았다. 없어도 살 수 있다. 없어도 사는 데 아무런 지장 없는 수많은 '물건'들 때문에, 나는 생각도 일상도 복잡하게 얽혀 있었다.

정말로 아까운 것은, 물건이 아니라 하루를 살아내는 마음이다. 주어진 역할에 충실할 수 있는 평안한 마음, 그것을 지키기로 했다. 유행처럼 번지는 미니멀 라이프를 흉내 내자는 것이 아니다. 내가 원하는 인생, 진짜 나의 모습을 찾아 '나답게' 살고 싶다는 말이다.

집 안을 둘러본다. 내게 묻는다. 이게 없으면 못살아?

말씀으로 힘을 얻다

한기수

> "근심하는 자 같으나 항상 기뻐하고 가난한 자 같으나
> 많은 사람을 부요하게 하고 아무 것도 없는 자 같으나
> 모든 것을 가진 자로다."

– 고린도후서 6장 10절, 《성경》

지갑에 말씀 카드 2장이 들어있다. 한 장은 군대 이등병 시절, 교회 청년회에서 보내준 카드, 다른 한 장은 몇 년 전 소모임에서 뽑은 말씀 카드다. 고린도후서 6장 10절 말씀 카드는 지인의 사업장을 방문했을 때 자연스럽게 만들어진 소모임에서

받은 카드다. 어떤 말씀이 적혀 있는지 모르는 상태에서 테이블 위에 있는 카드 중 한 장을 선택했었다.

초등학교 4학년까지 생활기록부 장래 희망란에 과학자라고 적었다. 과학에 흥미나 관심이 있기보다 공상과학 만화에 나오는 과학자들이 멋있었다. 만화 주인공인 로봇을 만들고 수리하는 과학자가 눈에 쏙 들어왔다. 초등학교 5학년이 되자 관심 분야가 생겼다. 내가 그것을 잘한다는 것도 깨달았다. 주위에서도 내가 무엇을 잘하는지 알려주기 시작했다. 초등학교 6학년, 내가 잘하는 그것이 재미있었고 즐거웠다. 나는 노래할 때가 즐겁고 행복했다. 찬양할 때 즐거웠다. 합창단 출신 어머니의 음악 유전자는 나에게 왔나 보다.

중학교 시절, 중창과 합창으로 화음을 맞추는 재미에 빠졌다. 처음 듣는 노래도 즉시 화음을 맞출 수 있어 재미와 즐거움에 푹 빠졌다. 중고등학교 시절 중창단과 합창단 활동은 늘 우선순위에 있었다.

고등학교 1학년, 부모님께 음악을 하고 싶다 말했다. 경제력이 없으면 할 수 없으니 미안하다고 하셨다. 학교 선생님, 교회 지휘자 선생님을 만났다. 재능이 뛰어난 것은 알고 있지만 자기가 도울 수 있는 일은 없어 미안하다고 하셨다. 부자가 아니어도 행복하게 살면 괜찮다고 생각하고 있었다. 그러나 고등학생에게 다가온 현실은 재능만 있으면 안 된다는 것이었다. 꿈이 있고 꿈에 맞는 재능이 있었다. 노력하면 갈 수 있는 길이라 생각했던 고등학생은 그렇게 현실 앞에서 꿈을 포기했다.

그러나 그때 "내가 어른이 되었을 때 최소한 내 주위에 있는 아이들은 나와 같이 만들지 않겠어!"라고 결심한다. 청소년인 고등학생이 청소년에게 관심을 가지기 시작한다. 누군가를 돕기 위해, 한 분야의 전문가로 성장하기 위한 노력을 시작한다.

정보통신을 전공하고 IT 관련 일을 했다. 2007년 청소년 멘토링 전문 기간인 러빙핸즈에서 일하기 시작하면서 관심 분야와 일이 컴퓨터에서 사람으로 바뀌었다. 코칭을 배우고, NLP를 공부하고, 상담과 심리 등 사람과 관련된 공부를 시작했다. 처음 시도된 청소년 장기 멘토링 멘토 1호로 활동하며 한 아이의 삶을 바꾸는 것에 성공했다. 누군가 믿어주고 인정해주는 한 사람이 있으면 사람은 바뀔 수 있다는 것을 한국에서도 증명해냈다. 누군가 한 사람이 해냈다면, 다른 사람도 할 수 있다. 2007년 1기로 시작한 멘토 양성과정은 2022년 6월 현재 서울 97기를 앞두고 있다. 수많은 멘토가 양성되는 과정에서 내 사례는 빠지지 않고 등장한다.

그때부터 지금까지 사람을 보며 달려왔다. 좋은 교육이 미래의 건강한 리더를 양성하는 것을 믿었다. 믿어주는 그 한 사람이 내가 되기 위해 노력했다. 정서적인 지원과 물질적인 지원 등 할 수 있는 것을 하며 열심히 살아왔다. 가치 있는 일을 지속하면 돈은 따라온다고 믿었다. 공부하는데 시간과 돈을 아낌없이 투자했다. 자원봉사와 재능기부, 후원으로 나눔을 실천했다.

어느 날 현실이 고화질로 선명하게 다가왔다. 미지급 급여 6개월분. 미지급 강사료 수백만 원. 일하고 못 받은 돈이 늘어만 갔다. 지인들은 신고하면 금방 해결된다고 신고를 권했다. 연관된 사람들은 기다리면서 좋게 해결하라고 말했다. 기다리다 보니 법으로 보호받을 시기를 놓쳤다. 비슷한 시기에 교육 사기도 당한다. 급여와 강사료가 들어오지 않으니 대출이 늘어간다. 내가 당연히 받아야 할 권리를 챙기지 못하고 있는 나를 발견했다. "왜 나는 당하고만 있을까?" "왜 참기만 했을까?"

그런 상황에서도 청소년, 대학생, 청년을 만나고 돕는 일은 계속했다. 대학생 조찬 모임을 만들고 전임 코치로 그룹 코칭을 계속했다. 성장이 있었고 좋은 결과가 있었다. 십 년 동안 두 가지 모임의 운영진으로 봉사하고 있다. 회비 일부를 모아 사람을 돕는 나눔 재단의 책임자로 있다. 사람들을 위해 행사를 기획하고 진행하는 것은 즐겁다. 참석한 청소년, 어르신, 가족이 행복해하는 모습이 에너지가 되는 것은 변함없다. 여전히 사람을 돕는 것에 뿌듯함과 자부심을 느끼지만, 마음 한쪽은 불안했다.

경제력에 문제가 생기니 집중력이 떨어졌다. 보드게임 동호회와 같은 즐거운 모임 시간에도 이번 달 결제금액 걱정이 집중을 흩어지게 한다. 한 번씩 비교라는 늪에 빠져 허우적거린다. '지금 내가 가능 방향이 맞는 걸까?' '지금이라도 돌아서야 하는 것은 아닐까?' 고민을 시작했다. 그때 이 말씀 카드가 눈에 선명하게 들어왔다. 이 한 구절의 말씀이 따뜻한 위로가 되었다. 힘이 되었다.

"기수야! 너는 근심하고 있는 것 같지만 기뻐하고 있는 사람이야. 가난한 사람 같지만 네 도움을 받은 사람을 생각해보렴. 너는 그렇게 많은 사람을 부요하게 만드는 사람이야. 재산이 없고 물질이 없는 것 같지만, 너에게는 사람이라는 큰 재산이 있지 않니? 돈으로 살 수 없는 큰 재산을 너는 이미 충분히 가지고 있어. 그리고 때가 되면 내가 줄 선물이 있단다. 네가 가는 방향과 목적은 내가 기뻐하는 일이야. 너를 통해 내 사랑이 계속 흘러가기를 바란단다. 힘내렴. 내 사랑하는 아들아!"

아무것도 할 수 없을 것 같았지만, 사실은 모든 것을 할 수 있었다. 아무것도 가진 게 없는 것 같았지만, 모든 것을 가지고 있었다. 나는 아직 젊고, 건강하고, 나눌 수 있는 능력도 있다. 말씀으로 용기를 얻었다. 다시 한번 살아내기로 했다. 불안하고 초조한 마음 대신, 더 노력하고 준비하는 열정을 가져 보자. 나는 다른 사람을 부요하게 만들어주는 존재. 아무것도 없는 것 같으나 모든 것을 가진 사람. 두 주먹에 힘이 들어가고 어깨가 펴진다.

안전빵

김지혜

내 인생은 내가 바꾼다.

– 신성령, 《마루의 처방전39》

　어떤 사람이 되고 싶은가. 어떤 삶을 꿈꾸는가. 인생을 아우르는 목표? 그렇게 거대한 꿈은 생각해본 적 없다. 언제나 먼저 해내야 하는 역할이 있었다. 학생일 때는 학교 수업내용을 열심히 따라갔고 이후 돈을 벌기 위해 직장에 들어갔다. 정해진 기간 동안 주어진 역할을 해내고 나면 그 끝에는 또 다른 역할이 주어졌다. 내가 할 일은 남들에게 뒤처지지 않기 위해 노력하는 것이었다. 적당한 성적과 적당한 학교, 적당한 회사와 적당한 소득. 나는 언제나 평균이었다. 평균의 삶이 안전하다고 생각했다. 대다수가 향하는 길이 무의식적으로 주입되어 다른 방향이 있을 것이라고 상상하지 못했다. 그래서 선택하는 과정에 소홀했고 수동적이었다. 의심 없이 살아가는 것이 당연했다. 어쩌면 그 속에서 생각하는 힘을 잃어버린 것 같다. 눈에 보이지 않는 한계선을 스스로 그었다.

어릴 적에는 어른들이 장래 희망에 대해 많이 물었었다. 초등학생 때는 수학이 재미있어서 수학선생님이 되고 싶었고 중학생 때는 활발하고 목소리가 쩌렁쩌렁해서 뮤지컬 배우나 쇼호스트가 되고 싶었다. 그런데 그게 끝이었다. 꿈을 꾸면 이루어진다는 어른들의 말씀은 이루어지지 않았고 이후 꿈에 대해 더 이상 생각하지 않게 되었다. 지금은 건설현장에서 안전관리자를 하고 있다. 고등학교 3학년 때 담임선생님께서 "지금 성적에서 안전하게, 안전공학과 원서 넣어볼까?"라는 말에 안전공학을 전공하게 되었다. 대학교 4학년 때 취업 준비를 했다. 2017년, 건설업에 입사했다.

건설현장 안전관리 3년 차, 어쩐지 내 모습이 마음에 들지 않는다. 무엇이 이렇게 만든 것일까? 지금의 내가 되기까지도 결코 쉽지 않았다. 학교 그리고 직장에서 나름 최선을 다했다고 생각한다. 그런데 갑자기 방향을 잃었다. 나는 무언가 잘못되고 있음을 느꼈다. 내 안에 물음표를 던지는 순간이었다.

새벽 6시 출근해서 저녁 6시 넘어 퇴근하고 집에 돌아오면 몸이 축- 쳐졌다. 얼굴에 웃음기가 사라지고 말수는 점점 줄어갔다. 퇴근 후에는 주로 회식을 하거나 인터넷을 켜놓고 멍 때리거나 배달음식을 먹고 잠들었다. 저녁 9시가 되면 눈꺼풀이 감겼고, 수면 시간이 부족하지 않아도 피곤했다. 주변 사람들을 만나면 건설현장이 업무강도가 세고 사람들이 거칠어 힘든 게 당연하다는 듯 나를 위로했다. 다른 일을 해본 적이 없어서 건설현장이 특히 열악한지는 비교할 수 없었지만 체력적으로 힘들기는 했다. 그렇게 2년 반 동안 착공부터 준공까지 두 번의 사이클을 경험하고서 이제 세 번째 현장, 나는 내 역할을 의심하기 시작했다. 열심히 하는데 성과를 내는 것에 한계가 느껴졌기 때문이다. 첫 번째 현장에서 공들여 관리했던 것들이 다음 현장에서 리셋되어 다시 시행착오를 겪어야 했다. 게다가 옳은 말을 하는데 되레 공격받는 느낌에 에너지가 소진되었다. 이 반복되는 과정은 연차가 지나도 나아지지 않을 것 같다는 생각이 들었다. 입사했을 때와 달리 이제는 안전관리자로서의 미래 모습이 비참하게 느껴졌다.

그만두고 싶은 순간들이 몇 차례 있었다. 그런데 다른 대안이 없었다. 그저 상황이 나아지기를 기대했다. 앞이 보이기를 기다렸다. 하지만 아무것도 변하지 않았고 어떻게 할 것인지에 대해 스스로 생각해야 했다. 방법이 떠오르지 않았다. 나는 과거에 직업을 선택했던 때를 기억해냈다. 주변 동기들과 선배들이 그러하듯 전공에 맞추어 '안전관리 직군'을 선택했었다. 전공을 선택했던 때를 회상했다. 담임선생님이 '안전공학'을 추천해주셨다. 그보다 더 과거로 돌아갔다. 나는 어떤 마음이었지? 중학생 때는 고등학교에 가는 것이, 고등학생 때는 대학교에 가는 것이, 대학생 때는 취업이 목표였다.

지금은 어떤 마음이지? 하고 싶은 것이 무엇인지 모르겠다. 그제야 나는 지금껏 남들이 결정지어준 길로만 따라왔다는 것을 자각하게 되었다. 매번 하기 쉬운 선택만 했던 것이다. 후회되었다.

무엇이 잘못되었을까. 나는 직감적으로 해결해야 할 본질적인 것이 있음을 느꼈다. 나는 왜 이 일을 하는가. 애초에 나랑 맞지 않았던 것은 아닐까. 그렇다면 나에게 맞는 업은 무엇일까. 나는 도대체 어떤 사람일까. 어떤 가치를 추구하는가. 질문에 질문이 이어지고 답을 찾아가며 깨달았다. 나는 내가 원하는 삶에 대해 잘 모른다는 것을, 그리고 한 번도 나선 적이 없다는 것을. 나는 인생의 선택지들에 관심이 없었다. 의심 없이 최선이라고 여겼던 평균의 삶은 더 이상 안전하지 않다는 것을 깨달았다.

이제는 스스로 생각하고 변화해야 했다. 방법을 찾기 위해 독서를 시작했다. 그리고 차츰 나의 생각을 가지게 되었다.

나의 직업관.

일은 하루 24시간 중 많은 비중을 차지한다. 인생의 절반과 같다. 이 시간을 줄여야 한다고 생각하지 않는다. 일을 통해서 새로운 나를 발견하고 더 나은 내가 되어 간다. 공동체 속에서 나의 위치를 찾고 성찰하며 삶의 의미를 찾아간다. 회사에 종속되어 있는 것이 아니라 자율적으로 일하되, 내재적 동기에서 나오는 규율을 통해 규칙적인 내가 되는 것이 좋다. 나는 일을 평생 그만두지 않고 싶다. 좋아하는 일을 하고 싶다.

나의 직업은 건설현장 안전관리자이다. 선택하게 된 이유는 어떤 직업을 좋아하고 싫어하는지에 대한 가치 기준이 없었고 일단 대학에 들어가서 학과에 맞는 직업을 택하고 직장에 들어갔다. 하지만 일을 해보니 나는 어떤 일을 하더라도 스스로를 탐구하고 좋은 점을 찾아서 배우는 장점을 가지고 있다. 그리고 이 장점을 더 잘 발휘할 수 있는 환경, 그것이 나의 주된 가치 기준이 되었다.

이후 아이러니하게도 여전히 같은 직장에서 근무하고 있다. 지금의 일에서 최선을 다하고 있다. 일을 하는 것이 즐겁다. 때때로 지치고 힘들고 한계를 마주할 때도 있다. 하지만 이 일을 그만두지 않는 이유가 있다. 일하면서 만난 사람들과 지역, 공간들을 통해 여러 이야기를 접한다. 생각을 확장시키고 배워가고 있다. 마치 독서와 같이 생각하는 힘을 기르고 있다. 새로이 좋아하는 것도 발견했다. 안전교육, 안전점검 등을 통해 지도·조언 역할을 하며 이야기를 나누고 에너지를 전달하는 것이다. 계속해서 최선의 크기를 키우고 있다. 하는 일은 변하지 않았는데 나의 정신적 태도가 많이 바뀌었다.

사실 지금과 힘들었던 2019년을 비교하면 차이가 그리 크지 않다. 어쩌면 그 차이를 과대평가했던 것일지도 모른다. 하지만 내 마음과 몸이 피폐해지고 고민했던 과정들은 나에게 가치 있는 시간이었다. 이제는 자신을 돌아보고 하고 싶은 것들을 충분히 고민하고 결정하려고 한다.

건설현장 안전관리 6년 차가 되었다. 여전히 미래에 대해 고민하고 있다. 하지만 과거의 나와는 다르다. 의심 없이 평균의 삶을 받아들이는 것이 결코 안전하지 않음을 알고 있다. 이제는 일, 삶 그리고 나에 대해서도 진정으로 어떤 것을 좋아하고 원하는지 고민한다. 하고 있는 업과 미래에 꿈꾸는 것들을 연결 지어 상상한다. 순간의 선택들이 분리된 것이 아니라 하나의 길로 이어져 '나'를 만든다는 것을 깨달았다. 각각의 여정 속에서 나의 최선을 찾으려고 노력한다. 내 인생길을 만들고 있는 중이다.

우리 모두에게는 각자의 길이 있다. 주체적으로 생각하고 선택하며 살아간다면 꿈꾸는 인생길이 펼쳐질 것이다. 내 인생은 내가 바꿀 수 있다.

해보지도 않고 어떻게 알아

정유나

　꼬마였던 나와 동생은 물에서 놀고 싶은 마음이 굴뚝같았지만 차가울 것만 같아 망설이고 있었다. 그때 우리를 보고 있던 아버지가 하신 한마디. "들어가 보지도 않고 어떻게 알아?"

　일단 들어가 봐서 물이 정말 차가우면 나오면 그만인 것을. 지레 겁먹고 들어가 보지도 않는다면 집에 돌아가서 내내 후회할 거란 뜻이었다.

– 한비야, 《바람의 딸, 우리 땅에 서다》

이십 대 초반, 걸어서 세계를 여행하던 작가 한비야의 삶에 매료되었다. 한비야 작가가 쓴 책은 빠짐없이 읽고 또 읽었다. 해보지도 않고 어떻게 알겠냐는 아버지의 사고방식이 스며들어 서일까. 한비야는 세계를 무대로 자유롭게 누볐다. 그러면서도 따뜻한 그녀의 삶을 나도 닮고 싶었다.

대학생이 되니 자유시간과 선택의 순간이 많아졌다. 주어진 시간을 어떻게 활용해야 할지, 어떤 진로를 선택해야 할지, 한창 고민 많았던 젊은 시절. 해보지도 않고 어떻게 알겠냐는 이 말은 내 마음에 돌을 던졌고 많은 부분에서 일렁였다.

취업을 앞두고 해외 봉사를 하겠다며 한국국제협력단에 지원했다. 공무원 시험 열풍에 올라타 수험생활도 했다. 있는 듯 없는 듯 조용히 지내면서도 테니스 동아리와 가톨릭학생회 활동을 하고 주일학교 교사로도 불렸다. 학과 생활도 소홀하기 싫었다. 두 번의 도전 끝에 원하던 사회복지학과로 옮겼고 틈틈이 독거노인을 방문하여 말벗이 되어드리곤 했다. 금강산으로 유럽으로 단체여행도 떠났다. 기회가 있을 때마다 이것저것 시도했다. 선택의 순간순간 해보지도 않고 어떻게 알겠냐는 말을 떠올리며, 그 당시 내가 할 수 있는 대로 삶의 지평을 넓혀갔다.

대학 졸업을 앞둔 어느 날 아침, 신문을 펼쳐 들었다가 '코이카(KOICA, 한국국제협력단) 해외봉사단 모집'이라는 문구를 발견했다. 콩닥콩닥 심장은 빠르게 뛰었고 봉사단 모집이라는 문구에서 눈을 떼지 못했다. 오랜만에 느끼는 설렘이었다. 어떻게 하면 저 자리에 내가 있을 수 있을까? 무언가 시작하기까지 꽤 시간이 걸리던 나였다. 재고 따지기를 반복하던 내가 단번에 방법을 찾아 이곳저곳을 기웃거리기 시작했다. 지원 방법과 활동 후기를 검색하고 이미 다녀온 단원들이 출간한 책을 읽기도 했다. 그것만으로도 내가 마치 남미와 아프리카에서 활동하고 온 것처럼 가슴 벅찼다.

모집 일정을 한 번 더 확인했다. 해외에서의 활동은 2년. 고민이었다. 지원해서 선발되지 않으면 준비기간만큼 취업이 늦어질 테고, 된다 해도 돌아오면 이십 대 중후반일 테다. 이미 직장인이거나 취업을 준비하는 친구들이 옆에 있어서였을까? 지금 생각하면 어떤 것이라도 도전하고 실패도 할 수 있는 나이지만 당시에는 몇 개월 뒤처지는 것도 안절부절못했다. 또래와 함께 움직여야 할 것만 같은 부질없는 집착이라고 해야 할까? 게다가 나중에 확인한 선발인원은 단 한 명이었다. 안되면 어쩌지? 그렇다고 한껏 설렌 마음 내려놓고 단번에 포기하고 싶지 않았다. 이대로 접으면 후회할 게 분명했다.

'해보지도 않고 어떻게 알아. 포기하고 아쉬워하느니, 후회

남기지 말자.' 한비야식 사고방식이 빛을 발했다. 그날부로 다른 사람들의 지원 후기를 참고하며 지원서에 정성을 들였다. 경력은 없었지만, 그간의 봉사활동과 현장실습 그리고 이러저러한 활동들을 담았다.

취업 준비를 망설이며 어디에도 집중하지 못한 채 결과를 기다렸다. 아프리카에서 아이들과 함께 있는 내 모습을 떠올리다가도 이내 마음을 접고 취업을 생각했다. 그런 시간이 얼마나 지났을까. 1차 합격자 발표날 한 통의 문자를 받았다. "서류전형에 합격하신 것을 축하합니다." 1차 합격했다는 내용과 함께 최종면접 일정에 관한 안내 문자였다. "야호!" 이렇게 된 이상 최종면접 준비도 소홀히 할 수 없었다. 나도 할 수 있겠다 싶었다. 코이카에 관한 내용은 물론 전공지식과 실천적인 부분도 꼼꼼하게 정리했다. 최종면접이 있던 날, 현장에서 내가 지원한 나라는 도미니카공화국이었다. 책에서 본 파라과이나 에콰도르는 아니었지만 남미였다. 두근거리기 시작했다. 스무 명이 넘는 면접 대기자 중에 첫 번째 순서였다. 입술이 바짝바짝 마른다는 말을 실감했다. 세 명의 면접관은 편안하게 분위기를 이끌어가면서도 예리한 질문을 이어 갔다. 손에는 땀이 가득했다. 집에 돌아와서도 낯설던 면접장 분위기와 부족했던 나의 답변들이 생각났다. 결과에 연연하지 않는다는 것이 이런 걸까. 뭔가 보람찼다. 새로운 경험이었다는 생각, 그리고 한 단계 성장한 느낌이었다. 결과적으로 코이카 봉사단에 최종 선발되지 못했다. 한 명 뽑는 그 자리에는 더 적합한 다른 사람이 선택되었다. 그래서 실망했냐고? 천만에. 차만 타면 잠들던 나였다. 면접을 보기 위해 서울행 버스에 올랐던 그날은, 네 시간 동안 잠 한숨 자지 않고 버스 안에서 중얼거리며 연습했다. 열정적이었던 젊은 날의 모습이다. 단 몇 개월이었지만 꿈을 위해 열정을 불살랐던 경험이 강렬하게 남았고 지금도 생생하게 떠오른다. 젊은 날 이루지 못한 꿈이지만 그 덕분에 지금은 가족과 함께 하는 봉사활동을 꿈꾼다. 그리고 당시에는 경력을 쌓아 다시 지원할 목적으로 취업까지 했으니 나로서는 손해 볼 게 전혀 없었다. 시도한다고 다 성공하는 건 아니지만 적어도 후회는 남기지 않는다.

4시에 기상한다. 3~4년 전부터 새벽에 일어나기 시작했다. 처음에는 여섯 시 그리고 다섯 시, 올해부터네 시에 일어나고 있다. 결혼과 육아로 경력이 단절되고 내 인생에서 내가 사라진 것 같은 시기를 보냈다. 자존감이 바닥으로 내려앉았다. 모두가 그런 것은 아니겠지만, 그 당시 주부 수험생으로 좌절한 경험까지 더해졌기에 어떻게 회복해야 할지 몰랐다. 분명한 건 변하고 싶었다는 것이다. 지푸라기라도 잡는 심정으로 일찍 일어나기 시작했다. 온전히 나만의 시간을 가지고 싶다는 마음도 있었다. 그런 마음으로 시작했어도 중간에 하다 말고를 반복하며 지금까지 오게 되었다. 예전의 뒷심 부족한 나였다면 일찌감치 포기했을지도 모른다. 그래도 놓지 못한 이유는 변화가 간절해서였을까. 홀로 새벽 시간을 보내면서 조금은 단단해져서일까. 변화가 절실해서 시작했고 무엇이든 할 수 있겠다는 마음도 생겼으니 둘 다 맞겠다.

해보지도 않고 어떻게 알겠냐는 생각으로 주부 수험생활을 시작했고 실패했다. 차라리 혼자였다면 나았을지도 모르겠다. 혼자만의 좌절이 아닌 부모님을 희생시키고 남편과 딸까지 고생시켰다는 죄책감이 남았다. 그리고 이것밖에 되지 않냐는 자기 비하까지. 그러나 그 덕에 간절히 변하고 싶은 마음을 얻었다. 시간이 흐를수록 그 마음 조금씩 이뤄가고 있다. 여전히 변화와 성장의 여정에 있다. 지금은 하고 싶은 것이 많아서 일찍 일어난다. 나에게 긍정의 말을 해주고 감사일기를 쓴다. 책을 읽고 글을 쓰거나 산책한다. 요즘은 해보지도 않고 어떻게 알겠냐는 것들이 많아져서 점점 내 삶이 즐거워진다. 남은 인생이 기대되는 이유다. 그리고 이렇게 읽고 쓰는 삶이라는 새로운 꿈도 생겼다. 행복을 좇는 것이 아니라 행복의 여정에 있는 것만 같아 감사할 따름이다.

여덟 살 딸 주희가 나를 따라 새벽에 일어나기 시작했다. 한두 번 재미 삼아 흉내 내는 것이려니 했는데, 며칠 계속 새벽 기상을 이어가고 있다. 괜히 무리해서 학교생활 지장 있을까 염려되었다. 너무 무리하지 않아도 된다고, 넌지시 권했더니 주희가 대답한다.

"엄마, 그래도 내가 겪어보고 싶어요. 해보지도 않고 어떻게 알아요?"

내 삶의 수많은 고민과 선택 앞에서 결단과 도전을 이끌었던 문장. 덕분에 나는 매 순간 용기를 낼 수 있었다. 그 용기와 기백이 딸 주희에게도 전해지고 있다.

제2장

외로워도 슬퍼도

대접받고 싶거든 먼저 대접하라

정인구

"그녀에게 이 심장을 주십시오."

— 하형록, 《페이버》

페이버 저자 하형록은 심장병 환자다. 심장이식을 받지 못하면 한 달 이내에 죽게 되는데도 불구하고 다른 사람에게 심장을 양보했다. 작가보다 시급하다는 이유에서이다. 당신이라면 어떻게 할 것인가? 필자는 말할 것도 없이 내가 받는다고 했을 것이다. 죽음의 갈림길에서 과연 심장을 남에게 양보하는 사람이 몇이나 될까? 그는 평생을 베푸는 삶을 살고 있다. 그의 회사 〈팀 하스〉 설립이념만 봐도 알 수 있다. 'We exist the help those in need. 우리는 어려운 이들을 위해 존재한다.'. 어렵고, 힘든 사람에게 베푸는 그의 삶이 결국 그의 회사를 미국 동부 최고 건축회사로 만들었고, 그 지역 청년들이 가장 가고 싶어 하는 100대 기업 중 하나로 성장했다. 환갑이 되어가는 나이, 그의 삶과 비교해 보니 부끄럽다. 죽음의 순간, 후회하는 것 중 하나가 '남에게 베풀지 못한 삶'이라고 한다. 나는 그런 후회를 덜고 싶다.

회사 주임 시절, 엑셀, 한글, PPT 등 전산프로그램 활용에 관심이 많았다. 실력을 쌓기 위해 책을 보고, 관련 교육을 많이 수강했다. 자격증도 취득했다. 덕분에 행정안전부에서 주관하는 'PC 활용능력 경진대회'에서 우수상을 받았다. 90년 초, 행정업무가 수기에서 전산으로 바꾸는 작업이 한창이었다. 전산프로그램 활용 능력이 곧 업무능력으로 평가되는 시기였다. 동료나 상사가 수시로 찾아와서 프로그램 활용 방법을 물었다. 어깨에 힘이 들어갔다. 교만한 마음이 생겼다. 정성을 다하지 않고 마지못해 가르쳐 주었다. 더 이상 노력하지 않았고, 실력 향상도 없었다.

반면, 교육공무원이 학원장이 된 책을 읽었다. 그는 전산프로그램 활용 노하우를 사람들에게 무료로 가르쳐 주기 시작했다. 소문이 나자 강의 요청이 많아졌다. 명성을 얻기 시작하면서 책도 출간했다. 공무원을 그만두고 학원장이 되었다. 고인물은 썩게 마련이다. 남에게 베풀고 나누는 그의 마음이 그를 학원장으로 만들었다.

자기 계발 공부하면서 3P자기경영연구소 강규형 대표를 알게 되었다. 자기 계발 대표적인 교육기관 중 하나다. 그는 회사 창립 전 '이랜드' 회사에 근무했었다. 부서를 옮길 때마다 업무를 효율적으로 할 수 있는 양식지를 만들어 활용했고, 동료에게 나누어 주기 시작했다. 회사에 소문이 나면서 사내 교육원 강사가 되었다. 퇴사 후 '3P 자기경영연구소'를 창업했다. 3P 바인더(업무관리, 시간관리, 기록관리, 독서경영 등) 양식지로 특허도 받았고, 자기 계발하는 많은 사람이 바인더를 활용하고 있다.

독서의 저변 확대를 위해 전국에 독서 모임 '나비(나로부터 비롯되는 선한 영향력)' 500여 개를 운영하고 있다. 중국, 몽골 등 해외로 '나비' 독서문화를 전파하고 있다. 회사 사명은 '우리가 뿌린 씨의 열매는 다른 사람들의 나무에서 열린다.'이다. 전국 나비 독서모임 슬로건도 '공부해서 남을 주자'이다. 남에게 주는 마음으로 씨를 뿌려 많은 사람에게 선한 영향력을 끼치고 있다.

5년 전 술을 끊고 수많은 자기 계발 교육과정을 수료했다. 독서 리더 과정을 마치고, 독서 모임 '부산큰솔나비'를 만들었다. 올해로 5년째 운영하고 있다. 한 번씩 놀란다. 술독에 빠져 살던 내가 독서를 한다는 게 신기하기만 하다. 7명에서 시작했던 독서 모임이 참석 인원이 40여 명으로 늘었다. 매월 1, 3주 토요일 아침 7시, 하루도 빠짐없이 운영해 오고 있다. 회원 중에는 직장, 학교, 교회 등에서 새로운 '나비 독서모임'을 만들어 책 읽는 씨를 뿌리고 있다. 독서를 통한 리더로 일터와 공동체에서 중추적인 역할을 맡고 있다. 필자도 회사 발령받는 곳마다 독서 모임을 만들었다. '동래나비모임', '의령지혜나비', '사천나비', '마산나비'를 만들어 직원들에게 책을 접할 기회를 만들어 주었다.

　의령우체국 국장으로 근무할 때는 '우체국 작은 대학'을 만들어서 시골 지역 주민에게 블로그, 유튜브, PPT, 휴대전화기 활용 등 무료 강좌를 운영했다. 블로그를 만들어 자신들이 생산한 농작물을 판매하는 주민이 늘어났다. 자신이 직접 재배한 블루베리, 옥수수, 토마토, 복숭아 등을 보내오시는 분도 있었다.

　의령, 사천, 마산국 등 보직이 변경되는 곳마다 직원들에게

3P바인더 프로과정(업무관리, 지식관리, 시간관리, 기록관리, 독서경영 등)과 SNS 활용법을 가르쳤다. 국장실을 개방했다. 독서모임, 강의 등 누구나 쉽게 방문하여 배우고 차도 마실 수 있도록 유도했다.

보험영업을 잘할 수가 있도록 「스마트한 FC 만들기」프로젝트를 기획하여 자기 경영, 마케팅 업무, 휴대전화 앱 활용 강의를 했다. 부족하지만 내가 아는 모든 지식을 나누어 주었다.

우체국장 「복무 10조」를 만들어 행복한 우체국이 되도록 실천했다. 다음은 우체국장으로서 나의 「복무 10조」다.

①나는 국장으로서 국민, 직원 사회 모두가 이익이 되는 일을 찾아 우체국의 성장을 도울 것이며 이들 구성원 모두가 행복할 수 있도록 노력한다. ②나는 직원 개개인을 성별, 인종, 종교, 성 정체성, 나이 등으로 승진이나 인격 모독적인 언어나 행동하지 않겠다. ③나는 직원의 사생활에 관여하지 않을 것이며, 이를 판단 근거로 사용하지 않을 것이며 업무 이외의 시간을 존중하겠다. ④나는 내 직원들을 부당한 압력과 부당한 대우에서 보호할 것이며 부당한 요구를 하지 않겠다. ⑤나는 청탁이나 뇌물 등의 부정한 이익을 얻지 않을 것이며 예산을 부당하게 사용하지 않겠다. ⑥나는 끊임없는 공부와 자기 계발

을 통해 사업을 확대, 보전하며 직원들의 건강과 나 자신의 건강을 지키겠다. ⑦우체국이 국민에게 양질의 우정 서비스를 제공할 수 있도록 항상 고민하고 힘쓰겠다. ⑧나는 직원, 직원 가족, 국민이 행복할 수 있도록 돕는 경영자가 되겠다. ⑨나는 공무원으로서 국가와 국민에 대한 의무를 다하겠으며 범죄행위를 일절 하지 않겠다. ⑩나는 '코람데오(하나님 앞에서) 정신으로 우체국과 직원을 섬기며 사업과 직원들의 성장과 가정이 행복할 수 있도록 최선을 다해 돕겠다.

2020년 11월. 영업과장이 상기된 얼굴로 국장실로 뛰어 들어왔다. "국장님!, 국장님!" 허리를 숙이고 한동안 말을 못 했다. 1층에서 3층까지 계단을 뛰어온 듯하다. 사고가 생긴 듯, 덜컹 겁이 났다. 허리를 들면서 환한 표정을 짓는다. "국장님 축하드립니다. 서기관으로 승진하셨어요." 본부 아는 사람으로부터 소식을 들었다고 했다. 전혀 기대하지 않았기에 인사부에 확인 전화를 했고, 이후 많은 축하 인사를 받았다. 본청이나 특정 관서에 근무해야 승진을 할 수 있었지만, 예상을 깨고 현업 국장으로서는 처음으로 '특별승진'했다.

자기의 목숨을 담보로 심장을 다른 사람에게 줄 만한 그릇은 못되지만, 내가 가진 작은 것을 나누려고 노력해 왔고, 앞으로도 그렇게 살고 싶다. 베푸는 삶은 경제적으로 안정되고, 시간적 여유가 있어야 한다고 생각하는 사람이 많다. S Johnson은 "한꺼번에 많은 선행을 하는 사람은 어떠한 선행도 하지 못할 것이다"라고 했고, 다산 정약용은 "여유가 생긴 뒤에 남을 구제하려 한다면 결코 남을 구제할 날이 없을 것이다"라고 했다. 죽어서도 입에 오르내리는 '매국노 이완용'이 아니라, '베풀고 나누는 사람'으로 누군가의 가슴 한쪽에 '따뜻하고 예쁜 나의 아저씨'로 남을 수만 있다면 더 이상 바랄 게 없겠다.

아버지를 보내고

구은주

오늘이 나의 마지막 날이라고 생각하고 용기를 내세요. 그리고 지금 내 곁에 있는 사람들에게 "사랑한다"라고 말해주세요. 상처로 남지 않을 죽음을 위해서 마음껏 사랑하고, 삶에 대한 그리고 사람에 대한 감사함으로 죽음이 아닌 이별을 준비하길 바랍니다.

– 《생의 마지막에서 간절히 원하는 것들》 중에서

가까운 사람의 장례를 치르고 나면 삶과 죽음에 대해 많은 생각을 하게 된다. 내가 살아온 삶을 돌아보며 남은 삶을 어떻

게 살아야 하나 고민한다. 또한 죽음에 대해 깊은 생각을 한
다. 삶과 죽음은 종이 한 장 차이라는 말을 하는데 그 경계가
순간이고 찰나여서 종이 한 장으로 비유 하나 보다. 해외에 사
는 자식들의 가장 큰 걱정은 부모님이 위독하다는 소식을 갑자
기 받았을 때 제시간에 고국에 갈 수 없는 것이다. 그래서 임
종이나 장례의 현장에 함께 할 수 없을 때 불효에 대한 죄책감
을 느낀다.

아버지는 2015년 4월 12일 팔순이 지난 며칠 후에 돌아가셨
다. 팔순 잔치는커녕 돌아가시기 전 약 1년 반 동안 요양원에 계
시다가 마지막 한 달은 중환자실에 계셨다. 폐렴으로 입원했는
데 자가 호흡이 안 되어 목에 관을 뚫고 인공호흡기를 다셨다.
연세도 많고 호흡도 안 되고 식사도 못 해서 삽입 관을 통해
유동식을 넣어줬다.

"아버지가 사실 날이 얼마 안 남은 것 같대. 한국에 한번 왔
다 가렴" 오빠로부터 전화가 왔다.

마침 미국은 4월에 아이들 봄방학이 있어서 열흘의 시간을
내어 부랴부랴 표를 사고 비행기에 올라탔다. 한국에 화요일 저
녁에 도착하고 다음 날 아버지를 면회했다. 몇 년 만에 본 아버

지의 모습은 뼈만 앙상하게 남아있고 내가 알던 아버지가 아니라 완전 다른 사람으로 변해있었다. 중환자실에 계셨던 아버지는 이미 인공호흡기를 달고 있어 말도 못 하고 나를 알아보는지 모르는지, 눈만 껌벅였다. 그런데 아버지는 내가 면회한 후, 자가 호흡이 가능할 정도로 갑자기 회복되어서 의사가 호흡기를 떼도 좋다고 허락하였다. 비록 거동은 못 하지만 더 이상 연명장치 없이 혼자서 호흡할 수 있어서 퇴원하였다. 아버지 같은 중증 노인 환자를 받아주는 요양병원을 수소문해서 찾은 후 구급차로 이동했다. 천안 순천향병원에서 오산 요양병원으로 옮길 때 보호자로 앰뷸런스에 같이 탔다. 그제야 가죽만 남은 얇디얇은 아버지 손이 눈에 들어왔다. 살면서 아버지 손을 잡아 본 적이 언제였나? 어렸을 때 말고 결혼식장에 손잡고 들어간 이후 아마 처음인 것 같다. 구급차 안에서 아버지 손을 잡고 계속 기도를 하였다. 그 안에서 기도 말고는 할 게 없었다. 아버지를 요양병원에 입원시키고 우리 형제들은 안도의 한숨을 쉬었다. 아버지는 요양병원에서 전문 요양사의 보호를 받으며 잘 지내시기만 하면 된다고 믿었다. 그런데 토요일 하루 지나고 벚꽃이 흐드러지게 피는 일요일 아침에 아버지는 그냥 그렇게 홀연히 떠나셨다.

아버지가 돌아가신 것은 분명 슬픈 일이었다. 그런데 아버지의 장례를 치르는 동안 내내 감사한 마음이 들었다. 돌아가신 아버지 얼굴은 편안해 보였고 아기와 같이 맑고 고왔다. 더는 고통 없는 천국에 가셨다고 생각하니 내 마음도 편안했다. 의사가 나이 많은 어르신의 폐가 이렇게 회복되다니 기적이 발생했다고 했는데 퇴원시킨 후 만 이틀도 채 안 되어 돌아가셨다. 어떻게 이렇게 갑작스럽게 돌아가실 수가 있지? 기가 막혔지만, 한편으론 아버지는 '막내딸이 보고 싶었구나'라는 생각이 들었다. 앰뷸런스 안에서 아버지 손을 꼭 잡고 말없이 눈으로만 소통한 그 시간을 나에게 선물해 주고 가셨다. 아버지는 내가 미국에 살면서 자주 볼 수 없었던 미안함과 송구스러운 맘을 그 시간으로 씻어주셨다. 크로노스의 몇 년의 세월은 서로의 마음이 통한 카이로스의 시간을 이길 수 없었다. 아버지 손을 잡고 기도한 것은 내가 아버지를 위한 시간이 아니라 아버지가 나에게 선물을 주고 간 시간이었다.

아버지를 화장시키고 온기만 남은 유골함이 아버지의 손처럼 따뜻했다. 나를 보고 가시려고 끝까지 마지막 숨을 부여잡은 아버지께 감사했다. 무엇보다 아버지라는 존재 자체가 우리 가족의 그늘이었고 울타리였고 방패막이었다. 아버지의 존재로 나는 부모 밑에서 사랑을 듬뿍 받고 성장했고 우리 아이들도 외할아버지 사랑을 받고 자랄 수 있어서 감사할 뿐이었다. 부모의 존재 자체만으로 아이들은 힘을 얻는다. 어디 나가서 기죽지 않고 살 수 있는 것이다. 살아계신다는 것만으로 든든한 힘이 되고 위로가 되는 존재가 부모이다. 커다란 태산같이 뒤에서 자식을 품어주셨다. 든 자리는 몰라도 난 자리는 안다고 아버지의 부재 속에 존재의 위대한 힘을 깨달았다. 장례식은 죽은 자를 위한 것이 아니라 남은 유가족을 위로하기 위한 예식이다. 아버지와 이송 중인 구급차 안에서 그 마지막 카이로스의 시간이 없었다면 나는 아마 평생을 죄인 된 마음으로 살아갔을 것이다. 생의 끝에서 그 시간을 주려고 내가 미국에서 올 때까지 기다리신 아버지께 감사하다.

살아계신 부모님과 자주 통화하고 찾아봬야 한다고 알고 있지만 삶이 바빠서 생각만큼 자주 못 보고 통화도 못한다. 우리는 부모님께 효도하라고 배웠다. 그런데 효도는 부모님을 위한 게 아니라 자식을 위한 것이라는 것을 알았다. 부모님 돌아가신 다음에 후회하지 말고 불효에 대한 죄책감 갖지 말라고 자식 된 도리를 하는 것이다. 부모님 살아계실 때 하고 싶은 말, 부모님께서 듣고 싶은 말을 자주 해드려야겠다. 부모님뿐만 아니라 내 가족, 친구들에게도 아낌없이 사랑한다고 자주 말해야겠다.

있을 때 잘하라는 말이 사실이다. 언젠가 이 세상 떠날 때 후회하지 않고 미련 없이 떠날 수 있도록 지금 내 곁에 있는 사람에게 최선을 다해야겠다. 우리 모두 헤어지는 날 그래도 서로 아끼며 잘 살았다고 웃으며 이별할 수 있도록 살아 숨 쉬는 동안 사랑한다고 자주 표현해야겠다. 사랑은 표현하지 않으면 모른다. 이 땅에 사는 동안 후회 없이 사랑하고 아낌없이 나누는 삶을 살다 가련다.

기록

이시은

건장했던 모습은 온데간데없다. 내 앞엔 볼이 푹 파이고 몸이 앙상한, 늙고 병약해진 아빠만 있었다. 널어놓은 두 다리. 몸을 지탱하고 있는 오른손. 바닥에 앉아있는 아빠는 금방이라도 옆으로 쓰러질 것처럼 보였다. 벽에 기대어 앉아 옅은 숨을 쉬고 있었다. 마른 입을 계속 벙긋거리다, 할 말이 있는지 힘겹게 숨을 몰아쉬며 말했다.

"시은아. 아빠가 이제는 힘들어. 안아줘"

아빠의 무릎 뒤에 팔을 넣어 아빠를 안아 올렸다. 너무 가벼워서 아기를 안은 것 같다. 순간 눈물이 차올랐다. 초점 없는 아빠의 눈에 마지막임을 알았다. 미련도 두려움도 없어 보였다. 점점 꺼져가는 눈빛이다. 함께여서 행복했노라고 말하고 싶다. 그렇게 기억하길 바랐다. 차오르는 눈물을 애써 참고 미소를 지었다. 바닥에 앉아 마치 아기에게 젖 먹일 때처럼 품에 안았다. 아빠의 얼굴은 내 가슴에 폭 안겼다. 꼭 껴안아 아빠의 볼에 내 볼을 맞대었다. 귓가에 대고 말했다.

"두려워 마. 내가 끝까지 아빠 곁에 있을 거야. 금방 다시 만나자. 사랑해"

내 말이 끝나니, 아빠의 숨소리도 멈췄다.

꿈이었다. 너무도 선명한 꿈에 정신을 차릴 수 없었다. 두 손으로 얼굴을 감싸고, 소리조차도 안 나오는 눈물을 한참 흘렸다. 멈추려 해도 멈추지 않았다.

내가 어렸을 때 아빠는 사업을 핑계로 365일 중 360일을 술 마셨다. 얼큰하게 술에 취해 집에 오실 때면 어김없이 손에는 검은 봉지가 들려 있었다. 엄마의 잔소리를 듣는 동안에도 봉지는 안 내려놓는다. 그리고 잔소리가 끝나면 내게 달려온다. '우리 이쁘니'라고 나를 부르며 검은 봉지에서 무언가 꺼낸다. 내가 제일 좋아하는 칸쵸다. 술을 그리 마셨어도 딸들만 생각하는 딸바보다. 아빠와 함께 운동하길 바랐고, 당신이 하는 일을 보여주고 싶어 했다. 내가 잠 못 들고 뒤척일 때면 잠들 때까지 내 등을 쓰다듬어 주었다. 부도나기 직전까지 갔어도, 우리 자매 앞에서는 늘 밝은 모습만 보였다. 나와 내 여동생이 도전을 망설일 때는 여자들도 사회에 나가야 한다며 응원했다. 덕분에 우리는 처한 곳에서 인정받는 사회인이 됐다. 늘 내 뒤에 서서 기다려 주고, 지쳐 보이면 조용히 안아 주었다. 매도 한번 안 들고, 무섭게 말 한 적도 없다. 아빠를 향한 내 사랑보다, 아빠의 자식 사랑이 컸다.

그런 아빠가 몸이 불편하다. 오랜 지병으로 여러 합병증이 왔다. 10분 이상 걷기 힘들고, 손에 감각이 없어 스스로 단추 하나 잠그지 못한다. 젓가락질이 힘들어 포크로 반찬을 집어야 한다. 아빠는 포천에서 공장을 운영하신다. 불편한 몸으로 서울에서 포천까지 매일 왕복 100km를 운전해서 출퇴근했다. 몇 년 전부터 교통사고가 잦아지더니 나중엔 폐차가 될 정도로 큰 사고를 냈다. 결국 아빠는 운전대를 놓았다. 어쩔 수 없이 공장 근처에 기숙사를 마련했다. 기숙사에서 생활하다가 토요일마다 내 차를 타고 서울 집으로 온다. 엄마가 해준 따뜻한 밥을 드시고 편히 쉬다가 일요일 아침이면 일주일 치 반찬을 들고 다시 포천으로 간다. 혼자 생활하다 보니 아내의 손길도, 자식의 손길도, 비서의 손길도 필요했다. 아빠는 여전히 기억력도 좋고,

공장 운영도 문제없다. 단지 신체가 조금 불편할 뿐이다. 누군가 아빠의 곁에서 도와줘야 했다.

나는 하던 일을 정리하고 공장에 취직했다. 아빠의 역할을 이어받기 위해 동료들에게 업무를 배우며 익힌다. 딸로서 아빠를 돌보기도 했다. 스스로 운전도 하실 수 없으니 내가 기사 노릇도 한다. 가끔 친구들을 만나러 가고 싶어도 내 도움 없이는 갈 수 없다. 아빠는 내가 귀찮아할까 봐 부탁 못 했다. 나는 말했다.

"아빠! 아빠가 평생을 나 등하교, 출퇴근도 시켜줬는데 내가 그 정도 못 하겠어? 앞으로 걱정 붙들어 매. 내가 남은 평생 기사 노릇 할 테니까!"

슬픈 기억은 근막으로 저장된다고 한다. 가끔 그때의 슬픈 꿈이 떠오른다. 그때마다 목 뒤가 뻐근해진다. 그리고 곧 두통이 온다. 사람은 누구나 죽는 걸 알고 있다. 슬프지만 현실이다. 하지만 막상 내 부모와 헤어질 생각을 하면 견딜 수 없다. 상상만 해도 표현이 안 될 정도로 가슴이 아린다. 살아계신 지금, 이 순간이 소중하다. 많은 추억을 만들어 기억하고 싶다. 마흔 살이 넘어가니 자꾸 깜박거리고 기억력도 예전 같지 않다. 아빠와의 추억을 기억하려 해도 잘 안된다. 함께했던 일들이 점점 희미해짐을 느꼈다. 우리의 추억을 저장하고 싶다. 내가 더 늙기 전에, 아빠가 조금이라도 건강할 때 말이다.

> "앞으로는 나의 마음을 관통하는 찰나의 순간들을 놓치지 않아야겠다. 사랑이든, 불편이든, 침묵이든 적어야 남는 거니까. 오늘은 놓치기 싫은 사람을 노트에 적었다. 시간이 아무리 많이 흘러도 이 사람은 마음으로 기억될 것이다."
>
> – 흔글·해나 《다 괜찮다.》

나는 놓치기 싫은 아빠를 '기록'하기로 했다. 시간이 아무리 흘러도 기억해낼 수 있도록 말이다. 사소한 일들부터 적었다. 술 드시고 아빠가 사 온 칸쵸. 사춘기 시절에 아빠 속 썩인 일. 아침마다 등교시켜주었던 것도 기록했다. 엄마와 서로 다른 당을 지지하는 아빠, 나와 둘이 편 먹고 같은 대통령 후보에 투표했던 일이 있다. 엄마에게 비밀로 하자며 둘이 속닥였던 일을 떠올리면 지금도 웃음이 난다. 재활을 위해 함께 운동용 방을 꾸몄던 일. MRI를 찍으려 할 때 내 도움 없이는 옷조차 못 갈아입었던 일까지 남겼다.

누구에게나 슬픈 일도 있고 기쁜 일도 있다. 어떤 사람은 행복했던 순간을 추억하기 위해, 아픔이나 슬픔을 털어 내기 위해서 기억을 저장한다. 어쩌면 나처럼 사람을 기억하고 추억하고 싶은 사람도 있을 것이다. 사진으로 남기거나 동영상을 찍어 놓기도 하고, 일기처럼 써놓은 글을 PC에 저장해 놓는 사람도 있을 것이다. 각자만의 방법으로 기억하고 있을 터다. 나는 디지털카메라가 생기고부터는 사진을 인화하지 않았다. 내 두 아이의 사진은 모두 USB에 저장돼 있다. 간편하고 보관은 쉬웠지만, 꺼내 보는 게 생각보다 번거로웠다. 인화하지 않으니 잘 안보게 된다. 나는 글로 '기록'하기로 했다. 글을 쓰고 그것을 책장에 꽂아 놓으려 한다. 언제든 손만 뻗으면 볼 수 있게 말이다. 평범한 일상이나 즐겁거나 슬펐던 일도 기록하려 한다. 내가 백발노인이 돼서 기억이 흐릿해지더라도 언제든 또렷하게 기억하고 추억할 수 있도록. 나는 오늘을 영원히 기억하기 위해, 기억하고 싶은 아빠를 '기록'한다.

음력 팔월 하늘에 걸린 달

이은설

샛강 다리를 건너다가 우연히 하늘을 올려다봤다. 초사흘 조각달이 서쪽 하늘에 걸려있다. 한참 동안 다리 위에 서서 눈썹처럼 가는 초사흘 달을 보았다. 지나가는 사람들이 힐끔힐끔 나를 쳐다본다. 나는 아랑곳하지 않고 달을 만났다. 언제부턴가 속이 꽉 찬 만월보다 초승달의 희망을 좋아하게 되었다. 작은 희망으로 노력했던 지난 시간이 주마등처럼 떠오른다.

집 가까이 있는 상업계 고등학교에 진학했다. 타자, 주산, 부기 생소한 상업계 공부는 지금까지 배운 공부와는 전혀 다른 낯선 세계였다. 3년 동안 통학과 자취를 하면서 나름 착실히 공부했다. 나보다 한 해 늦은 아우들과 공부한다는 생각에 교실 청소 뒷정리와 문단속은 스스로 했다. 덕분에 부실장을 맡았다. 선생님은 나를 인정해주셨고 공부는 순위권에 들지 못했지만, 나름 모범생이었다. 정화 운동 이름의 상은 거의 내가 받았다. 자취하면서 신문 배달을 했다. 우리 학교에 신문 배달을 가면 숙직하시던 선생님이 "야야 너는 통나무같이 생겼는데 정말 부지런하구나." 하시던 말씀이 지금도 들리는 듯하다. 겨울의 새벽 4시. 캄캄한 골목길을 가려면 랜턴이 있어야 했다. 옆집 아기 우유 통에 초를 넣어 랜턴 대용으로 들고 걸으면 골목이 환했다. 환해진 골목길을 걸으면 나의 희망이 함께 걷는 듯했다. 요즘은 온라인 무통장 입금이 가능하지만, 그때는 직접 가서 현금을 받아야 하는 형편이었다. 학교를 마치면 신문 대금을 수금하기 위해 5~6km 거리를 자전거로 다녀오기도 했다. 한겨울 자전거를 타고 지나는 강구 대교의 새벽 찬바람에 손가락이 떨어져 나가는 듯했다. 목장갑 두 장을 겹쳐 끼면 손이 둔하지만 웬만한 바람은 막아 주었다. 학교생활을 착실히 했지만, 졸업하고 취업할 곳이 없었다. 3년을 공부 시켜 주었으니 어디를 가든 지 나는 돈을 벌어야 한다고 생각했다. 대학을 가고 싶었지만, 우리 집 형편으로 꿈도 꿀 수 없었다. 내가 벌어서 대학을 갈 방법을 찾아야 했다.

　그때 1년 먼저 졸업한 동네 친구가 대구 동부 정류장 OO 여
객 버스 안내양을 하고 있었다. 그 친구를 찾아갔다. 그냥 가
면 수시로 취업이 되는 줄 알았다. 마침 안내양 모집공고가 붙
은 회사가 있었다. 친구가 있는 회사에 함께 근무하고 싶었지
만, 그렇게 할 수 없었다. 처음에는 아쉬웠지만, 내가 지원한 회
사는 우리 집 쪽으로 가는 노선이 없어서 오히려 다행이라는
생각이 들었다. 지원서를 내고 버스 안내양 생활이 시작되었다.
처음 얼마간은 수습을 받아야 했다. 운행하는 차에 동승해서
버스 요금 받고 차량 일지 쓰는 법 청소하는 법을 배웠다. 수
습 기간이 끝나고 운행하는 차에 혼자서 모든 일을 스스로 해
야 했다. 모르는 것은 기사님께 묻지만, 친절하게 잘 가르쳐 주
는 분도 있었고 그렇지 않은 사람도 있었다. 힘든 일은 노선에
따른 지역의 요금을 외우는 것이다. 물론 나중에는 자연스럽게
익혔지만, 처음에는 일일이 요금표를 보면서 요금을 받아야 했
다. 요금을 금방 말하지 못하고 요금표를 보고 받으면 초보 안
내양으로 취급당했다. 초보로 보이기 싫어서 기를 쓰고 요금표
를 보고 외웠다.

　근무를 시작하고 얼마 되지 않아서 시골에서 엄마가 새파랗

게 질린 얼굴로 나를 찾아왔다. 아버지 지인이 버스 안내양 하는 나를 보고 우리 집에 이야기 한 모양이었다. 버스 안내양 인식이 좋지 않았기 때문이다. 형님 딸이 동부 정류장 버스 안내양을 한다고 말했다고 한다. 할 수 없이 엄마와 함께 짐을 챙겨 집으로 내려와야 했다. 내가 할 수 있는 것은 농사일밖에 없었다. 며칠이 지나고 내가 벌어서 대학을 가겠다고 말하고 다시 집을 나왔다.

회사에 복귀했다. 더 열심히 근무하고 싶었다. 출퇴근 시간이 되면 특정 지역에는 통근하는 선생님들이 매일 통근한답시고 요금을 터무니없이 작게 냈다. 말없이 받으면 좋은 안내양이고, 부족하니 더 달라고 하면 못된 안내양이 되기도 했다. 곤혹스러웠다. 종착지에 도착해서 잠시 쉬는 동안 버스 청소를 하고 앉아있으면 발이 퉁퉁 부었다. 신장이 좋지 않아서 병원을 가야 했지만. 바로 휴가를 내서 병원에 갈 엄두도 못 냈다. '내가 왜 이러고 있어야 하지. 나는 앞으로 어떻게 살아야 하나.' 가슴이 답답했다. 내가 벌어서 대학을 가겠다고 취업했지만, 당장 그만두고 싶은 마음이 굴뚝같았다. 안내양을 함부로 대하는 손님들의 멸시도, 기사들의 텃세도 견뎌내야 했다. 밤에 책을 보다가 좀 늦게 자면 이튿날 근무 중에 졸리기도 했다. 백미러로 보고 있던 어떤 기사는 졸 때마다 브레이크를 잡았다. 요즘 같으면 승객들이 한마디 했을 것이다. 깜짝 놀라 깨기도 했다. 충분히 말로 할 수 있는데 왜 그렇게 했을까? 어젯밤에 뭐 했느냐. 고 한마디 물어도 될 일이었다. 지금도 그때를 생각하면 주먹이 불끈 쥐어진다. 책을 가지고 다닐 수가 없었다. 가만히 생각하다 겨울 외투 앞쪽에 속으로 포켓을 만들었다. 책을 호주머니에 넣어 다니다가 시간이 날 때마다 꺼내서 보기도 했다. 운행을 마치면 거의 10시나 11시가 됐다. 그때 집으로 전화를 하면 엄마는 깊이 잠들지 못하다가 일어나서 전화를 받았다. 나중에 만났을 때 "우리 딸은 돈 번다고 그때까지 일하는데 나는 자고 있었구나."라는 말이 아직도 생생하게 기억난다. 종일 들에서 일하면 그 시간은 당연히 자야 하는 시간이다. 엄마 생각을 하지 못하고 전화를 한 것이 지금도 미안한 마음이 든다.

회사 노선 중에 대구에서 상옥 노선이 가장 멀었다. 대구에서 죽장까지는 직행으로 운행을 한다. 죽장에서 상옥 까지는 주로 시골 할머니들을 태우고 종착지까지 운행했다. 구불구불한 산길을 돌아서 덜컹거리는 비포장을 뽀얀 먼지를 일으키며 가는 코스였다. 사람 키보다 큰 진달래가 꽃을 피우고 있었고, 하늘로 쭉쭉 뻗은 싸리나무가 차창 밖으로 보였다. 버스에서는 월봉 스님 회심곡이 구슬프게 흘러나왔다. 버스 안의 승객들은 누구도 입을 열지 않았다. 할머니들은 말없이 조용히 듣기만 했고, 간혹 손수건으로 눈물을 닦는 할머니도 계셨다. 그때 들었던 월봉 스님 회심곡을 요즘도 외롭거나 슬플 때 간혹 듣는다. 부모 은공과 사람의 도리를 말하는 회심곡을 들으면서 내가 번 돈으로 꼭 대학을 가야겠다는 생각만 했다. 염불을 들으면서 나의 꿈을 키웠다. 월급은 집으로 꼬박꼬박 부쳤다. 엄마는 그 돈으로 송아지를 사서 키웠다. 송아지는 나의 대학 등록금이 되었다.

음력 8월 추석을 며칠 앞둔 어느 날. 오후에 대구를 떠나 상옥 숙소에 도착한 날이었다. 문득 하늘을 올려다보았다. 8월 보름을 향해 가는 상현달이 나를 내려다보고 있었다. 상옥에서 우리 집까지 자동차로 한 시간 남짓한 거리였다. 고향 집이 생각났다. 우리 집 마당에도 저 보름달이 떠 있겠지? 혹시 엄마도 저 달을 보고 계실까? 팔월 보름을 향해 가는 달은 약간 찌부러진 모습으로 대추나무 위에 걸려있었다. '이제 저 달이 가득 차면 보름이 되고 추석이 되는데' 그날 내가 올려 다 본 달은 차갑고 쓸쓸했다. 지금도 추석을 앞두고 하늘을 보면 그때 본 음력 팔월의 달이 생각난다.

《데일리 필로소피》의 한 구절이 떠오른다.

"모든 것이 우리의 판단에 달렸다. 그러나 판단할 수 있는 능력은 우리에게 있다. 성급한 판단을 하지 않는다면, 우리는 암초를 돌아서 먼바다로 나아가는 배처럼 잔잔한 물결과 좋은 날씨, 그리고 안전한 항구를 찾을 수 있다."

사회적으로 인식이 좋지 않은 안내양으로 일했다. 대학을 간다는 꿈으로 힘듦과 어려움을 견뎌낼 수 있었다. 팔월 보름이 가까워지면 한쪽이 기운 달이 하늘에 걸려 나를 더 외롭고 초라하게 했지만, 나의 꿈을 뺏지는 못했다. 외로움과 슬픔의 암초를 돌아서 먼바다로 나아가는 배처럼, 잔잔한 물결과 좋은 날씨, 그리고 안전한 항구가 있는 계명전문대학에 닻을 내릴 수 있었다.

다시 시작할 수 있을까

김소진

하늘과 땅 사이에 혼자 있다. 이게 아닌데, 왜 나에게 이런 일이 생긴 걸까. 아무도 모르는 아픔. 말하고 싶지 않은 나의 치부책 하나 만들어졌다. 경험 없이 시작한 것이 문제가 되었고, 사람을 잘 믿는 성격에 성급했다. 언제나 열심히 잘해왔으니. 결과도 좋았으니. 그 경험으로 이번에도 잘 될 거라는 말도 안 되는 자만심으로 시작했다. 어린이집이나 미술학원이나 아이들 보살피는 업이라 같은 줄 알았다. 시작하고 나서야 다르다는 걸 알았다.

미술학원은 원장의 능력과 성실함으로 운영된다. 하루도 결석하면 안 되고 지각이나 조퇴는 허락되질 않는다. 어쩌다 원장이 잠시 자리 비우는 날이면 표가 확실하게 난다. 무슨 문제가 생겨도 꼭 생긴다. 아이들 간의 갈등이나 교사로는 수업이 충실하지 못하다는 학부모들의 불만이다. 교사가 열심히 가르쳐도 유독 원장 찾는 부모가 있으니 항상 문 열고 문 닫는 건 원장의 몫이다. 원장 없을 때 문제를 일으키는 이상한 교사도 있다. 낮에 급한 일 본다고 학원을 비우다 학부모의 문제 제기로 고생한 적이 있다.

미술학원 운영하던 친구는 어린이집으로 전환하고는 시간이 여유롭다고 한다. 아침 일찍 출근해서 전반적인 서류나 각 반을 점검하고 각 담임교사에게 할 일 지시하고 나면 자유롭다는 달콤한 말에 끌리기 시작했다. 더구나 학원과 달리 입소한 아기는 웬만하면 몇 년은 옮기는 일이 없어 매달 원생의 입소와 퇴소의 스트레스도 없을 것 같아 좋다. 수익이 일정하다는 말도 너무도 매력 있었다. 다만 학원과 다르게 초기 투자 금액이 높다는 것이 문제였다. 나도 여윳돈이 생기면 하고 싶었다. 다행히 학원 하면서 아이들의 발달과정과 심리를 알고 싶어서 주말마다 대학 평생교육원에서 보육 자격증도 취득해놓은 것 있었다. 그때는 종일 아기들을 보육할 자신이 없어 같이하자는 친구 말을 단번에 거절했다. 그 친구는 지금 아주 멋진 건물에서 이쁜 어린이집 원장으로 잘하고 있다. 그 친구를 보면서 바로 시작 안 했던 것에 후회한다. 남편의 퇴직금이 나오자 나도 시간적 여유 있고 이쁜 어린이집 원장이 될 수 있겠다는 욕심이 생겼다. 남편을 설득했다. 남편은 크면 클수록 힘은 많이 들고 아이들 사업이라도 성격이 다른 업이라 신경 쓸 것이 많을 것이라고 더 자세히 알아보고 다시 의논하잔다. 학원에서 매달 원생들의 들고 나는 스트레스에서 벗어나고 싶었고 수입이 많았으면 하는 욕심이 컸다. 내일이라도 바로 들어가서 하고 싶은데 꼼꼼하고 안전 제일주의 남편하고의 줄다리기는 길었다. 한번 꽂히면 물불 안 가리고 집중하는 성격 탓에 결국 남편의 퇴직금은 어린이집으로 흘러 들어갔다. 집과 거리도 멀고 아는 사람 하나 없는 생뚱맞은 동네에서 어떻게 하려고 하냐고 반대했지만 자신 있었다. 뭐든 열심히 하면 된다는 생각으로 두렵지 않았다.

사람을 잘 믿는다는 단점 있다. 빨리하고 싶은 마음이 앞서 그 사실을 까맣게 잊었다. 소개해 주는 사람과 인계하고 떠나는 전 원장이 친절하게 도와주며 용기도 주었다. 웃으면서 자주 연락하고 지내자며 인수인계를 끝냈다. 다음날 문제가 나타나기 시작했다. 밀린 공과금 문제부터 그동안 부모들의 원망들을 달래고 있었던 상황이었다. 앞이 캄캄했다. 남아 있는 교사들과 같이 잘해 내보자고 했지만 해결할 수 없는 문제까지 하나 두 개가 아니다. 아직 모르는 것도 많고 모든 게 서툴러 매일 잠도 못 자고 고민하고 걱정하다 새벽을 맞는다. 집에서 1시간 이상 운전하고 가야 하는 거리다. 아침 7시에 문을 열려면 늦어도 6시에는 나서야 한다. 겨울에는 어두컴컴할 때 출근이 시작이다. 새벽을 알리는 찬바람. 푸른색 잿빛의 칼날 같은 구름 사이로 붉은빛이 천천히 올라온다. 아 이 저승길 같은 길을 얼마나 버텨야 하나. 이 길이 언제나 되면 꽃길이 될 수 있을까. 고집스럽고 용맹스럽게 추진한 어린이집 인수는 처음부터 불안하게 시작되었다. 원생들은 하나둘씩 나가고 교사와 원아 비율도 못 맞추게 되었다. 왜 이럴까 하고 부모들에게 전화했더니 한 달만 다니기로 앞에 원장과의 약속했단다. 멀리서 오는 아이들이 유독 많았던 이유였다. 어떤 어머니는 차량만 보내주면 더 다닌다고 하고 몇 명은 가족들이 멀다고 반대해서 가까운 곳으로 옮긴단다. "이렇게 멀어도 오는 이유가 뭘까요?"라고 전 원장에게 물었을 때는 다들 옆에 살다가 이사 가면서 멀어도 계속 보내고 싶다고 했단다. 의문은 더 확인했어야 하는데, 경험 없는 나의 실수였다. 유치원 가는 아기들 많아 교사도 원생도 절반 이상 줄어든 새 학기는 할 말을 잃었다. 3층까지 있는 큰 건물은 빈 깡통 같아 을씨년스럽기까지 하다. 새벽부터 저녁 늦게까지 연구하고 노력했다. 거창하게 학예회 한다고 동동거리며 쫓아다녔지만 예상된 퇴소 숫자는 큰 차이가 없었다. 돈 욕심으로 시작하게 된 나의 속셈에 내가 넘어져 버렸다.

가까운 지인은 걱정해준다는 가면을 쓰고 남의 불행을 화젯거리로 만들고 가르치려 든다. 그냥 옆에 있어 주기를 원하고 내 이야기를 들어주길 원했다. 한동안 많이 의지하고 따랐던 친한 언니에게 힘들다는 말 한마디 했다가 속만 더 상했다. 처절한 내 가슴을 더 찢어 놓았다. "그럼 접어야지!" 하며 아무것도 모르는 아이 다루듯 한다. 누가 모르나? 뭐든 시작하는 것보다 정리하는 것이 몇 배 수고스럽다는 것을 나는 알고 있다. 지금 내가 원하는 건 잘못한 것에 대한 지적이 아니다, 공자님 말씀은 나도 잘 알고 있다. 송곳 같은 언니 말에 서럽고, 화가 났다. 자기 힘들 때 옆에서 위로한다고 밥 사주고 그 많던 하소연 다 들어주고 자기편 들어주며 같이 울고 같이 흥분했었는데, 언니의 배신감에 세상이 무서워졌다. 인계해 주고 연락 끊은 원장보다 더 미웠다. 다신 언니 전화를 받지 않을 것이고, 하지도 않을 것이다. 그냥 들어만 줘도 위로가 되는데 어쩜 이리도 다들 똑똑할까. 내 머리를 벽에 치고 또 쥐어박는다. 힘들다고 어렵다고 누구한테 말하리. 남편에게도 말할 수 없는 이 처참한 환경을.

6개월 만에 나의 용감한 도전은 막을 내렸다. 소규모로 하는 어린이집 원장의 간절한 요구로 반 이상 손해 보고 인계해 주기로 했다. 집으로 가는 길에 하염없이 눈물만 흐른다. 처음 마주한 실패다. 마음 단단히 먹고 "괜찮아 운이 나빴어. 나는 열심히 했어. 나를 속이고 간 사람들이 나쁜 거야" 하며 종일 중얼거리며 나를 위로했지만 소용없다. 소나기처럼 쏟아지는 눈물 때문에 운전할 수가 없었다. 복잡한 도로를 지나 한적한 곳에 주차했다. 소리 내어 한참을 울었다. 눈물이 멈추지 않는다. 이대로 집에는 갈 수 있을까, 하염없이 눈물이 흘러내린다. 이제 나는 무엇을 할 수 있을까.

나의 완벽한 척 근거 없는 자신감에 내가 질린다. 어떻게 남편 얼굴을 볼 것인가. 평생 고생한 퇴직금이 들어갔는데. 죽을 수만 있다면 죽고 싶다. 어디론가 사라지고 싶다. 이 거지 같은 상황이 마술을 부려 사라지게 했으면 좋겠다. 악몽을 꾸고 있다고 믿고 싶다. 하나 보고 그걸 어떻게든 해보려는 내 꼼꼼하지 못한 내가 싫다. 추진력 있어 좋다고 모두 부러워하는 부분인데, 이건 아니다. 남의 말에 휘둘리는 의지 약한 한심한 인간이다. 이대로 끝인가? 다시 시작할 수 있을까? 한없이 초라해진다.

> 한심하고 부끄러워할 건 좋은 직장에 다니지 못하거나 성공하지 못하는 것이 아니라, 자신에 대한 변명을 늘어놓으며 아무것도 하지 않는 것이다. 자신이 기대했던 모습은 아닐지라도 스스로가 초라하게 느껴지는 걸 견뎌야 할지라도 변명을 드러낸 진짜 자기 자신과 마주하라. "그리고 그 마주 봄 끝에 가장 중요한 건 다시 시작하는 데 있다."
>
> – 《나는 나로 살기로 했다》 김수현

남편은 사업을 하다 보면 한 푼도 못 건지고 오히려 빚더미에 앉은 경우도 많은데, 우리는 그 정도는 아니니 괜찮다고 한다. 신경 쓰다가 몸 상하면 안 되니 좋은 경험이라 생각하란다. 차라리 원망받고 싶다. 이런 위로를 받을 염치가 없다. 돌아서니 또 눈물이 하염없이 내린다. 언제까지 울고만 있을 것인가. 그래 남편 말대로 좋은 경험이라고 생각하자. 실패의 원인을 알았으니 천천히 처음부터 다시 해보는 거다. 어느새 새벽을 알리는 회색 푸른빛이 방에 가득 채워져 있다.

10대에 엄마의 사랑을 깨달으면
'H 마트'에서 웃을 수 있을까?

오유경

짧은 기간, 1년이었다. 회사에서 보내준 미국 파견 연수를 기회로 남편, 아이들과 1년간 미국 생활을 경험하고 왔다. 한국으로 돌아오기 전 2월 말, 아이들이 한국학교에 다시 잘 적응할 수 있을지 걱정이 됐다. 이민 온 지 30년 된 S 언니를 찾아가, 포장해간 타이 음식을 먹으며 이런저런 이야기를 나눴다.

언니는 미국에서 낳은 두 딸의 성장기를 들려주며 후회되는 부분이 뭔지 먼저 이야기하기 시작했다. "절대, 애들을 네가 만든 틀에 가두거나, 그저 남들이 좋다고 하는 거 무조건 시키지 마. 애를 먼저 봐. 이 애가 가진 잠재력이 뭔지 살펴보고 아이

한테 맞는 방법으로 키워."

25살에 미국에 이민 와서 30년의 세월이 흘렀지만, 뼛속까지 한국 사람인 언니는 두 딸을 미국 명문대에 보내는 것이 성공한 이민자의 삶이라 생각했다. 노후 대비보다는 아이들 교육에 과도한 사교육비를 지출했고, 영특했던 딸들은 버클리 의대와 스탠퍼드 법대에 장학금까지 받고 입학을 했다.

명문대에 입학만 시켜놓으면 아이들의 성공이 보장될 줄 알았던 언니. 하지만 6개월 뒤, 두 아이는 버클리대학과 스탠퍼드대학에 자퇴서를 내고 만다. 대학에 발을 들여놓고 나서야 자신이 진정으로 하고 싶은 일이 무엇인지 고민하기 시작한 아이들은, 소중한 10대를 오직 엄마가 원했던 공부에 매진하는데 다 써버린 것에 분노했다. 딸들의 항변처럼, S 언니는 아이들을 사랑하지 않은 것일까?

S 언니, ≪H 마트에서 울다≫ 저자 미셸 자우너의 엄마, 나. 우리 셋은 비슷한 점이 있다.

우선, 두 분은 20대 중반의 나이에 미국으로 건너간 이민 1세대로, 미국에서 태어나 자란 딸과 정서적으로 심하게 부딪쳤다. 미국인 10대를 이해하는 데 한계를 느낀 것이다. 미셸이 도무지 이해할 수 없다는 '한국 엄마'의 특징을 나열할 때마다 속이 뜨끔뜨끔, 정곡이 찔린 듯했다.

미셸의 엄마는 미셸이 나무에서 떨어져 울고 있어도 달려와 일으켜주기는커녕, 위에서 내려다보며 '몇 번이나 주의를 줬는데, 그 나무에 왜! 또! 올라간 거냐'며 소리를 질러댔다. 미국인 엄마들이 넘어진 아이에게로 번개같이 달려와 아이보다 아픈 표정을 지으며 병원에 가자고 하는 것이 마냥 부러웠다는 말에 나를 돌아보게 된다. "어서 일어나야지! 옳지. 씩씩하네. 울지도 않고!" 나도 아이가 스스로 일어날 때까지 지켜보고 있었다. 나는 S 언니, 미셸의 엄마와 10여 년의 나이 차이가 남에도 불구하고 그들과 조금도 다를 바 없는 한국 엄마라는 사실에 웃음이 났다.

게다가, 미셸의 엄마는 배가 조금 아파 찾아간 병원에서 암 진단을 받는다. 나 역시, 아무 걱정 없이 건강검진을 받으러 갔다가 작년 9월 유방암 진단을 받았다.

미셸은 엄마가 암 진단을 받던 날, 암과 싸우던 과정, 장례식장의 분위기까지, 암과 관련된 엄마의 모든 삶의 흔적을 스크린 위에 꿈틀대는 영상처럼 세밀하게 보여주고 있다.

장례식에 대한 부분은 스무 페이지가 넘는다. 그 부분을 읽을 때는, 마치 내가 죽은 사람이 되어 공중에 떠서, 망자의 눈으로 미셸 엄마의 장례식을 지켜보는 듯한 느낌이 들었다. 내 눈 아래 미셸, 미셸의 아빠, 미셸의 남편이 있었다. 그들의 슬픈 마음도 훤히 들여다보였다. 남겨질 내 가족의 얼굴이 그들의 얼굴 위에 겹쳐졌다. 죽음에 대한 예행연습을 끝낸 것처럼, 나는 한 번 죽어보고, 다시 살아났다. 어디서 이런 경험을 해볼 수 있을까. 슬프면서도 값진 경험이었다.

또 하나, 책의 절반을 차지하는 한국 음식 이야기는 내가 지금 쓰고 있는 암 환자를 위한 레시피와 겹치는 메뉴가 많았다. 〈한국 엄마, 암 환자, 레시피를 쓰는 사람〉인 나는 무거운 마음으로 책에 빨려 들어갔다.

S 언니의 큰딸은 자퇴 후 오리건주의 농장에서 자신이 원하는 분야의 일을 찾았다. 작은딸은 뉴욕에 있는 회사에 다니고 있다. 안타깝지만, 작은딸의 '자아 찾기'는 계속되고 있어서 S 언니에게 가끔씩 전화를 해서 '엄마, 앞으로 나한테 어떤 일이 생겨도 절대 놀라지 마. 지금은 회사 그만두고 나오는 길이야.'라고 말한다 했다. 이야기를 들을수록 내 맘은 답답해지는데, 언니의 목소리 톤이 갑자기 밝아졌다.

"그래도, 내가 쏟은 애정을 나중에는 애들이 다 알아주더라고. 한국 음식이 손이 좀 많이 가니? 시루떡까지 집에서 쪄서

해먹이던 그 정성을 알아주더라고. 내가 열이 난다고 하면 둘째는 미국 동부에서 서부까지 24시간 안에 비행기를 타고 날아와(웃음). 한국 음식을 해 주면 물개 박수를 치며 좋아하더니, 음식 만드는 손끝에서 나온 사랑을 받은 아이들은 다르더라. 어느 미국 엄마가 이런 사랑 받아보겠어. 애들이 대학 자퇴서 내밀 때는 위너(winner, 승자)는 없고, 전부 루저(loser, 패자) 같았는데, 무슨 일이 생기면 젤 먼저 나한테 연락하는 애들을 보면 나만큼 성공한 엄마는 없지 뭐."

10대 시절 미셸은 엄마가 미리 '미셸의 인생은 이러해야 한다'는 틀을 짜놓고 그 속에 자신을 구겨 넣으려는 것에 격렬하게 반항했다. 결국, 엄마는 '평생 음악을 하겠다는 건 굶어 죽겠다는 거나 마찬가지'라며 미셸을 쫓아낸다. 하지만, 얼마 지나지 않아 동부로 딸을 찾아가 따뜻한 한국 음식을 해 먹이고 돌아온 뒤, 택배로 열심히 엄마표 한국 음식을 보내준다.

나도 아이들 때문에 화가 치밀어 오를 때가 있다. 하지만, 화나는 마음과 달리 음식 하는 손은 더 정교하고 바쁘게 움직인다. 속은 부글부글 끓으면서도, 머리로는 '어떻게 하면 더 맛있게 해줄 수 있을까' 고민하고 있는 나를 보며, 사랑이란 게 이런 건가 싶을 때가 있다.

엄마를 이해하지 못했던 미셀은 엄마가 하늘나라로 가신 후에야 이 세상에서 엄마만큼 자신을 사랑해 준 사람은 없었음을 깨닫게 된다. 한국 엄마의 사랑, 나보다 자식이 먼저고 엄마로 산다는 것이 세상에서 가장 값진 소명이라 생각하는 우리의 가치를 그녀는 뒤늦게 이해한 걸까.

나는 엄마가 가장 자랑스러워한 두 역할을 독선적인 태도로 얕잡아보았다. 양육과 사랑을 택한 사람에게도, 돈을 벌고 창작 활동을 하려는 사람이 얻는 만큼의 성취가 기다리고 있을지 모른다는 사실을 도저히 받아들일 수가 없었다. 그러나 엄마의 예술은 엄마가 사랑하는 사람들에게서 고동치는 사랑이었고, 노래 한 곡 책 한 권만큼이나 이 세상에 기여하는 일, 기억될 가치가 있는 일이었다. 사랑 없이는 노래도 책도 존재할 수 없으니까.

– ≪H 마트에서 울다≫ 미셸 자우너

※ H마트 : 미국의 할인점. 한국 식품을 위주로 한 동아시아 식품을 취급하는 한인 마트의 대명사

벌게진 눈으로 책을 읽고 있는데, 10살 된 둘째가 방문을

열고 들어온다. 먹던 아이스크림이 맛있었는지, 한 숟가락 떠서 내게 내밀며 한 입 먹으라는 시늉을 한다.

'엄마는 암에 걸려서, 의사가 이렇게 달달 한 거 먹지 말랬는데… 엄마한테 뭐 주고 싶으면 뜨거운 물에 녹차 티백 하나만 넣어서 갖다 줄래?' 했더니, 왜 그런 걸 시키냐는 표정으로 눈을 쫙 흘기고 숟가락을 쪽쪽 빨고 나가버린다. 눈을 흘기며 나가는 딸이 밉지 않다.

'저 아이도 미셸처럼 나중에 이 순간을 기억할까? 눈 흘긴 건 까먹더라도, 녹차를 아주 좋아했던 엄마나, 내가 해준 음식은 잊지 않겠지. 그때 저 아이는 미셸처럼 울까, 아니면 웃을까?'

이상하게 마음이 차분해졌다. 그저 바람일 뿐이지만, 내 아이는 어느 마트에서도 울지 않았으면.

세상에서 자신을 가장 사랑해 준 사람이 엄마라는 것을 내 아이들은 10대에 깨달았으면 좋겠다. 나의 레시피 책도 올해 내로 출간해서, 음식을 만들 때마다 책장을 넘기며 오늘은 뭘 해 먹을지 찾아본다면 얼마나 뿌듯할까. 몇 시간을 꼼짝 않고 레시피 책 초고를 썼더니, 암으로 잘라낸 가슴 근육이 수축하면서 생기는 통증으로 가슴과 겨드랑이가 찢기는 듯이 아팠다.

엄마의 죽음 앞에서 정신을 못 차리고 울던 미셸의 모습이 떠올랐다. '안되지. 글 그만 쓰고 나가자. 30분이라도 걷고 오자. 땡큐, 미셸.'

주로 산책하는 아시아공원 옆, 잠실야구장에서 수백 명이 한목소리로, 타석에 선 선수를 응원하고 있었다. '그래, 아이들이 타석에 섰다고 생각하고, 저렇게 뜨거운 응원을 보내자. 아이들이 원하는 길을 가게 해주고, 미국 엄마를 능가하는 따뜻한 표현으로 아이들 마음을 보듬어주자. 뜨듯한 밥을 차려주며 사랑을 표현해야겠다. 선수들이 땀 흘려 경기에 임하고, 팬들이 열심히 응원했다면 모두가 위너(winner)지.'

그 해, 5월

양윤희

봄의 색은 뭐라고 말해야 할까? 어떤 단어로 어떤 문장으로 표현을 해도 항상 모자라는 느낌이 든다. 나는 봄이 좋다. 여리고 투명한 연둣빛 새순에 마음이 흔들린다. 자연이 만든 봄 색을 눈에 가득 담고 싶어서 봄이면 밖으로 나갔다.

2016년 봄 3월, 나는 둘째를 낳았다. 둘째가 만삭이었을 때, 엄마는 췌장암 수술 후 투병 중이셨다. 임산부라 병원에 계신 엄마 병문안도 자주 못 갔고, 가도 엄마 얼굴만 잠깐 보고 오는 게 다였다. 조리원에서 몸조리하고 둘째를 돌보면서도 마음 한쪽이 계속 아렸다. 세상은 봄날의 향연이었지만, 내 마음은 겨울이었다.

2주가 지나 조리원에서 나오는 날, 엄마가 계신 병원으로 갔다. 엄마 혼자 거동이 가능했고, 엄마에게 둘째 손자를 보여줄 수 있어 다행이었다. 병동 엘리베이터를 타고 병원 1층으로 내려오신 엄마는 두리번두리번 우리를 찾으셨다. 손자를 본다는 기쁨에서였을까? 하나도 안 아픈 사람처럼 생기 있어 보였다. 엄마는 보물을 찾듯, 겉싸개에 싸인 아기를 보면서 환한 미소를 지으셨다.

"어디 보자 우리 손주~ 잘 생겼네~"

엄마가 진심으로 환하게 웃는 모습이 참 오랜만이었다.

'맞아, 우리 엄마 웃는 모습이 참 예쁘지!'

예쁘게 웃는 아기를 보며 행복해하는 엄마를 보니, 우리 엄마가 오래오래 손자 커가는 모습을 보며 웃으면 좋겠다 생각했다.

수술한 병원에서는 진통제 투여 말고는 받을 수 있는 것이 없었다. 엄마가 통증으로 많이 힘들어하셔서 한방 병원으로 옮겨 보았다. 항암 부작용과 통증을 완화하는 것이 주목적이라 좋다는 병원을 수소문해 찾아간 병원이다. 하지만 한방 병원에서도 엄마의 수술 후유증은 호전되지 않았다. 오랜 시간 병원 입원 생활로 힘들어하셔서 집으로 모실까도 생각했다. 하지만 그 역시 쉬운 일이 아니었다. 가족들은 고민하다 경기도 용인시 백암면에 있는 호스피스 병원으로 엄마를 모셨다. 환자들이 지내기에 자극이 없는 편안한 분위기였다. 기독교에서 운영하는 곳인 만큼 실내에는 찬양이 흘러넘쳤다. 엄마도 좋다고 하셨다.

엄마를 호스피스 기관에 모셔 놓고, 나는 집에서 산후조리를 이어갔다. 첫째를 낳았을 때보다 수술 후 회복은 빨랐으나 몸이 계속 아팠다. 관절 마디마디가 아파 힘을 쓸 수가 없었다. 아기를 안아주고 업어주고 해야 하는데 돌보기 어려웠다. 한약이라도 지어먹을까 하고 한의원을 찾았다. 한의사는 내게 모유 수유는 그만두라고 했다. 엄마 몸에서 아이에게 갈 것이 없다고 말이다. 태어난 아이에게 온전히 줄 수 있는 것이 없었다. 아이가 가여웠다. 그래도 아이에게 밝은 미소를 짓고, 부드러운 목소리를 들려주려 노력했다.

주말에는 여섯 살 예원이와 갓 태어나 백일도 안 된 주원이를 데리고 엄마를 만나러 갔다. 큰언니와 작은 언니가 엄마 곁을 지키고 있었다. 엄마 얼굴을 볼 수 있어서 좋았지만, 우리 엄마 맞나 싶게 엄마의 얼굴이 말라 갔다. 병상에 누워 계신 엄마를 보는 내 마음은 타들어 갔다. '기적은 일어나지 않는 것인가?' 엄마는 음식을 거의 드시지 못하셨고 물 한 모금 마시기도 힘든 상태가 되었다. 언니들은 가재 수건에 물을 적셔 입가를 자주 닦아 드렸다. 엄마 옆에서 다리를 주무르고 팔을 주무르고 성경과 찬송을 들려 드렸다. 나는 둘째를 안고 엄마를 바라보기만 했다.

나이가 지긋하신 간호사들은 둘째를 안고 있는 나에게, 갓난아기가 있기에 좋은 곳이 아니니 어서 집으로 가라고 했다. 하지만 그런 말은 귀에 들어오지 않았다. 언니들처럼 엄마 곁을 지키지도 못하는데 주말에 와서는 금방 자리를 뜰 수가 없었다. 엄마가 주무시면 병원 정원을 걸었다. 엄마가 주무시는 동안에도 엄마가 있는 곳에 함께 머물고 있다는 것이 좋았기 때문이다. 엄마를 간호하며 지쳤을 텐데, 언니들은 서로를 의지했던지 옛 추억으로 엄마를 웃기기도 하고, 위로하기도 하며 엄마 곁을 지켰다. 나는 아이를 안고 엄마 병상 주위를 왔다 갔다 서성이며 엄마를 보았다. 타들어 가는 마음을 감추며 엄마에게 말을 걸었다. 앙상해진 엄마 손을 잡아 보기도 하고, 내 품에서 꿈틀대는 둘째를 보여주기도 하고 말이다. 엄마는 갓난 손주를 보며 정말 좋아하셨다. 통증과 싸우는 엄마에게 통증을 잊게 하는 마취제처럼 새 생명이 주는 힘은 남달랐다. 그런 엄마의 웃는 모습을 보면서도 알 수 없는 감정이 마음을 타고 내렸다. 나는 다시 아이들을 데리고 집으로 돌아갔다.

여느 날과 다름없는 휴일 아침을 보내고 있었다. 작은언니에게서 전화가 왔다. 엄마가 위독하니 어서 이쪽으로 오라고 말이다. 전화를 받고 나는 침대에 쓰러져 울었다. 목이 메어 왔다. 아무 말도 할 수 없었다.

아이들을 데리고 엄마한테 갈 준비를 했다. 남편도 아무 말 없이 차를 몰았다. 하늘을 보았다. 이보다 더 화창할 수 있나 싶게 좋은 날이었다. 맑은 하늘에 왠지 엄마 얼굴이 보이는 듯 했다. 환하게 웃고 있는 엄마가 말이다. 병원에 도착하니 외삼촌이 마중을 나오셨다. 병동으로 뛰어 들어가는 내 등 뒤에서 "윤희야, 엄마 하늘나라로 가셨다."

나는 병동 문 앞에 주저앉았다. 평생 가족을 위해 헌신하신 엄마. 나는 그 마지막 가는 길을 지켜드리지 못했다. 그렇게 엄마는 하늘나라로 떠나가셨다.

내가 좋아하는 봄이 무르익은 5월. 여기저기 가정의 달 행사 안내가 한창이다. 길을 걷다가도 일을 하다가도 나의 시간에는 틈틈이 정적이 깃든다. '5월... 5월이구나!' 5월은 그렇게 내게 다른 의미로 다가왔다.

　　엄마를 생각하면 내 가슴엔 말할 수 없는 뭉클한
감동이 인다. 흔한 것, 쉽게 드러낼 수 있는 것은
감정이지, 감동은 아니다. 감동은 그 생명이 감정보다
길다. 감동은 한 사람의 인생을 바꾸기도 하니 말이다.
엄마는 내 인생 켜켜이 감정이 아닌 감동을 남겨두고
가셨다.

– 《살아가는 힘이 될거야》, 지소영

　　5월을 마냥 즐겁게만 생각할 수 없는 때에, 엄마와 함께했
던 추억들을 꺼내 본다. 아이를 낳아 키우면서 늘 속으로 하는
말이 있다. '내가 아무리 열심히 해도, 우리 엄마만큼은 못하겠
다!' 엄마는 최선을 다하셨다. 좋은 것을 주려고 노력하셨고, 더
주지 못해 미안해하셨다. 그런 내 인생 켜켜이 감동을 남겨주
신 엄마. 이제는 5월 하늘에 속삭인다. '엄마 고마워요~'

힘든 시간이 가져다준 선물

한기수

"가장 힘들었던 시절은, 거꾸로 생각하면 온 힘을 다해 어려움을 헤쳐 나가던 때일지도 모르죠. 이미 지나온 이상, 어떻게 생각하느냐에 따라 달라지는 법이랍니다. 그런 시간을 지나 이렇게 건재하게 살고 있다는 것이야말로 손님들께서 강하다는 증거 아니겠습니까?"

— 이미예, 《달러구트 꿈 백화점》

가끔 불안함이 몰려온다. 잠자려고 누웠을 때 한 번씩. 심호흡을 깊게 하고 잠시 기도하면 불안함은 엷어진다. 불안함의 근원이 무엇일까 생각해본다. 알 수 없는 미래. 풀어질 것 같으면서 뭉쳐있는 현재. 잘 살아온 것 같지만 뭔가 부족함이 있었다고 느껴지는 과거. '계속 이대로 살아야 하나?' 하는 생각 등이 불안의 원인이라 스스로 답해본다.

나에게 힘들었던 시절은 육체적으로 힘들었던 시절과 정신적으로 힘들었던 시절로 나뉜다. 고등학교 3학년 때 농구 시합을 하다 왼손 검지 인대를 다쳐 기타 치던 것을 중단해야 했다. 축구 시합을 하다 갈비뼈가 부러져 몇 년 고생했다. 고무도 체육관에서 허벅지 인대를 다쳐 더 이상 높은 발차기를 할 수 없게 되었다. 군대 유격 훈련 중 갑자기 내린 비로 철봉에서 미끄러져 낙상해 꼬리뼈에 금이 갔다. 청소년에서 20대 시절까지 육체적으로 힘들었던 대표적 일이다. 시간이 지나면 온전히 회복될 줄 알았는데, 불편함은 조금 남아있다. 몸의 아픔이 마음의 아픔으로 연결되기도 했지만, 마음 자체를 다친 것보다는 잘 견딜 수 있었다.

정신적으로 힘들었던 시절은 친구를 잃었을 때, 사랑하는 사람이 이해할 수 없는 이유로 다른 사람에게 갔을 때, 96년

강릉 간첩선 사건 실전에 투입되었던 50일이 대표적이다.

열심히 살아가며 조금씩 밝음을 회복하던 친구, 일요일 저녁 밝게 웃으며 다음 주에 만나자 인사했는데, 다음날 하늘나라로 가버린 친구. 장례식장을 지키며 느꼈던 여러 가지 감정이 떠오른다. 허무함, 미안함, 안쓰러움 등. 친구들이 모여 얼마나 안타까워했었는지. 그 일을 떠올리니 그 감정이 지금도 느껴진다. 속마음을 온전히 털어놓을 수 있는 친구가 얼마나 필요했을까?

군 생활을 강원도 고성 22사단에서 했다. 군 생활 중 GOP에 한 번 이상 투입되는 부대다. 1996년 간첩선 침투로 GOP 투입 부대는 실전에 투입되었다. 처음에는 불안한 마음만 가득했다. 소총에는 실탄 장전, 실제 수류탄, 클레이모어도 실제 설치. 밤마다 들리는 기관총 소리. 아침에 가끔 들려오는 적군과 아군의 소식. 20대의 젊은 나이에 생을 마감할 수도 있다는 생각이 마음을 무겁게 했다. 땅을 파고 들어간 1인 진지에서 밤마다 눈을 부릅떠야 했다. 모든 신경을 집중해야 했다. 사느냐 죽느냐는 간발의 차이라는 게 현실이었다. 그런 상황에서도 일주일에 한 번 편지는 전달된다. 대학 동아리 CCC에서 롤링 페이

퍼를 작성해 보냈다. 그 편지를 보는 순간 너무 어이없어 피식 웃게 된 한 문장. "한기수 순장님, 간첩 만나면 꼭 4영리로 복음 전하세요." 생각해보니 사회에서 뉴스를 통해 소식을 접하는 사람들에게는 현장감이 없다. 그냥 하나의 뉴스일 뿐이다. 먼저 발견하고 방아쇠를 먼저 당겨야 살아남는 현장의 긴장감은 뉴스로 전달되지 않는다. 50일간 실전에 투입되면서 한 가지 변화가 생겼다. 3주 정도 지났을 때 눈빛이 달라지기 시작했다. 씻지 못하고 세수만 겨우 하는 상황인데도 눈이 반짝반짝 빛나기 시작한다. 무협지에 나오는 '살기'라는 단어가 무엇을 뜻하는지 이해되는 순간이다. 이등병부터 병장까지 '너희가 죽든지 우리가 죽든지 빨리 끝내자'라며 눈을 빛내기 시작한다. 투입 초반 가득했던 불안한 마음은 한구석으로 밀려났다. 환경이 사람을 변화시키는 순간이었다. 이 경험 이후 '목숨 걸고 하면 된다'라는 표현을 쓰지 않는다. 목숨을 거는 것이 무엇인지 경험했기 때문이다. '목숨 걸고 하면 된다'라는 말은 속담 이야기하듯 그렇게 가볍게 할 수 있는 말이 아니었다.

영화나 드라마에서 한 번씩 본 장면. 결혼할 것 같았던 커플이 이해할 수 없는 이유로 헤어지고 다른 사람과 결혼하는 장면. 그 장면이 현실에서 일어났을 때 받은 충격은 몇 년이 지나도 사라지지 않았다. 무엇인가 함께 일하다 그 사람의 매력을 느끼고, 그 사람의 강점을 드러낼 수 있게 도와주고, 좋아하게 되는 것. 내가 가진 연애 세포의 패턴인 것 같다. 강점을 찾아주는 스트렝스 파인더의 검사 결과 내가 가진 1위 테마는 개발자이다. 개발자는 상대의 잠재력을 보고, 가능성을 본다. 그들이 성장할 수 있게 도우면서 활력을 얻는다. 능력을 발휘할 기회를 만들어 주기 위해 노력한다. 코치에게 딱 맞는 강점이다. 그녀에게도 개발자의 강점을 발휘하며 친해졌다. 공동체에서 그 사람이 더 빛날 수 있도록 노력했다. 어느 날 그녀는 마음에 감춰두었던, 누구에게도 하지 못했던 이야기를 꺼냈다. 그 시간 이후 그 사람을 더 아끼고 사랑하게 되었다. 시간이 흐르고 그녀에게 프러포즈하고 부모님을 만나 말씀드렸다. "따님을 사랑합니다. 허락해 주십시오."

부모님의 대답은 '본인 선택에 맡긴다.'였다. '이제 나도 가정을 이루는구나'하고 행복한 순간은 잠시. 몇 주간 모든 연락을 받지 않는 그녀. 두 달이 지나고 메일 한 통이 왔다. "오빠가 누구보다 나를 사랑하고 앞으로도 사랑한다는 것은 분명하게 믿어요. 하지만 그 사람은 제가 없으면 안 될 것 같아요. 미안해요." 메일을 받고 한 주가 지난 후 늘 만나던 곳에서 만났다. "우리가 만났던 것은 다 잊어주세요. 미안해요." 같은 말의 반복만 남기고 그녀는 떠났다. 나와 친했던 그 사람에게로.

15년 전의 일이다. 지금은 무덤덤하게 말할 수 있지만 몇 년간 아무도 만나지 못했다. 한동안 멍한 사람이 되었다. 직면하면 너무 아플 것 같아 계속 피하기만 했다. 어느 날 '이대로 살면 안 되겠다.'라는 생각에 셀프코칭과 내면 돌아보기를 시작했다. 당시 상황을 직면하고 회복을 시작했다.

이 모든 과정이 나에게 준 선물이 있다. 다른 사람의 마음을 더 넓게 품을 수 있게 만들어줬다. 외면적으로 드러나는 모습을 보고 바로 판단하지 않는다. '아, 저 사람도 어떤 사연이 있겠구나.' 하는 너그러움과 여유가 생겼다. 일대일로 만나 이야기를 나누다 보면 "이런 이야기 태어나서 다른 사람한테 처음 해요."라는 말을 자주 듣는다. 안전함을 느끼기 때문이다. 안전함을 느끼게 하고 마음의 문을 열게 하는 선물. 힘들었고 아팠지만 잘 견뎌냈기에 주어진 귀한 선물. 그 선물이 앞으로도 누군가를 살리는 일에 잘 사용되기를 소망한다.

소음을 즐기지 말고 고독을 즐겨라

김지혜

한 인간(個人)으로 자립하여 사회와 조화를 이루며
산다.

― 기시미 이치로, 고가 후미타케, 《미움받을 용기》

혼자가 싫었다. 자취를 시작했을 때 집 안에 혼자 있고 싶지
않았다. 가족들과 함께 살 때도 혼자였던 적이 있었는데 그때
와는 달랐다. 가족의 온기가 없어서일까. '혼자'라는 것이 실감
나서 일까. 유독 쓸쓸했다. 조용한 자취방에 고요함의 크기는
마치 내 외로움의 크기 같았다.

대부분의 시간에 친구들을 만나고 모임을 가졌다. 주변에 사람들이 더 많아질수록 사랑받는다고 생각했다. 만남의 양을 늘리고 사람들을 더 가까이했다. 다만 부작용이 있었다. 많은 관계를 유지하기 위해 가끔 솔직하지 못했다. 남들이 좋아하는 것에 맞추고 반응했다. 괜찮다고 생각했다. 주변에 좋은 사람들이 있고 나는 그게 제일 좋았으니까.

가끔 주변과 생각의 차이가 좁혀지지 않을 때는 자리를 피했다. 대화가 해명하는 것처럼 느껴졌고 남들과 다른 생각을 가지면 다시 혼자가 될 것 같았다. 하지만 그런 노력에도 모든 관계가 좋았던 것은 아니다. 좋은 의도가 다르게 해석되어 오해받는 상황도 여럿 있었고 가까운 사람들에게 상처를 받기도 했다. 그럼에도 모임을 계속 이어갔고 오히려 의존하는 성향이 점점 짙어졌다.

사람들을 만나고 집에 돌아오면 허기가 졌다. 밥을 먹고 들어와 배가 불러있는데 배가 고팠다. 습관적으로 먹었고 그러고 나면 소화가 안 되어 더부룩했다. 나는 무엇을 채우려고 음식을 자꾸 먹었을까.

시간이 지나자 떠나갈 사람들은 떠나갔고 남을 사람들은 남았다. 더 노력했던 관계를 잃게 되고 덜 노력했던 관계가 지속

되기도 했다. 관계에는 공식이 없었다. 사람들 속에 있으려는 노력들이 무의미하게 느껴졌다. 어느 순간부터는 대화에 집중하지 못했다. 피상적인 대화가 반복되고 있음을 자각했고 사람들에게 둘러싸여 있는데 나는 혼자였다. 왜인지 존중받지 못한다는 느낌을 받았고 누구도 내 존재를 신경 쓰지 않는 것 같았다. 분명 함께인데 소외된 느낌. 허기진 마음을 외부에서 채우려다 오히려 마음이 고갈되었다. 다시 혼자가 되었다. 그렇게 관계의 공백기를 가지게 되었다.

혼자를 벗어난 함께는 외로웠지만 그렇다고 혼자가 외롭지 않은 것은 아니었다. 나는 집에서 가만히 아무것도 하지 않았다. 아 아무것도 하지 않은 것은 아니다. 한시도 스마트폰을 손에서 놓지 않았다. 마치 이전에 사람을 벗어나지 않으려 했던 것처럼 스마트폰에 꼭 붙어있었다. 영상을 켜고 볼륨을 키웠다. 보지 않아도 항상 켜 놓았다. 그 소리가 내 쓸쓸함을 잠재워주는 것 같았다.

그런데 시간이 흐르자 내 안의 마음이 말했다.

"시끄러워."

모든 소리가. 갑자기, 잡음같이 들렸다. 불쾌했다. 스마트폰을 껐다. 그리고 드디어 나는 조용한 공기 속에서 나를 마주할수 있었다. 의자에 앉아 A4용지 한 장을 꺼냈다. 전에도 울적하거나 억울하거나 화날 때 생각들을 종이에 적거나 편지를 쓰곤했다. 그러면 감정이 북받쳐 오르다가 나름의 표출이 되었는지다시 누그러졌다. 하지만 지금은 울적하거나 억울하거나 화나지도 않는데 이 감정은 뭐지. 내가 느끼는 '나의 감정'인데 표현하기도 정의하기도 어려웠다. 흐음……. 무덤덤한데 슬픈 감정이랄까. 아니면 외롭고 공허한 느낌이랄까. 그렇다면 왜 이런 감정을 느끼는 걸까?

'혼자라서 외롭다. 혼자일 때 내 모습은 마음에 들지 않는다. 주로 과식하거나 스마트폰만 보고 있으니까. 그렇지만 함께하는 순간에 '나'는 솔직한 '내'가 아닌 것 같다. 사실 솔직한 모습이 무엇인지는 잘 모르겠다. 주변 사람들에게 기대하고 그만큼 상처받고 결국 관계를 끊게 되는 과정이 반복되는 것 같다. 관계는 지치지만 여전히 사람들이 좋다. 나는 쉽게 상처받고 쉽게 사람을 판단하고 가리는 것 같다. 내 이야기를 할 곳이 없다. 나를 완전히 공감하고 이해하는 이가 없다. 사람들에게 의존하지만 의지할 사람이 없다. 재미있던 모임이 불편해졌다. 왜

나는 불편함을 느끼는 걸까. 나만 이상한 건가. 이런 감정에 민감하게 반응하는 내가 싫다.'

마음에 있는 이야기들을 적고 나니 정리되지 않은 생각들이 고스란히 드러났다. 혼자일 때도 혼자가 아닐 때도 독립하지 못하고 얽매이는 나. 어느 상황에서도 홀로 서지 못하는 자신을 마주하고 싶지 않았던 것 같다. 나를 미워하고 외면했다. 그렇게 감정이 메말라 다른 관계를 통해 빈 곳을 채우려 했으나 사람도 음식도 스마트폰도 결국 해결해주지 못했다. 오히려 그것들은 소음을 일으켰고 내 안의 소리가 나오지 못하게 방해했다. 종이를 고요히 들여다봤다. 내 마음이었다. 그게 진짜 '내 모습'이었다.

종이에서 내 마음을 발견하고 그렇게 일기를 쓰기 시작한 지 2년째이다. 이제는 일기장 속 적나라하게 드러난 '나'를 매일 마주한다. 마음을 관찰하는 것만으로 자신을 더 이해할 수 있게 되었다. 나와 대화하며 솔직한 감정을 나누고 있다. 심각하게 고민했던 것들은 옮겨 적고 나면 상황과 감정을 돌아보게 되어 한 감정에만 매몰되지 않는다. 불안, 걱정, 두려움이 종이로 옮겨지고 나를 위협할 것 같던 상황들이 이제는 견딜 수 있는 해프닝으로 바뀌었다. 다음 날이 되면 다음 장으로 넘기게 되고 이상하게 마음이 나아진다. 이런 과정이 나를 단단하게 만들었다. 일기를 통해 스스로와 관계를 맺는 충만한 시간을 가질 수 있었다. 나는 진정으로 자립할 수 있었다.

자취 10년 차인 지금, 이제는 일기 말고도 나와 관계를 맺는 방법에 대해 알고 있다. 바깥을 혼자 걷는다거나 사색하는 것. 나는 그렇게 의도적으로 혼자 있는 시간을 만든다. 즐기고 있다. 온전히 내가 되는 시간. 기분이 좋다. 소중하다. 나와의 관계가 편해지면서 나 자신을 사랑하고 이해하고 공감할 수 있게 되었다. 더 이상 다른 사람, 음식, 스마트폰에 맹목적으로 의존하지 않는다. 나를 둘러싸고 있는 것들이 소음처럼 느껴지지 않는다. 고요함이 편해지고 관계들이 자유로워지면서 나를 버리지 않고, 있는 그대로 인정해주는 관계와 자연스럽게 함께하고 있다. 다른 사람들과는 적당한 거리를 찾게 되었고 관계가 편해졌다.

좋다 지금.

나는 고독하다. 그러나 충만하다.

그것은 아주 훌륭한 선물이란다

정유나

"갈 수 있을지 모르겠습니다." 성가대 단톡방에 손과 발이 붕대로 감긴 사진이 올라왔다. 새 신부님 환영을 위한 성가 연습에 참석할 수 있을지 모르겠다는 말이다. 안나 자매님이 다리와 손을 다친 모양이다. 어린이집에서 근무하면서도 틈날 때면 성당에 와 예쁜 꽃을 다듬어 제대 앞에 놓곤 하셨다. 붕대가 감긴 사진을 보니 안타까우면서도 한편으로 자매님께 어떤 선물이 있으려고 어려움이 찾아왔을까를 생각하게 된다. 사진속 안나 자매님 모습은 3년 전 나와 닮아있었다.

2019년 4월, 유치원 학부모 상담이 있던 날이다. 5살 딸이 처음으로 유치원에 간 해였기에 조금 들뜬 마음으로 신발장에서 뾰족구두를 꺼내 신었다. 임신하면서부터는 조심한다는 이유로, 육아하면서는 편한 게 최고라는 생각으로 단화나 운동화만 신어왔다. 이 얼마 만인가. 꽤 오랜만에 굽 있는 구두를 신고 집을 나섰다. 상담은 오후였지만 미사 참석 후 갈 생각에 아침부터 집을 나섰다. 구두 신은 나를 보며 사람들은 오늘 좋은 일 있냐고 물었다. 발은 불편하면서도 괜히 신이 났다.

유치원에서의 상담은 기분 좋게 끝났건만, 집으로 돌아오는 길 내내 구두를 신었다 벗었다 했다. 발이 커진 건지 구두가 작아진 건지 꽉 조인 구두에서 얼른 내려오고 싶은 마음뿐이었다. 맨발로 걸어가는 상상을 하며 집에 겨우 도착했다. 안도의 한숨은 일렀다. 그날 밤 자려고 누웠는데 발가락에서 통증이 느껴졌다. 미세한 통증이라고 하기에는 위치가 분명하다. 왼쪽 넷째 발가락. 시간이 지나면 괜찮을 줄 알았는데 3일이 지나도 통증은 여전했다. 정형외과를 찾았다.

"골절입니다. 여기 이 부분에 살짝 금이 갔어요. 어디 부딪혔어요?"

왼쪽 넷째 발가락이다. 생각나는 거라곤 학부모 상담가던 날 꽉 끼던 구두밖엔 없는데, 정말 그게 골절 이유가 된단 말인

가. 심증만 가진 채 나는 그 후로 꽤 오래 구두를 신을 수 없었다. 난생처음 반깁스 했다. 의사는 되도록 움직이지 말라고 했다. 당장 유치원에서 딸 데려오는 것부터 씻기고 집안일까지. 막막했다. 새벽같이 출근하는 남편은 야근에 회식에 퇴근 또한 늦을 때가 많았다. 5살 딸아이와의 일상은 여전했다. 딸 손잡고 뒤뚱이면서도 등·하원 시키고, 놀이터에서 신나게 놀다가 땀 범벅 된 딸 목욕도 도왔다. 붕대를 풀어 조심히 물에 발 담그고 다시 감아놓곤 했다.

"움직이지 말라고 했잖아요. 뼈 제대로 붙어야 하는데 더 안 좋아졌네!" 3주쯤 지났을까. 의사는 절대 깁스를 풀지 말라며 호통쳤다. 당시 독점 육아를 하고 있던 나로서는 좀 억울했다. 어째 통증이 없다가 또 생긴다 했더니, 다음 주면 풀 줄 알았던 깁스를 하고 최소 2주는 더 있어야 했다. 뒤뚱거리며 다녔더니 허리도 쑤셨다. 심란한 마음 애써 가라앉히려 하는데 또다시 일이 터지고야 말았다. 청소기를 돌리고 있었다. 옷방 여닫이문을 여는데 순간 덜커덩하는 문을 따라 손가락이 반대편 문틈으로 따라 들어갔다. "아—악!" 문 레일이 매끄럽지 않아 그렇지 않아도 수리를 부탁해 두었던 참인데 일이 나고 만 것이다. 오른손으로 왼쪽 손가락을 부여잡고 한참 서 있었다. 손가락 하나가 퍼렇게 멍들었다.

"아이고, 손가락도 골절이네요. 뼈에 금 갔어요."

의사의 처방으로 왼손 가운뎃손가락 깁스까지 더해졌다. 이 제는 설거지도 머리 감기도 쉽지 않다. 발 깁스를 하고 있으면 서도 씩씩하게 걷고 별일 아니란 듯 평소처럼 지내려 했었다. 그런데 손가락 깁스가 더해지자 다잡으려던 마음이 내려앉았 다. 왜 연이어 이런 일이 일어나는지, 좋지 않은 일 또 일어나 는 건 아닐지 하는 생각들이 머릿속을 오갔다. 불편한 상황들 을 내가 믿는 주님께 봉헌하겠다는 심정이었다. 하지만 점점 마 음 약해지면서 이전보다 좋지 않은 상황에 불안해진 것이다. 당 시 마음 근육을 탄탄히 하려고 여러 공부도 하고 있었는데, 내 마음 이것밖에 되지 않나 하는 생각에 괴롭기까지 했다. 좀 쉬 고 싶었다.

딸 친구 강민이 엄마가 사정을 알고 뼈에 좋다는 홍화씨를 건넸다. 제주 생각은 일단 접어두고 몸부터 생각하란다. (주희와 제주 한 달 살기를 생각하고 있었다) 엎친 데 덮친 격, 그날 장 본 물건 을 마트 지하 주차장에서 와르르 쏟았다. 깁스한 발을 쭉 뻗고 앉아 한 손으로 주섬주섬 물건을 주워드는데 참아오던 눈물이 핑 돌았다. 흩어진 물건을 주워들고 차에 탔다. 함께 있던 강민 이 엄마가 내 기분을 살피다가 입을 열었다.

"어떤 날은 되는 일이 하나도 없는 것 같아서 우울한데, 또 어떤 날은 이래도 되나 싶을 만큼 잘 풀려서 불안해. 이러나저러나 생각은 들더라고. 그러니 너무 마음 쓰지 말아."

친언니처럼 위로하는 그녀의 말에 묵직한 돌덩이 하나를 내려놓은 것 같았다. 어떤 얘기라도 해주려는 그 마음 또한 고마웠다.

다음 날 주말 오전, 어질러진 집을 두고 잠시 나만 생각했다. 내 몸이 보내는 신호가 아닐까? 출산과 육아로 약해진 몸을 보호하라는 신호. 그랬다. 생각해보면 그때의 일로 칼슘과 비타민D를 복용하기 시작했고, 고추장에 멸치 찍어 먹는 맛도 들였다. 건강을 잃으면 다 소용없다는 사실을 자각하고 내 몸 내가 더 챙겨야겠다는 마음을 새기게 된 것이다. 그뿐 아니다. 여유를 가지고 마음을 들여다보았더니 다 감사였노라 내 안에서 속삭여왔다. 당연하게 여겼던 것들이 결코 당연한 것이 아니었노라고. 이제껏 두 손으로 시원하게 머리 감고 딸 목욕시켜주는 일은 기적이었다. 육체가 자유롭지 못한 이들에게는 분명 기적이고 나는 그 기적을 매일 살고 있었다. 내게 찾아온 불편함은 선물이었다. 매이지 않은 두 다리, 손가락의 자유로움이 얼마나 감사한 일이었던가를 깨닫게 해 준 아주 큰 선물. 그런 때가 없었다면 일상의 기적, 감사함을 놓칠 뻔했다.

"그것은 아주 훌륭한 선물이란다. 그것이 없으면 이것을 알 수 없거든. 찬 것이 없으면 뜨거운 것을 알 수 없고, 아래가 없으면 위를 알 수 없고, 느린 게 없으면 빠른 것을 알 수 없지. 또 오른쪽이 없으면 왼쪽을 알 수 없고, 저기가 없으면 여기를, 그때가 없으면 지금을 알 수 없단다."

– 닐 도널드 월쉬 《작은 영혼과 해》

토요일 아침 7시, 글쓰기 수업을 듣다가 고개가 절로 끄덕여졌다. "지금 알고 있는 대부분은 고통을 통해 배운 것들입니다. 벤자민 프랭클린은 고통을 주는 것이 가르침도 준다고 말했어요."

언제부터인가 위기를 기회로 보기 시작하는 일들이 하나둘 늘어나기 시작했다. 계획했던 일이 물거품 되면 다른 방향을 모색했다. 실수하면 다음에는 제대로 할 기회로 여겼다. 작은 어려움이라도 그것을 발판으로 도약의 기회로 삼는다면 그것은 선물이고 축복이다. 어려움을 매번 좋은 것으로 생각하기 쉽지 않겠지만, 그런 때가 없었다면 내 삶에 깨달음의 선물이 쌓이는 기쁨도 없을 것이리라.

제3장

주먹을 불끈 쥐고

마음만 먹으면
달리는 KTX 바퀴도 바꿀 수 있다

정인구

"운명은 인내하고 노력하는 인간을 절대로 배반하지 않습니다. 저는 제 삶의 속도가 달팽이처럼 느린 것을 두렵지 않으나 조개처럼 그 자리에 멈춰 서는 것은 두렵습니다. 오늘도 이 자리에 주저앉아버리고 싶지만, 달팽이처럼 조금씩이라도 내일을 향해 움직이려고 노력합니다."

— 정호승 《내 인생에 용기가 되어 준 한마디》

"아저씨!, 아저씨!" 희미한 소리가 들린다. 눈을 떴다. "약주 많이 하셨네요. 주공아파트 도착했습니다." 택시에서 내리자 다리가 휘청거리고 몸을 바로 할 수 없었다. 갑자기 바닥이 벌떡 일어나 얼굴을 쳤다. "에이 씨~". 비틀비틀 계단을 올라갔다. 벨을 눌렀다. "누구세요!" 남자 목소리가 났다. '이 여편네가 외간 남자를 집에 들였나?' 마신 술이 확 깨는 듯했다. "야! 너 누군데, 빨리 문 열어 새O야" 문을 발로 찼다. 갑자기 문이 확 열렸다. 건장한 남자가 째려봤다. 남자 뒤로 아내와 아들인 듯한 분이 보였다. 분명 우리 집은 아니었다. "당신 누꼬? 술 처먹었으면 곱게 집에 가지 왜 남의 집에 와서 행패야!, 에이씨 재수 없어!" '죄송하~' 말이 끝나기도 전에 문을 '쾅' 닫았다. 아파트 주차장에 나와 위를 올려봤다. 203동 글자가 희미하게 보였다. 우리 집 옆 동 건물이었다.

잠에서 깼다. 목이 타고, 머리가 깨지는 듯 아팠다. 물 마시러 밖으로 나왔다. 순간 머리카락이 쭈뼛 서고 정신이 확 들었다. 거실 분위기가 우리 집이 아니다. '도대체 여기가 어디야?' 얼른 방으로 들어갔다. 허겁지겁 겉옷을 챙겼다. 까치발로 방을 나왔다. 현관에 구두를 들고 쏜살같이 밖으로 빠져나왔다. 팬티와 러닝 차림으로 아파트 비상계단 쪽으로 달렸다. 야쿠르트

아주머니가 "옴마야~" 비명을 지르며 얼른 고개를 돌렸다.

어렴풋이 지난밤이 생각났다. 직원들과 술 마시고 택시 타고 집으로 가는데, 휴대전화 벨이 울렸다. "계장님, 어디입니까?" 같은 아파트에 사는 이 계장이었다. 「딱! 한잔호프」 집입니다. 기다릴게요." 통화가 끝나기도 전에 끊었다. 술을 많이 마신 터라 집에 가고 싶은데, 혼자 기다리는 이 계장 얼굴이 떠올랐다. 술집 앞에 내렸다.

탁자에는 맥주 3병, 소주 1병, 마른안주가 있었다. 맥주 2병과 소주 1병은 비었다. 나머지 병은 반쯤 남아 있었다. "이모! 여기 맥주 3병, 소주 1병. 폭탄주를 만들어 건배!, 건배!." 더 이상 기억이 안 난다. 내가 사는 아파트는 6천 세대 복도식 주공아파트다. 여름이면 바람이 들어오도록 문을 반쯤 열고 발을 친다. 술에 취했고, 아파트가 비슷비슷해서 남의 집을 우리 집으로 착각했다.

회사 마치고 탁구장으로 달려갔다. 탁구 경기로 땀 흘리고 나면 술 생각이 간절했다. 비 오는 금요일, 불타는 금요일이었다. 막걸리에 파전이 생각이 났다. 나는 술집에서 '이벤트의 황제'로 통했다. 넥타이나 화장지를 머리에 두르고, 탁자에 촛불을 켜고, 소화기를 카메라처럼 들고 촬영 흉내 내고. 지인들은 나하고 술 마시는 걸 좋아했다. 술꾼을 모집했다. 1차는 막걸리와 파전, 2차 노래방. 3차 포장마차에서 마무리했다. '집-회사-탁구장-술집-집!'. 다람쥐 쳇바퀴 돌 듯 술로 인생을 허비했다.

술 마신 뒷날은 머리가 빠개질 듯했다. 속은 쓰리고, 기분이 좋지 않았다. '후회, 상실감, 죄책감, 불쾌감 증오, 무기력증…'. 머리를 감싸고 침대에서 빠져나왔다. 아내는 보이지 않았다. 수돗물을 벌컥벌컥 마셨다. 욕실로 갔다. 거울 속에 웬 괴물이 나를 보고 있었다. 헝클어진 흰머리, 야윈 얼굴에 날카로운 눈빛, 베개 자국이 길게 나 있었다. 잔주름도 많다. 거울을 닦았다. 보기 싫어 얼른 고개를 돌렸다. 모든 것이 원망스러웠다. 아내도, 상사도, 동료도. 샤워기를 틀었다. 욕실 바닥에 앉아 물줄기에 고개를 처박은 채 한참 울었다. 왠지 모를 눈물이 계속 났다. 아내와 얼굴 보고 대화한 기억이 가물가물했다. 아들은 나를 투명 인간처럼 대했다. 직장에서는 우리 부부를 잉꼬부부라 부러워했지만, 가정은 엉망이 되어있었다. '술은 곧 나이고, 내가 곧 술이었다.' 지난날이 후회스러웠다. 아무런 꿈도 목표도 없이 살아온 날이 한심했다. 퇴직이 5년도 남지 않았다. 인생을 허비한 날들을 되돌릴 수만 있다면 억만금을 주고라도 바꾸고 싶었다. '내가 변할 수 있을까?'. "인구 저거는 환갑 되기 전에 철들기 틀렸다."는 말을 자주 들었다. '그래 맞아. 내가 어떻게 변할 수 있겠어.' 33년 직장 생활하는 동안 생각의 폭도 우체국 한계를 벗어날 수 없었다. '우체국이라는 우물 안'이 내 삶수준이었다. 평생을 바친 직장, 이제 곧 정년이다. 떠나야 한다니 배신감이 들었다. 욕실을 빠져나와 침대에 누워 멍하니 천장을 봤다. 불빛이 흐려졌다. 뜨거운 액체가 볼을 타고 흘러내렸다. 돌아가신 어머니 얼굴이 떠올랐다. 내가 원하는 삶은 이런 게 아닌 데….

'그래!, 이제라도 바꿔보자!' 노트를 펼치고 나의 문제를 하나하나 적었다. 가장 큰 문제는 '술'이었다. '술을 끊자!' 고민 끝에 〈금주 선언문〉을 만들었다. 「나 정인구는 2017. 6. 30. 04:30부로 술을 끊는다. 만약 내가 술을 마시면 일천만 원을 불우이웃에 기부하겠으며, 내가 술 마시는 걸 보거나 신고한 사람에게 일천만 원을 지급한다. 2017. 6. 30 정인구(인)」 A4로 출력해서 코팅했다. 내 책상 앞 잘 보이는 곳에 두었다. 출입구 현관문에도 붙였다. 아내는 무슨 생각에서인지 〈금주 선언문〉을 휴대폰으로 찍어 페이스북과 인스타에 올렸다. 갑자기 지인들로부터 전화가 왔다. "인구야 무슨 병에 걸렸나?" 이런 전화가 수시로 왔다.

술과의 전쟁이 시작되었다. '오늘 하루만 딱 끊어보자!', 하루, 이틀, 사흘, 나흘, 체크리스트를 만들어 술 마시지 않은 날을 표시해 나갔다. 일주일간 술을 입에 대지 않았다. 주변의 병들이 모두 술병으로 보였다. 일이 손에 잡히지 않았다. 하필이면 여름철이라 내가 좋아하는 맥주 광고가 가는 곳마다 보였다. 마음을 돈독히 했다. 14일이 지났다. 21일이 지났다. 그리고 100일!. 100일 동안 한 모금도 마시지 않았다. 나에겐 기적이나 다름없었다. '어~ 되네. 나도 변할 수 있구나!' 술을 끊고 나니, 보는 사람마다 얼굴이 좋아졌다고 한마디씩 했다. 기분이 좋고 활력이 넘쳤다. 그렇게 술과의 전쟁에서 승리했다.

욕심이 더 생겼다. 책을 읽고 인터넷 강의를 들었다. 아내와 함께 '독서코치 과정', '3P바인더마스터 과정' 등 자기 계발 강의를 수료했다. 부산-서울-부산, 교육비만 2천만 원 넘게 들었지만 아깝지 않았다. 교육을 마치고 서울역에서 막차를 탔다. 새벽 1시 30분! 부산역 도착. 아내 손을 잡아 내 외투 주머니에 넣었다. 참으로 오랜만에 잡아보는 아내 손이었다. "아이 추워~" 아내는 팔짱을 끼고 바짝 붙었다. 참으로 오랜만에 느끼는 감정이었다. 서울-부산 거리가 이렇게 짧게 느껴진 적이 없었다.

'40대 이상인 사람이 변하는 건 달리는 KTX 바퀴를 바꾸기보다 어렵다'는 말이 있다. 그만큼 사람은 바뀌지 않는다는 말이다. 바퀴를 꼭 바꿀 필요는 없다. KTX를 타고 있는 내가 바뀌면 된다. 오늘도 아침 4시 30분 기상, 미라클 모닝(아주 특별한 아침 만들기, 5~6시)으로 하루를 시작했다. 10개월째 운영하고 있다.

변화의 속도가 달팽이처럼 느려도 상관없다. 예전처럼 '우물 안(직장)'에서 멈춰 설까 두려울 뿐이다. 때론 힘들어 주저앉고 싶을 때도 있지만 오늘도 달팽이처럼 조금씩이라도 움직이려고 노력한다. 변화의 첫걸음은 자신을 받아들이고, 허용하고 수용하는 것이다. 나를 있는 그대로 받아들이고 변하려는 마음만 있으면 변할 수 있다. 지난 5년 동안 내 주변에 많은 사람이 바뀌고 성장하는 것을 경험했다.

"여보! 내 휴대전화기가 없다. 전화 좀 해봐." 단축번호 1번을 꾹 눌렀다. 의자 위에서 아내 휴대전화기가 춤을 춘다. 휴대폰 화면에 '하나뿐인 내 사랑'이라는 글자가 선명하게 빛나고 있다.

('웬수'였는데...)

새벽 기상 그냥 해봐

구은주

이처럼 새벽에는 생각보다 많은 일이 일어난다. 내가 세상모르고 잠들어 있을 때 어떤 사람은 내가 원하는 목표를 이루기 위해 치열하게 공부하고, 어떤 사람은 내가 원하는 위치에 이미 도달한 채 또 다른 목표를 향해 달려가고 있다. 이들에게 새벽은 수면 시간이 아닌 활동 시간이다.

– 《나의 하루는 4시 30분에 시작된다》 김유진 –

나는 태생이 올빼미형 인간이다. 학교 다닐 때부터 시험 기간에 날 새는 것은 잘했지만 새벽에 일찍 일어나서 도서관 자리 맡는 게 제일 어려워서 시험 기간에는 늘 친구에게 도서관 자리를 부탁했다. 새벽에 일찍 일어날 일이 생기면 차라리 날 새는 편이 더 쉬웠다. 여행 가서도 아침 굶고 그 시간에 조금 더 잠자는 것을 택한다. 친정엄마는 요양원 가시기 전까지 비가 오나 눈이 오나 매일 새벽에 일어나셔서 교회에 가셨다. 난 엄마처럼 나이가 들면 새벽예배 가는 것이 쉬워질 줄 알았다. 그런데 아직도 제일 어려운 일 중의 하나가 새벽 예배 가는 것이다. 그런 내가 부담 없이 새벽 예배 갈 때가 있다. 그때는 한국에서 미국 올 때, 미국에서 한국 갈 때 시차 때문에 잠 못 자거나 일찍 눈이 떠지면 새벽에 교회에 간다.

올해 1월 1일부터 모 온라인 교육 사이트에서 매달 첫 2주 동안 새벽 기상을 하며 동기 부여시키는 프로그램이 있다. 다행히 나는 미국 오후 3시라서 실시간 유튜브 방송을 참가할 수 있었다. 그 프로그램 목적은 시간 없다고 하지 말고 새벽에라도 일어나서 아무도 방해받지 않는 시간을 만들어서 자기가 하고 싶은 일을 하고 공부하고 꿈을 이루라는 것이다. 새벽 기상 인증을 SNS에 꾸준히 올리면 완주 아이템을 선물해 준다. 한국에서는 약 만 명의 사람들이 새벽 5시에 일어나 대화창에서 라이브 소통한다. 인증을 위해 나도 미국 새벽에 겨우 일어나 올해 계획했던 영어 기도문 필사하고 다시 잠들었다. 새해 특별 새벽예배 기간에도 일찍 못 일어나서 집에서 유튜브로 예배드렸는데 인증을 위해 그 어려운 새벽 기상을 억지로 했다. 그렇게 나에게 가장 힘든 일은 새벽 기상이다.

나는 이제껏 새벽 기상하는 사람들을 특별한 사람으로 간주했다. 그들은 나와는 차원이 다른 비범한 사람이라 아침에 일찍 일어나서 책도 읽고 많은 일을 해낸다고 생각했다. 반면 나는 지극히 평범하다고 생각해서 새벽 기상은 아예 엄두를 안 냈다. 대신 그들이 자는 동안 늦게까지 나름대로 내 할 일을 한다. 서로 밤낮만 바뀐 것이다. 단지 차이는 '그들이 새벽에 하는 것을 밤에 하는 것이니 결국 같은 거야' 라고 스스로 합리화했다. 새벽에 일찍 일어나는 것은 큰 스트레스였다. 새벽 기상을 하면 온종일 하품하고 머릿속이 멍하다. 그래서 새벽에 눈을 뜨면 다시 잠을 청하고 10시쯤 일어나서 일과를 시작한다. 그리고 또 밤 12시 넘어 잠이 든다.

그런데 며칠 전 새벽에 일어나서 반드시 해야 할 일이 생겼다. 공저 프로젝트를 진행하는데, 전날 밤늦도록 글 쓰다가 잠이 들어 새벽에 일어나서 일을 끝내야 했다. 함께 하는 일이라 마감 날짜를 지켜야 다른 사람에게 피해를 안 준다. 그리고 바로 줌 수업이 있었다. 한국에선 저녁 수업이었지만 난 아침이라 온라인 수업을 마치고 약속이 있어서 나가야만 했다. 난생처음 새벽에 일어나서 너무 많은 일을 해치웠다. 5시부터 일어나서 책 읽고 30분 동안 유튜브로 새벽 예배를 드렸다. 또 밤에 쓰다만 글을 마저 쓰고 카톡에 공유하고 한 시간 문장 수업 듣고 씻고 나갔다. 새벽에 일어나서 반나절 동안 해야 할 일을 정신없이 하고 나니 나 자신이 대견하고 기특하고 뿌듯했다. 성공한 사람들이 새벽 기상하는 이유를 어렴풋이 알 것 같다. 그들이 새벽에 일어나는 이유는 그 시간에 반드시 해야 할 일이 있기 때문이다. 그 새벽에 일어나서 읽어야 할 신문과 보아야 할 책과 해야 할 공부가 있기 때문이다. 나도 반드시 해야 할 일이 생기니까 누가 깨우지도 않고 시키지도 않았는데 새벽에 벌떡 일어나서 책도 읽고 글을 썼다.

사람이 발등에 불이 떨어지고 책임감이 생기니 새벽에 저절로 눈이 떠졌다. 책에서 '나는 자면서 꿈을 꾸기보다 새벽에 일어나서 꿈을 이루기 위해 노력한다'라는 말이 있다. '새벽에 일찍 일어나면 하루가 너무 피곤해서 나는 충분한 잠을 자야 해'

라고 스스로 세뇌하며 이불 속에 누워있었다. 그런데 새벽에 일어나서 급한 불을 끄고 하루를 시작하니 마음속 깊은 곳에서부터 차오르는 뿌듯함과 스스로 무엇인가를 해냈다는 성취감은 새벽에 일어난 자만이 알 것이다. 이제껏 나는 새벽 기상을 못 한 것이 아니라 안 한 것이다. 굳이 새벽에 일어나지 않아도 되기 때문에 피곤하다는 핑계로 더 잠을 잔 것이다. 새벽 기상을 못 하는 사람들은 그 시간에 반드시 일어날 수밖에 없는 환경과 시스템을 만들어 놓으면 된다.

내가 아는 스승님도 항상 새벽 4시에 일어나서 책을 읽고 글을 쓰신다고 한다. 난 그분이 특별한 작가이고 강연가라서 매일 새벽 기상을 한다고 생각했다. 그런데 내가 해보니 그 이유를 알 것 같다. 평소보다 조금 일찍 일어나서 책 읽고 글 쓰면 하루가 길고 여유로울 뿐 아니라 근거 없는 자신감도 생긴다. 독서하는 이유는 글을 써야 할 재료를 찾기 위해서이고, 글쓰기는 내 인생의 기록을 남기기 위해서이다. 훗날 내 기억이 점차 사라질 때 현재 나의 모습과 우리 아이들에게 전해줄 메시지를 기억하기 위해서 글을 쓴다. 어떤 것이든지 실행해본 자만이 무엇이 좋고 나쁜지를 판단할 수 있다. 새벽 습관이 형성된 사람은 그 시간의 정기와 기운을 받고, 남에게 방해받지 않는 고요하고 유일한 그 시간이 얼마나 소중하고 중요한지 알기 때문에 새벽에 일어난다.

사람들이 맛있다고 하는 맛집을 일부러 찾아가듯이 성공한 사람들은 새벽 기상을 하고 그 시간에 많은 일을 해낸다. 누구도 방해하지 않는 새벽에 일어나 앉아서 명상이라 하고 기도로 시작한다. 그다음 글쓰기를 할 것이다. 좋은 것은 성공한 사람처럼 그냥 따라 하면 된다. 새벽은 자는 시간이 아니라 깨어 있으면 나의 역사가 기록되는 순간이다. 일찍 일어나서 내게 주어진 24시간을 내가 주도하며 여유롭게 시작해 보기로 한다. 새벽 기상! 그냥 알람 맞추고 일어나서 하면 된다.

꺼져가는 열정을 되살리는 해법

이시은

'WBC! 이때가 기회다!'

2006년 3월. 월드 베이스볼 클래식(WBC)이 한국에서 열렸다. 남편과 나는 WBC를 통해 한 달 생활비 정도를 하루 만에 벌겠다는 계획을 세웠다. 당시 우리 부부는 책 읽기에 한창이었다. 결혼 5개월 차였던 우리는 밤마다 재테크 이야기를 했었다. 둘 다 박봉이라 노후를 준비하려면 재테크만이 답이었다. 장사, 펀드, 부동산. 무엇이든 도전하고 싶고 경험하고 싶었다. 자기계발 서적은 우리의 열정을 불태울 기름이나 다름없었다.

우리는 WBC 기간에 김밥과 생수를 팔기로 했다. 우리의 계획에 무모한 도전이라는 친구도 있었지만, 꼭 그런 것만은 아니다. 2002년 월드컵 당시, 거리 응원이 한창이었다. 남편은 친구들과 함께 거리에서 응원하던 사람들에게 김밥을 팔았었다. 친구 두 명과 밤새 김밥 200줄을 말았다더라. 한 줄에 2,000씩 200줄을, 생수는 한 병에 1,000원씩 50병을 팔았는데, 개시한 지 한 시간도 안 돼서 모두 팔았다고 했다. 월드컵을 떠올리며 야심 차게 김밥을 준비했다. 눈앞에 펼쳐진 김밥 재료를 보고 있으니 벌써 돈이 생긴 것 같아 흐뭇하다. 이 돈을 비상금 통장에 넣어야 할지, 펀드에 넣어야 할지 모르겠다며 기분 좋은 생각 속에서 김밥을 말았다.

아침이다. 둘 다 토끼 눈이다. 졸린 눈을 비비며 카트에 생수 한 묶음과 김밥 100줄을 각자 실어 출발했다. 가는 지하철에서도 우리의 즐거운 상상과 수다는 계속이다.

"오빠. 돈 벌면 비상금 통장에 넣을까? 아니면 펀드에 넣을까?"

시청에 도착했다. 막상 시작하려니 부끄러움이 밀려왔다. 서로를 쳐다보았다. 둘 다 상대가 먼저 시작하길 바라는 눈치다. 일단 판을 깔기로 했다. '김밥 2,000원' '생수 1,000원' 쓰인 프린트물을 카트 손잡이에 붙였다. 김밥 사세요! 하며 외치려는 순간, 드디어 누군가 왔다. 드디어 개시하는구나!

"여기서 장사하시면 안 됩니다. 모두 치우세요."

시청 관계자가 말했다. 그러고 보니 주변에 장사하는 사람이 없었다. 우리뿐이었다. 갑자기 내 귀가 뜨거워졌다. 남편을 쳐다보니 만만치 않다. 토끼 눈이었던 남편은 얼굴과 목까지 빨개졌다. 그래도 칼을 뽑았으니 하나라도 팔아야 한다는 생각만 든다. 짐을 챙기며 주위를 두리번거렸다. 마침 저 멀리서 한 아주머니와 눈이 마주쳤는데, 미소 지으며 자식을 보듯 우리를 보고 느낌이다. 왠지 아주머니는 팔아줄 것 같아 냉큼 가서 말했다. "생수 1,000원인데, 하나 드릴까요?"

결국 매출은 달랑 1,000원이다. 부끄러움도 없이 이 상황이 재밌다며 둘이 깔깔거렸다. 길가 구석에 서서 김밥 한 줄씩 까먹으며 남은 김밥을 팔 궁리만 했다. 떨이로 다 팔 곳 없을까? 고민하다 우리는 순간 눈이 반짝였다. 그리고 서둘러 짐을 챙겼다. "10원짜리 화투를 치고 계시는 시어머니에게로 가자!"

당시 우리는 책으로 미래를 꿈꿨다. 워킹맘이던 그때, 많이 피곤했을 법도 한데 책은 손에서 안 놓았다. 집안일을 모두 끝낸 새벽이면 조명등 밑에서 읽을 정도였다. 재테크를 잘하겠다는 꿈. 아이를 잘 키우겠다는 꿈. 좋은 부모가 되는 꿈. 그리고 각자를 위한 꿈도 그렸었다. 하고 싶은 것이 많았던 우리는 꿈도 참 많았다. 목표를 세우며 나름의 계획도 세웠다. 그렇게 나는 책을 통해 한 걸음 한 걸음 나아갔다.

그랬던 내가 언젠가부터 책을 멀리하기 시작했다. 빠르게 변화하는 사회답게 많은 디지털 기기들이 내 손에 쥐어졌다. 소셜미디어와 유튜브 같은 동영상 공유 플랫폼이 넘쳐나니 정보도 얻기 쉬웠다. 지하철에서 책 대신 스마트폰을 들었고, 족집게 과외 식 영상을 찾고 있었다. 성경책 대신 성경 앱을 열어 예배드릴 정도니 말 다 했다. 언젠가부터는 마음에 와닿는 한 줄을 적어놓는 대신, 인스타에 좋은 글귀를 찾아 '좋아요'를 누르고 팔로우한다. 책에 애착이 많아 책장까지 제작했었지만, 언젠가부터는 먼지 쌓이는 짐처럼 느껴졌다. 몇 권만 남기고 책장과 삼천 권의 책들을 모두 버렸다. 요즘 세상은 구태여 책을 펼치지 않아도 되는 세상이었으니까.

"품은 비전이 식어갈 때, 독서로 열정을 되살리는 해법을 찾아주는 지혜가 필요합니다."

– 한수위 《상위 1% 인재는 어떻게 만들어지는가?》

한수위 작가의 책을 읽었다. 아이를 위해 읽던 책인데 내 가슴이 뛰기 시작한다. 책을 거의 다 읽어 갈 무렵, 나는 이 한 줄에 밑줄을 그었다. 32장 중 31장의 마지막 문장이었다. 아이를 위해 읽었던 책이 나를 위한 책으로 바뀌는 순간이었다. 2006년 WBC가 떠오른다. 독서를 통해 의욕이 충만했었다. 뭐든 할 수 있다며, 긍정적인 생각만 하던 '그때'가 떠오른다. 책을 덮었다. 그리고 바로 책장으로 갔다. 이제는 몇 권 안 꽂혀있는 책장이다. 책들을 쭉 훑었다. "찾았다! 다행히 안 버리고 있었네."

15년 전 우리 부부가 한창 미래를 꿈꿀 때 읽었던 책《보물지도》이다. 제법 먼지가 쌓여있었다. 이 책 마지막에는 우리가 함께 쓴 글이 있었다. 제법 구체적으로 적어놓은 우리 부부의 미래였다. 그때로 되돌아가는 느낌이다. 다시 마음이 설렌다.

올해 만으로 마흔, 불혹이다. 불혹을 검색하니 '세상일에 정신을 빼앗겨 갈팡질팡 판단을 흐리는 일이 없는 나이'라는데 나는 예외인가 보다. 모든 것이 흐릿하다. 다들 분주한데 나 혼자 우두커니 서 있는 느낌이다. 가야 할 길을 잃었다. 지금, 누군가 내게 꿈이 있냐고 물어보면 선뜻 대답하기 힘들다. 변해야 할 이유도 못 찾겠다. 뭐라도 시작해볼까 하다가 실패할까 두려워 포기했다. 가끔 친구들과 이야기해봐도 다들 비슷하다. 의욕만 앞설 뿐 나의 남은 인생에 구체적인 계획도 꿈도 없다. 모두 나이 탓을 하며 오늘에 안주하며 살고 있었다.

한수위 작가의 '독서로 열정을 되살리는 해법'을 찾는다는 말은 꺼져가는 내 열정에 불쏘시개가 됐다. 마음에 무언가 꿈틀거리는 느낌이다. 생기가 돈다. 도전하고 싶고, 부끄러움도 사라진다. 자신감도 생겼다. 두려움이 사라지고 설레기 시작했다.

화장대를 벽 쪽으로 밀어버렸다. 그 자리에 나만의 책상을 놓았다. 스탠드도 놓고 노트를 꽂을 책꽂이도 올려놨다. 이곳에서 책을 읽는다. 읽다가 습작도 하고 머릿속에 떠오르는 단어나 느낌을 적기도 한다. 순간, 꽉 막혀있던 내 머릿속에서 단어들이 불쑥 올라왔다. '공장' '아픔' '책' '운동'... 하나에서 둘이 되고, 둘에서 셋이 되더니 활화산처럼 터졌다. 해야 하는 일과 하고 싶은 일에 교집합이 생겼다. 내 아픔을 꺼내서 가치 있는 일도 하고 싶어졌다. 그저 작은 단어였었는데 노트의 한 페이지를 빼곡 채울 만큼 구체적인 계획으로 바뀌었다. 역시 책은 미래를 꿈꾸게 했다. 읽다 보니 더 읽고 싶고, 상상하고 싶고, 쓰고 싶고, 계획하고 싶고, 그대로 행하고 싶다.

내가 책을 읽기 시작하니 가족도 변했다. 다들 책장 앞에 서 있는 시간이 많아졌다. 함께 식탁에 앉아 각자의 미래를 이야기도 한다. 커서 사업을 해 보고 싶다는 딸아이의 포부에 기특한 생각이 들었다. 남편은 잠시 내려놨던 음악을 하고 싶다고 말했다. 퇴직 후엔 작곡가로서의 인생을 살겠다고 선언했다. 옆에서 나는 작사를 해주겠다며 남편을 응원했다. 아들은 서울대를 갈 것이라며 너스레를 떨었다. 우리는 새롭게 펼쳐질 인생을 기대하며 앞으로의 계획을 '함께' 세웠다.

에디슨은 '책을 읽는다는 것은 자신의 미래를 만드는 것과 같다.' 했다. 처한 상황에서 열심히 사느라 여유가 없었다. 젊은 시절의 열정은 잠시 잊고 살았다. 정신 차려보니 인생의 반이 지났고, 미래를 떠올리면 설렘보다 걱정이 크다. 새롭게 시작하고 싶어도 무엇을 어떻게 해야 할지 막막할 뿐이다. 설사 있다고 해도 용기가 조금 부족했다.

독서를 해 보자. 내가 이 한 줄에 다시 인생을 그리듯, 누군가에게도 책에서 길을 찾을 수 있다. 종교, 육아, 철학, 소설책 등 뭐든 상관없다. 나처럼 의외의 책에서 만날지 모른다. 식어가던 내 미래의 열정에 다시 불 지필 불쏘시개 같은 한 문장을 말이다.

하루

이은설

　하루가 희붐하게 밝아온다. 날마다 자전거를 타고 샛강 다리를 건너간다. 새벽하늘은 시시각각 다른 모습을 연출한다. 밤을 새운 신호등이 길을 터주면 뻥 뚫린 도로에 간간이 차들이 지난다. 부지런한 환경미화원 아저씨의 빗자루가 보인다. 빌딩 숲 사이로 여명이 비친다.

　작업장 앞에 도착했다. 아침 일찍 서둘러 나왔건만 오늘도 남동생이 먼저 나와 있다. 동생이 무 상자를 지하 작업장으로 옮기고 있다. 주말이나 작업이 많은 날에는 혼자서 그날 구매한 무 20~30박스를 지하 작업장으로 내려야 한다. 작업을 시작한 지 얼마 되지 않았는데, 한의원을 제집 드나들 듯이 했다. 횟감용 무채를 만드는 일은 생각보다 고된 작업이다. 엘리베이터가 없는 건물에서 20kg 무 박스를 내리고, 작업한 무채를 계단을 통해 올려서 노량진 수산시장에 배달하는 일은 힘이 들었다. 다리는 후들거리고 허리는 휘청이며 진땀이 났다. 고생하는 동생을 보면 마음이 아려왔다. 새벽 일찍 나오는 동생을 위해 방금 삶은 달걀과 과일 몇 조각을 챙겨와 식전 참을 먹었다. 무뚝뚝한 남동생은 한 번도 잘 먹었다는 말 한마디 없었다. 동생이 살짝 밉기도 하지만 열심히 살려고 노력하는 모습이 고맙기도 했다. 수요가 많은 주말에는 무 내리는 작업을 끝내고 아르바이트하는 아저씨와 둘이서 막걸리 한 잔으로 몸의 고단함을 달래는 동생이 애처로웠다. 평일은 새벽에 무채 작업을 해서 노량진 수산 시장에 배달하고 출근을 해야 하는 동생의 아침은 늘 바빴다. 맞벌이 부부인 동생이 어린 조카를 유치원에 데려다주는 날은, 내가 대신 노량진으로 배달을 갔다.

오늘은 어떤 무가 왔을까. 작업복에 앞치마를 두른 뒤, 장화를 신고 고무장갑을 낀다. 작업 전 가장 먼저 하는 일은 대형 고무 물통에 물을 받는 일이었다. 물통이 제대로 자리를 잡지 못하면 물을 다 받았을 때는 한쪽으로 기울어져 손을 쓸 수가 없다. 항상 반듯하게 자리를 잡고 물을 받아야 했다. 무 머리와 꼬리를 잘라서 통에 넣고는 그물 수세미로 하나하나 문질러 씻었다. 대여섯 박스 무 세척 작업을 혼자 하고 나면 허리가 끊어질 듯 아팠다. 아픈 허리를 잡고 겨우 일어서서 한 걸음 떼기도 어려웠다.

보고 있던 동생이 무 세척기를 구했다. 무 세척은 기계가 대신했다. 우당탕탕 시끄러운 소리를 내면서 무끼리 부딪치고 기계의 사포 면에 부딪힌 무 껍질이 벗겨져 나갔다. 그럴 때면 마치 나의 허물이 벗겨지듯 나도 덩달아 깨끗해지는 느낌이 들었다. 무 몸체 중 툭 불거져 나온 부분은 더 많이 벗겨지고 오목하게 들어간 부분은 그대로였다. 너무 넘치지도, 모자라지도 않는 적당함은 사람에게도 무 에게도 중요하다는 생각이 들었다.

무채를 먹는 사람은 없지만, 회를 담을 때 접시 밑에 깔기 때문에 무조건 깨끗하고 위생적으로 해야 했다. 기계에서 나온 무는 깨끗한 물로 한 번 더 헹궜다. 채칼로 무 껍질을 벗기고 기계에 넣으면 국수 가락처럼 가늘고 긴 무채가 되어 내려온다. 물에 넣어 적당하게 매운맛이 없어지면 탈수한 뒤 무게를 달아서 냉장고에 보관한다. 보관 후 주문이 들어오면 배달을 하게 된다.

매일 새벽시장에서 무를 구매하지만, 자세히 보면 무의 생김

새는 제각각이다. 재배 시기와 날씨, 지역의 환경과 가격에 따라서 다르다. 세상에 똑같은 사람이 한 사람도 없듯이 그 많은 무도 똑같은 것은 하나도 없었다. 길쭉한가 하면 통통하기도 하고 몸매가 매끈하기도 하고 온몸에 점이 꾹꾹 박힌 점박이 무도 있다. 굵고 잘생긴 무는 보기만 해도 듬직했다. 울퉁불퉁 못생긴 무는 나를 보는 것 같아 자꾸 눈길이 갔다. 몸이 많이 휘어진 녀석을 보면, 나름 딱딱한 땅속에서 살아내기 위해서 몸부림을 쳤구나! 흠이 많은 무를 보면 '나처럼 고생이 많았겠구나.' 하는 생각도 들었다. '세상을 살다 보면 흠이 없는 사람이 어디 있으랴. 그래도 괜찮아 나도 괜찮고 너도 괜찮아. 여기까지 오느라 고생했다. 고운 무채로 만들어 줄 테니 걱정하지 마라.' 무를 다독이며 작업을 했다.

경험이 없어서 무를 많이 구매한 적이 있었다. 무채 주문은 많지 않았고 무는 시들어 가고 있었다. '어떻게 처리해야 할까.' 무채를 만드는 것도 힘이 들지만, 재고로 쌓인 무를 바라보는 마음도 무거웠다.

퇴근 후, 작업장에 온 동생이 무를 쳐다보더니 지하철역 앞에서 팔자고 했다. 이걸 팔 수 있을까. 생각하면서 담아줄 비닐봉지를 몇 장 챙겨서 동생을 따라나섰다.

지하철역 입구에서 채소가게 아줌마처럼 소리쳤다.

"무 한 개 천 원, 천 원씩"

"팔뚝 같은 무 한 개 천 원."

한두 사람이 사기 시작해서 무 다섯 박스를 순식간에 다 팔았다.

"못 팔면 아는 식당에 갖다주려고 했는데 후련하네요. 고생했어요. 누나."

동생의 말 한마디에 그동안 무가 상해서 버릴까 봐 불안했던 마음과 함께, 무를 파는 부끄러움이 한 방에 날아가는 듯했다. 자칫 쓰레기가 될 뻔한 무가 누군가의 소중한 먹을거리가 되었다는 생각에, 마음도 몸도 날아갈 것 같았다.

무채 작업을 하고 나면 기계에는 무 조각이 남는다. 남은 조각을 버리기가 아까워 처음에는 깍두기를 담았다. 담은 깍두기 양이 많아서 다 먹을 수가 없었다. 생각 끝에 무말랭이를 만들었다. 지하실에서 말렸더니 습기가 많고 바람이 통하지 않아서 무에 곰팡이가 피었다. 내 마음도 함께 검은 곰팡이가 피었다. 동생이 중고 건조기를 구했다. 다시 무말랭이를 만들었다. 무 조각을 비슷한 크기로 잘라야 해서 시간이 오래 걸렸다. 일을 마치면 무 조각을 건조기에 가득 채워 놓고 퇴근했다. 이튿날, 출근해서 마른 것만 골라서 자루에 담았다. 건조기에 넣을 때는 양이 많았지만, 마른 것은 그 십 분의 일밖에 되지 않았다.

푹 줄어든 무말랭이를 보고 있으면, 나름대로 열심히 노력하며 살았지만 손에 쥔 것은 아무것도 없는, 무말랭이 같은 내 삶을 보는 듯하여 서글픔이 밀려들기도 했다.

무말랭이는 볶는 것보다 뻥튀기해서 차로 마시는 것이 훨씬 맛이 좋다. 뻥튀기한 무 몇 조각을 넣고 따뜻한 물을 부으면 금방 노르스름한 무 차가 된다. 한 잔의 무 차! 나의 고단한 하루가 만들어 낸 무 차였다. 레몬 빛이 우러난 무 차는 나의 온몸에 스며들었다.

이나모리 가즈오의 인생을 바라보는 안목이 생각난다. "어떤 어려움이 있어도 가능성을 믿으며 결코 포기하지 말고 끈질기게 생각하자. 다양한 창의적 궁리를 거듭하며 최고의 노력을 기울여야만 어려운 국면을 타개하고 도전을 성공으로 이끌 수 있다."

똑같은 일상이 반복되는 하루하루의 끝에 놓인 내 인생의 마지막은 어떻게 될까. 무 차를 마시며 창밖으로 초록 가득한 가로수를 바라본다. 플라타너스의 그늘을 만난다. 이제 무더위가 끝나고 가을이 오고 있다. 고개를 숙여 하루를 정리하고 남은 시간을 계획한다! 나의 미래 모든 날의 하루를 위하여 다시 일기장을 펼친다.

이번에 해야 한다고 생각하자

김소진

나의 전국 공모전 도전은 학부모와 학원 원생들에게 능력 있는 원장이니 함부로 하지 말라는 무언의 경고 같은 걸 만들어 놓고 싶었다. 친절하면 무시해도 되는 양 선을 넘으려는 인성이 부족한 인간들에게 나도 능력 있는 사람이라는 걸 보여주고 싶다.

가까운 미술학원 원장 3명이 가끔 휴일에 우리 학원에 모여 그림을 하고 있을 때 전국 공모전에 도전을 의논했다. 도전과 포기의 반복 끝에 이번에는 무조건 해보자고 약속했다. 6개월의 기간이 있으니 충분하다. 그동안 야외 스케치를 자주 다

넀던 덕분에 수백 장의 사진이 있다. 하고 싶은 사진 하나 결정하기 어려울 정도로 욕심나는 작품 소재들이 많다. 결정을 쉽게 못 하는 우유부단한 나와 원장들은 며칠 고민 끝에 결정하고 시작했다.

각자 학원에서 그림 그리고 서로 봐주기로 했는데 주관적인 부분이 많아서 스스로 알아서 하기로 했다. 그런데 혼자서 하니 의욕도 점점 없어진다. 또 훼방 놓는 여러 가지 일들이 다들 많아 다시 모여서 작업했다. 같이 힘차게 외치며 마음 굳게 먹고 주말 이틀 불꽃 튀게 열심히 했다. 혼자 하면 진도도 안 나가고, 의지가 약해서 중도 포기하므로 우리는 서로의 격려와 응원이 필요했다. 모여서 구도 잡고 밥 먹고 쉬다가 또 집중하니 제법 진도가 나갔다. 힘들어도 주말마다 만나 작품에 관해서 이야기 나누고 서로 경쟁도 되고 좋았다. 매주 100호(130cm×160cm) 크기의 캔버스를 봉고에 싣고 옮기는 일도 보통의 정성이 아니면 불가능한 일이 되었다. 큰 캔버스 들고 다니는 것이 힘들다는 이유로 두 달 만에 우리의 모임은 끝내고 각자 학원에서 하기로 했다. 안 옮겨도 되니 편하고 좋다. 변덕도 이리 죽 끓듯 하니 아마 하기 싫은 핑곗거리를 만들려고 한 모양새다. 지켜보는 눈이 없으니 다른 일이 자꾸 생긴다. 집안 행사. 친구들 모임까지. 주말 지나고 학원에 출근하면 그리다 만 100호 그림이 나를 째려보며 한쪽 벽에 버티고 서 있다. 저녁 시간에 조금씩 진도는 나가는데 다음날에 보면 다시 제자리로 돌아가 있는 듯하다. 그래도 매일 그리고 고치고 반복하는 작업이 그림에 깊이가 만들어져 가고 있어 나름 만족했다.

시간이 흘러 출품 기간이 남았다고 여유를 부린 것도 사치가 되었다. 어느새 출품 날이 열흘 앞으로 다가왔다. 시간이 없다는 압박감이 목을 조여오고서야 마음이 다시 굳게 잡혔다. 작품 하는 맛이 난다고나 할까. 마감 날이 있어야 신경을 바짝 쓰게 된다. 뒤돌아볼 시간이 없으니 완성을 위해 달려야 한다. 마음에 안 드는 부분이 있어도 눈 질끈 감고 전체의 흐름에 신경 써야 한다. 시간이 갈수록 욕심이 나고 주말에 밤새 하다 보면 표현도가 더 잘 된다. 평일은 다음날 출근을 위해 11시에 정리하고 퇴근한다. 아침 일찍 출근해서 원생들이 하교하고 오기 전 오전 시간은 작업에 몰두할 수 있다. 이렇게 열심히 살아온 적이 없는데 어디서 이런 열정이 나는지 대단하다. 하면 할수록 집중되고 내 속에 숨어 있는 잠재력이 솟아 나오는 것 같다. 캔버스 어디선가 더 해보면 더 좋아진다고 속삭인다. 그래 조금만 더 힘을 내자. 앞으로 5일 남았다. 거의 완성되었지만 마지막 터치가 중요하다. 새벽 6시부터 자정까지 집중해 보자. 출품

날 작품 보내며 아쉬워하지 말고. 내 생애 최고의 열정을 내보자. 약국부터 쫓아갔다. 피로 회복제 제일 비싼 약 5일분을 사 들고 오면서 나도 참 무섭다고 하고 웃었다. 마지막까지 집중할 수 있을까. 도중에 몸살로 누워 버리게 되면 안 되는데 하면서도 "아니다 난 할 수 있다!" 하며 나를 달랜다. 학원 수업은 교사 채용해서 맡기고 복잡한 시간대에 잠시 도와주고 내 작업에 몰두하면 된다.

학원에서 밤늦게까지 불 켜져 있는 걸 며칠 보고는 옆 상가 세탁소 아줌마가 들어왔다. 저녁 7시면 불 꺼져있던 학원이 10시가 넘어도 켜져 있으니 궁금해서 왔단다. 팔레트와 물감 붓들이 어질러져 있는 걸 보고. "어머 너무 멋져요. 이런 화가님인 줄 몰랐어요." 하며 호들갑을 떤다. 부끄럽기도 하지만 내심 기분은 좋다. 그동안의 수고가 싹 사라진 듯 몸이 한결 가벼워져 어깨가 절로 올라간다. 이 그림 어디로 보내느냐, 이 정도 크기면 가격은 얼마쯤 하냐 등 말도 많다. 난 일 분도 아까운데 계속 지켜보고 묻고 또 묻는다. 한참 만에 세탁소 아저씨가 오셔서 구경하시고는 당신이 있으면 민폐라면서 아줌마를 데리고 가주셔서 고마웠다. "완성하고 보여드릴게요"라고 인사했다. 이제 내일이면 끝마무리다. 내가 끝내는 날은 출품 마감일 이틀

전. 하루만 더 힘내자며 피로 회복제를 마셨다.

같이 도전한 원장들은 3달 만에 다른 일이 생겨 중단했다. 나도 포기할까 하고 고민했었다.

정호승 산문집 《내 인생에 용기가 되어준 한마디》에 이런 문장이 있다.

무슨 일 하든 다음에 할 수 있다고 생각하지 말고 이번에 해야 한다고 생각하라. 이번이야말로 마지막 기회다 더 이상 물러설 곳이 없다는 마음으로 최선을 다하는 것입니다.

그래 이런 도전할 수 있는 날이 앞으로 없을 수도 있다. 무조건 하는 거라고 마음먹었다.

한 번으로 끝나는 도전이 아니라 매년 당락에 상관없이 출품해 보고 싶다.

아들 재원의 학교에서 그린 우리 가족 그림에 엄마는 등 돌리고 그림 그리는 장면, 아빠는 엄마 옆에서 서 있고, 누나 주원이와 집 둘레를 뛰어다니며 놀고 있는 장면이다. 그 그림을 보고 마음이 아팠다. 엄마 주위에 가족 모두 서성이고 있는 모습이 미안했다. 엄마인 나는 자기 일만 집중하는 이기적인 모습이다. 숨기고 싶은 비밀을 들킨 것처럼 부끄러웠다. 얼마나 큰일 한다고 내 가족을 돌보지 않는 비정한 인간이란 말인가. 엄마 인 나는 내가 우선이었다. 모든 가족 행사는 내 계획에 의해 움 직여야 하고 휴일에는 스케치 가기 때문에 아이들은 스스로 모 든 걸 챙겨야 했다. 안쓰럽고 미안하다. 평소에 내 모습이 이렇 게 이기적이었다는 것 조금 알았지만, 이 정도였는지 몰랐다.

이번 공모전 준비 과정에서도 집안일은 모두 뒤로하고 난 하숙생처럼 잠만 자고 나갔다. 나는 엄마도 아니다. 주원이와 재원이는 엄마 그늘 없는 홀로서기 생활을 어릴 적부터 하고 있 었다. 미안하고 안쓰럽다. 작품 완성했다고 하자 아이들과 남편 은 수고했다고 손뼉을 치고 좋아한다. "이제 엄마 노릇 제대로 할게, 그동안 기다려줘서 고마워" 오랜만에 편하게 둘러앉아 저 녁을 먹었다. 공모전은 다른 이들과의 경쟁이지만 당락에 상관 없이 끝까지 했다는 것에 칭찬한다고 남편은 머리를 쓰다듬어 주었다. 고마워서 눈물이 핑 돈다. 가족이라는 언덕이 따스한 봄날처럼 환하고 포근하다.

부산미술 대전에 입상 소식을 받았다. 온 세상 사람들이 나 만 보는 것처럼 가슴 두근거리고 얼굴이 뜨거워졌다. 진정할 수 가 없다. 처음 도전한 공모전, 혼자 낑낑거리며 고생한 시간이 하나씩 머리 위로 스쳐 지나갔다. 입선이면 어떠리 탈락하여도 된다고 했었다. 준비하는 과정만 집중하자고 시작한 나의 큰 도전이었다. 이런 운 좋은 결과가 되니 모든 사람에게 감사하다. 들뜬 가슴 안고 가족과 함께 시립미술관에 도착했다. 출품 작가의 안내장을 내밀며 입장하는 내가 꿈만 같았다. 얼마나 꿈꾸던 장면이었던가. 나도 그림 좀 그렸다는 듯 얼굴을 높이 들고 당당히 이층 전시장으로 올라갔다. 커다란 공간에 내 작품이 실력 있는 작가님들과 나란히 전시된 것에 가슴이 떨리고 흥분되었다. 아이들은 엄마 그림이 젤 좋다고 감탄한다. 남들이 들었을까 부끄러워 얼굴이 화끈거리지만, 미소는 숨길 수가 없었다. 난 내 작품이 초보 같아 앞에는 설 수 없다. 작품이 허접해 보이고 촌스러워 보인다. 조금 더 다듬어야 하는 부분이 이제야 보인다. 내 안에서만 갇혀 완성만을 집중한 나머지 전체 흐름을 미처 보지 못한 부분도 있었다. 공모전 도전으로 알게 된 몇 가지 깨달음이 있다. 다섯 가지로 정리하면 첫째 다른 공모전 작품들을 많이 본다. 둘째 억지로 완성하지 않는다. 셋째 작업하는 그림에서 손을 떼고 쉬는 시간을 자주 갖는다. 다섯째 작품을 멀리 두고 본다.

내 머릿속에는 벌써 내년 작품을 상상하고 있다. 가족들 고생 안 시키려면 지금부터 시작해야겠다.

100호 캔버스를 미리 주문하고 정리가 안 된 작업실에 앉아 내가 좋아하는 라디오를 켰다.

　　오늘은 청소 좀 해야겠다.

100일간의 미국 여행으로 얻은 것들

오유경

비행기를 타고 날아갔다가 며칠 쉬고, 다시 서울로 돌아오는 그런 여행이 아니었다. 8살 11살 딸 둘, 남편과 함께 1년 내내, 문만 열고 나가면 "Hi, How are you doing?" 인사를 해야 하는, 낯설고 두려운 세상에서 생존해야 했다. 처음 만나는 미국인 이웃에게 어색한 인사를 건네고, 잘못 배달된 택배를 서로 교환하며 주문한 물건에 얽힌 이야기를 나누다 보니 신기하게도 스스럼없이 가까워졌다. 집에 초대해 햄버거를 먹거나 차를 마시는 횟수가 늘어갈수록 몇 년 지기 친구 같은 사이가 되었다.

1년 뒤 한국으로 돌아와야 했을 때, 차마 발길이 떨어지지 않았다. 샌프란시스코 공항을 출발해서 12시간 동안 비행기에 있는 내내 마음이 불편했다. '난, 아직 미국을 떠날 준비가 안 됐어!' 소리 없는 외침이 맘속에서 계속 들렸다. 당황스러웠다. 급기야, 비행기 바퀴가 인천공항에 닿자마자, 가장 빠른 다음 미국행 비행기를 잡아타고 다시 샌프란시스코로 가고 싶었다. 도대체 미국의 무엇이 내 맘을 그렇게 잡아끌었던 것일까?

내 영혼을 사정없이 훑어가 버린 뉴욕, 워싱턴 D.C. 시애틀, 샌프란시스코의 멋진 그림과 전시를 더 이상 볼 수 없다는 아쉬움 때문일까, 아니면 앞집, 뒷집, 옆집의 사랑스럽고 다정한 이웃들이 벌써 그리워진 걸까. 생각해보니, 미국을 여행하던 뜨거움이 아직 식지 않은 것이 젤 큰 문제였다. 미국 어딘가에, 더 가봐야 할 곳이 남은 것 같은 아쉬움이 들었다. 1년은 너무 짧았다. 12시간이 채 지나기도 전에 그리워졌다.

지평선이 보이지 않을 정도로 넓고, 상상을 뛰어넘는 거대한 바위와 퇴적물이 있는 국립공원, 난생처음 봤던 그 신비로운 풍광들과 온갖 개성이 넘치는 도시를 땅덩어리째 떼어서 들고 오고 싶었다.

미국에서 나를 아는 사람은 단 한 명도 없다는 사실이 짜

릿했다. 한국과는 밤낮이 바뀐 세상이라 걸려오는 전화도 없었다. 오롯이 나에게 집중하며 보낼 수 있는 시간이 많았다. 손 많이 가는 어린 두 딸을 종종거리며 키우기 바빴던 '11년 미친 워킹맘' 타이틀을 벗어던지고, 100일을 맘껏 여행하며 진정한 자유를 느껴봤다.

지난 44년을 잊었다. 나를 텅 비워내고, 머리와 가슴에 온통 새로운 경험을 쏟아부었다. 그간 쌓였던 마음의 각질이 모두 벗겨져 나간 듯 개운하고 홀가분했다. 인천공항 3층에 '진정한 여행은 새로운 풍경을 보는 것이 아니라 〈새로운 눈〉을 가지는 데 있다'라는 글귀가 있다. 미국의 국립공원과 도시를 여행하며, 나는 〈새로운 눈〉을 가진 것이 아니라, 〈새롭게 태어난 인간〉이 된 듯했다.

일상에서 벗어나 트레일을 걷고, 태곳적 모습을 그대로 간직한 국립공원 안에서 잠들고 깨어났다. 모든 것을 멈춘 상태에서 나에 대해 생각해 본 적이 없었던 나는, 내가 행복한지, 문제는 없는지, 잘 살아온 건지 하나씩 짚어봤다. 실없이 웃으며 들판을 달리고, 바다처럼 넓은 타호(Tahoe)호수에서 수영을 하고, 태양을 즐기며 나를 가만히 자연의 일부로 두었다. 삶이 온전히 내 것처럼 느껴졌다. 행복은 정말 심플했다.

내가 숲으로 간 것은 헛되이 살고 싶지 않아서였다.
그러니까 삶의 본질을 바라보며 살고 싶어서였고, 삶이
가르치는 바가 무엇인지 알고 싶어서였다.

≪미국 국립공원을 가다≫, 중앙북스 – 헨리 데이비드 소로 재인용

옐로스톤 국립공원의 드넓은 초원. 저 멀리, 까만색 동그라미가 점점이 박혀있었다. 바위인 줄 알았는데, 머리와 상체 부분만 기형적으로 발달 한 털복숭이 소, 바이슨이었다. 500여 마리는 족히 되어 보이는 바이슨 떼를 구경하느라 2차선의 긴 도로 위에 있는 차들이 전혀 움직이지 않았다. 한가한 바이슨 무리처럼 사람들도 모두 차에서 내려 여유롭게 바이슨을 바라보고 있었다. 누구도, 이제는 다 봤으니 지나가야겠다며 길을 비켜달라는 사람이 없었다. 해가 지고 어둑해져서야 차들이 움직였다.

3시간 동안 백여 명의 사람들이 아무 말 없이 한마음 한뜻으로 고요하게 있던 순간. 무엇이 평화인지 느꼈다. 누군가는, 자신의 일정대로 움직여야겠다는 욕심에 차를 갓길로 빼 달라고 할 수도 있는 상황이었다. 하지만, 백여 명의 사람들은 잠잠하게 한 곳만을 응시하며 평온을 즐기고 있었다. 그날 내 마음에 담아온 3시간 동안의 평화는, 비록 내가 기억하지 못하더라도, 내 마음 어딘가에 영원히 남아있기를 바랐다.

서부 해안가 샌프란시스코에서 중북부에 있는 옐로스톤 국립공원까지의 거리는 17시간을 쉬지 않고 운전만 해야 닿을 수 있는 거리다. 가는데 만도 2박 3일이 걸렸다. 차를 10시간 넘게 타는 날이면 8살 둘째는 가끔 코피를 쏟았다. 그러면서도 손바닥 만한 수첩을 들고 다니며 가는 곳마다 자신만의 메모를 깨알같이 남겼다. 세도나의 예술마을(Tlaquepaque Arts & Crafts Village)에서 미술품을 보고는 영어로 "What is art(예술이 뭘까)?"라는 질문을 썼다. 이런 어려운 질문은 내 머릿속에서는 절대 떠올릴 수도 없어서, 감히 아이에게 써보라고 할 수도 없다. 접시 하나를 보고, 1. Beautiful(아름다운)이라고 쓴다. 그림 하나를 보고 2. happy(행복한), 조각을 보고 3. Comfortable(편안한), 공예품을 보고 4. Pretty(귀여운) 계속해서 번호를 매겨가며 예술이 뭐라고 느껴지는지 자신만의 생각을 쭉 써 내려가고 있었다. 점원이 아이의 노트를 보더니 큰 눈을 더 동그랗게 뜨며 놀랐다. 여행을 하며 여덟 살 꼬마는 예술의 본질이 무언지 궁금해했고, 예술에 대한 정의를 스스로 내리고 있었다. 스스로 깨우치는 살아있는 교육이 바로 이런 게 아닐까.

놀라운 자연만 보고 온 것이 아니다. 고춧가루로 범벅이 된 감자튀김을 본 적 있는가? 톡! 쏘는 고춧가루가 혓바닥을 두드려 깨운 뒤, 고소한 치즈가 녹아 들어오고 그 아래 있던 감자 튀김이 바삭바삭 씹히는 맛! 포틀랜드 햄버거집에서 먹은 감자 튀김이다. 웬 떡볶이가 나왔냐며 먹기를 겁내던 아이들은 게눈 감추듯, 순식간에 다 먹어 치우고, 1인분만 더 사달라고 야단이었다.

시애틀의 '김치 샌드위치'는 어떤가? 1971년 시애틀의 한 시장에서 문을 연 스타벅스 1호점에서 몇 발짝만 내려가면 Beecher's Hand made Cheese 가게가 있다. 메뉴에서 'BEST' 표시가 붙은 김치 샌드위치를 조심스럽게 하나만 시켜봤다. 아~주 잘게 다진 김치를 치즈와 버무려 섞은 뒤, 빵과 빵 사이에 넣고 살짝 구운 그 맛! 한 입씩 맛보더니 왜 하나밖에 주문 안 했냐고 울상이다.

난 왜! 고춧가루나 김치로 이런 음식을 만들어 볼 생각을 못 했을까. 고춧가루가 느끼한 맛을 잡아주고, 시각적인 포인트를 확 끌어올려주는 매력적인 소스라는 걸 미국인들은 어떻게 눈치챈 걸까! 낯선 나라 사람들이 매일 먹는 주식에 김치를 활용하고 있었다니. 아직 그들이 발견하지 못한 한국 음식 활용법을 늦기 전에 먼저 발굴해 내야만 할 것 같다. 이제, 방해하지 말라는 뜻으로 쓰는 "야, 고춧가루 뿌리지 마!" 같은 말을 쓰지 않을 것이다. 뿌려야 한다. 고춧가루.

LA 베니스 비치. 스케이트 파크에서 롤러 보드를 타는 사람들. 젊음과 실력을 한껏 뽐내며 스릴을 만끽하던 그들을 보며 '난 뭘 즐기며 살지?' 자신에게 물어봤다. '즐겨? 즐기다니, 뭘? 내가? 애 둘 엄마가?'

아이들이 태어난 후로 주중 낮은 회사에, 밤과 주말은 가족에게 내어주는 삶을 살았다. 나는 없었다. 선언은 해봤다. 매주 토요일 아침 11시는, 내가 글을 쓰는 시간이라고. 단 한 번도 지켜지지 않았다. 지금은 달라졌다. 한국으로 돌아온 나는 글이 쓰고 싶을 때 무조건 혼자 있을 수 있는 카페에 간다. 푹신한 의자와 노트북을 올려놓을 수 있는 테이블이 있는 나만의 지정석도 있다. 살면서 마음이 힘들고, 찢기고, 부서지고, 흔들릴 때가 올 텐데, 그때를 버텨낼 힘을 키우기 위해 계속해서 글을 쓰기로 했다. 일상에서 행복을 느낄 수 있는 나만의 시간을 선언하고 찾은 것이다. LA 베니스 비치에 다시 간다면 그때처럼 부끄럽지만은 않을 것 같다. 환한 미소가 내 얼굴에 깊이 새겨진다.

나무도 없고, 마른 풀만 듬성듬성 나 있는 깊은 산.꼭.대.기.의 캠핑장, 〈엔젤 크릭 캠프 그라운드〉에서 별을 보던 순간, 내 몸이 우주 한가운데 떠 있는 듯한 착각이 들었다. 수백, 수천, 수만 개의 별이 지구의 반구 위에 한 치의 빈틈도 없이 다닥다닥 붙어서, 지구가 둥글다는 것을 3D 입체로 증명하고 있었다.

국립공원과는 비교도 할 수 없는, 광활한 우주가 내 눈앞에 있었다. 일론 머스크가 쏘아 올린 스페이스X 우주선 안 조종석에 앉은 기분이었다. 내가 발 딛고 있는 지구별은 정말, 우주에서 '작은 점 하나'였다.

그때 처음 보았다. 우주 앞에 놓인 나란 존재를. '나는 누구인가, 이 우주 속에서' 별을 마주하며 나를 마주했다. 살면서 뭔가가 나를 작아지게 만들더라도, 우주를 체험한 그날을 떠올리며, '먼지처럼 가볍게 털고 일어나리라' 다짐했다.

연수를 가기 전 《미국 국립공원을 가다》를 서너 번 읽으며, 여행 계획을 미리 짰다. 11곳의 국립공원 (옐로 스톤, 요세미티, 그랜드·브라이스·자이언·킹스 캐니언, 레이니어산, 올림픽, 세콰이아, 뮤어 우즈, 그랜드티턴)과 15개의 도시(올랜도 디즈니, 템파, 뉴욕, 워싱턴 D.C, 시애틀, 포틀랜드, 샌프란시스코, 솔뱅, LA, 라스베가스, 세도나, 샌디에고, 잭슨홀, 솔트레이크 시티, 하와이 오아후)를 여행했다. 이 책은 잘 만들어진 국립공원 화보집 같다. 내가 본 풍광, 만났던 귀여운 동물들, 직접 밟아본 도시가 퀄리티 높은 사진으로 페이지마다 빼곡하게 담겨있다. 그 생생함이 좋아서 가끔 책을 펼친다. 내 심장이 다시 그때처럼 뜨거워진다. 마음이 속삭인다. '열정의 배터리가 재충전되었습니다. 100% 완료'

때로는 결핍

양윤희

수묵화가 좋았다. 먹의 농담만으로 풍부한 색감을 내는 것이 멋있었다. 한국화를 배울 수 있는 화실을 찾았고 수묵화를 배우기 시작했다. 그림에 관심이 있고 그림 그리기를 좋아했지만 잘 그리지는 못했다. 아무려면 어떤가? 그림을 배우는 그 시간이 좋았다.

일주일에 한 번 퇴근 후 화실로 갔다. 3시간 동안 그림을 그렸는데 그림을 그리는 동안에는 온전히 집중할 수 있었다. 벌써 3시간이 다 되었나 싶게 몰입이 되었다. 그림을 더 그리고 싶어 아쉬울 때가 많았지만 그날 그린 그림을 살펴보고 자리를 정리했다. 화구를 정돈할 때는 고생한 몸의 소리가 들렸다. 어둑해진 밤거리를 뿌듯한 마음으로 걸었다.

동료 선생님들이 대학원 시험을 준비했다. 나도 딱히 미룰 이유는 없었다. 대학원 시험을 보기로 했다. 학교에서 근무하다 보니 뭔가 그 선생님만의 재능이 필요했다. 체육, 음악, 미술, 과학, 영어 등 특출한 재능이 있는 선생님이 능력 있어 보였고 나도 그렇게 되고 싶었다. 어떤 과목을 더 공부할까 고민했다.

지금 배우고 있는 그림을 재능으로 삼아야겠다 싶어 미술교육과에 진학하기로 했다. 실기와 필기를 모두 준비해야 해서 여간 힘든 것이 아니었다. 퇴근 후 그리고 주말을 이용해 6개월 동안 대학원 입학시험을 열심히 준비했지만 보기 좋게 낙방했다. 실기까지는 무리였다.

필기시험과 면접만 보는 대학원을 알아보았다. 한국교원대학교는 필기시험과 면접만으로 신입생을 뽑았고, 대학원 수업은 계절제로 방학 중에만 수업이 있었다. 방학 때 집중적으로 대학원 수업을 들을 수 있다는 점도 마음에 들었다. 실기와 필기를 모두 준비하다 필기시험만 준비하니 훨씬 수월하게 느껴졌다. 그래도 난생처음 독학으로 공부하는 서양미술사와 한국 미술사 공부는 만만치 않았다. 거기에 초등 미술 교육도 공부해야 했다. 세 과목을 꼼꼼히 노트 정리했고 기출문제도 풀어가며 대학원 입학시험을 준비했다. 운 좋게 공부했던 문제가 출제되었다. 면접도 수월하게 이루어졌고 대학원에 진학하게 되었다.

여름방학을 하자마자 대학원 기숙사 생활이 시작되었다. 새로운 환경에 적응하기 힘들다고 생각할 겨를도 없이 첫 수업에서부터 발표 수업 및 과제, 시험 일정들이 나왔다. 3주 만에 1학기 수업을 끝내야 하기 때문이었다. 주 5일 오전, 오후에 미술 실기 수업 하나, 교육학 수업 하나 이렇게 듣고 나면 오후 5시다. 저녁을 먹은 후에는 발표 수업 준비 및 실기 과제를 해야 했다.

초등미술교육과에 입학하였으나, 실기 수업은 중등 선생님들과 함께 들어야 했다. 그중에서도 미술을 처음 하는 사람은 나 혼자였다. 취미 미술로 그림 조금 그려본 실력으로 전공자들 틈에 앉아 있다니 내가 순진해도 너무 순진했다. 실기 수업 때마다 쥐구멍으로 숨고 싶을 때가 한두 번이 아니었다. 이젤 앞에서 떨리는 손으로 그림을 그렸다. 종이에 그려진 스케치가 말하는 듯했다. '못하겠어.' 금방이라도 눈물이 떨어질 듯했다. 대학원 수업 듣는다고 없던 재능이 생기는 것도 아닌데 내가 잘못 생각해도 한참 잘못 생각했다. 이런 생활을 3년이나 해야 하다니······.

실기 교실로 향하는 발걸음은 무거웠다. 이미 주사위는 던져졌고 피할 길은 없었다. 다른 선생님들이 어떤 그림을 그리고 있는지 곁눈질할 겨를도 없이 내 그림 그리고 완성하기에 바빴다. 학점은 고사하고 비웃음만 사지 않아도 좋겠다는 심정으로 수업에 임했다.

대학원 1학기 수업을 끝내고 서울로 올라왔다. 다음 학기 실기 수업을 미리 준비해야 했다. 화실에 가서 2학기 실기 수업을 대비한 그림을 그렸다. 2학기 실기는 내가 좋아하는 한국화 수업이었다. 그런데 수묵으로 풍경화만 그려본 내가 준비해야 할 것은 초상화와 민화였다. 새로운 도전이었다. 잘 그리고 싶다는 마음보다는 연습해서 수업 시간에 주눅 들고 싶지 않은 마음이 컸다.

민화는 색을 여러 번 덧입혀야 본연의 아름다운 색이 발색된다. 그리는 사람의 정성과 인내가 필요한 그림이다. 색을 바르고 말리고 색을 바르고 말리는 작업을 여러 번 해야 해서 5개월 동안 두 작품 겨우 완성했다.

대학원 2학기가 시작되었다. 화실에서 그림을 그려서인지 긴장감은 덜했다. 그래도 그림 실력이 좋지 않아 그리고 지우기를 반복했다. 화선지라 계속 지울 수도 없는데 말이다. 실기실에서 밤 12시까지 그림을 그리고 기숙사에 들어가 새벽을 지새우며 또 그림을 그렸다. 눈이며 어깨며 손이며 안 아픈 곳이 없었다. 몇 날 며칠을 밤샘하듯 그림을 그렸다. 그런 열정이 어디서 나왔는지 모르겠다. 지금은 엄두도 안 날 일이다. 초상화는 하나를 그리고 마음에 안 들어서 또 하나 그렸다. 자신이 없어서 또 그려 본 그림이었다. 교수님이 언제 두 개를 다 그렸냐고 놀라하셨다.

두 번째 민화는 짧은 시간에 색을 조금이라도 더 잘 내려고 드라이기를 이용해서 그림을 말려가며 그렸다. 자연 바람에 말려야 예쁜 색이 나오는지 알면서도 어쩔 도리가 없었다. 민화 스케치부터 완성까지 화실에서 배웠던 것을 떠올렸다. 저녁 식사 후부터 동이 터오는 새벽까지 색을 입히고 또 입혔다. 드디어 완성한 작품을 수업 시간에 가지고 갔다. 나는 초충도를 그렸는데 그림을 보시던 교수님께서 엷은 미소를 지으셨다. 교수님의 미소는 긍정의 의미였다. 수심 가득한 얼굴로 앉아 연필 선조차 희미한 그림을 그렸던 1학기의 나를 지도하신 교수님이셨다. 내 노력을 아셨는지 2학기에는 가장 좋은 학점을 주셨다. 나의 노력이 인정받았다는 사실에 힘이 났다.

지금 다시 그때로 돌아가겠냐고 물으면 선뜻 답할 수 없다.

하지만 그때를 돌아보는 지금 내가 깨닫는 것은 결핍은 또 다른 열정을 불러일으키는 원동력이라는 것이다.

결핍을 대하는 태도에서 삶이 갈린다

– 《결핍의 힘》, 최준영

내가 가지고 있지 않은 재능으로 평가를 받아야 할 때, 다행히 내가 할 수 있는 것을 선택했다. 연습, 연습, 또 연습. 할 수 있는 일을 생각했을 때 집중할 수 있었고 나의 노력을 보여줄 수 있었다. 부족함을 채우려고 노력하는 과정에 선물 같은 성장의 한 걸음을 내디뎠다. 이제는 생각한다. 결핍은 나를 성장시키는 축복의 선물이 아닐까?

오늘도 내 꿈을 위해 투자한다

한기수

그렇다면 꿈이 없는 것이 왜 문제가 될까? 꿈의 크기가 자신에게 얼마를 투자할지 결정하기 때문이다. 원대한 꿈을 꾸는 사람은 그 꿈을 이루기 위해 자신에게 투자하겠지만, 꿈이 없는 사람은 자신에게 투자할 이유가 전혀 없다.

당신의 마음속 불을 켜주는 친구들이 있다면 당신은 정말로 운이 좋은 사람이다.

– 존 맥스웰, 《인생의 중요한 순간에 다시 물어야 할 것들》

라이프 코칭에 입문하고 15년, '꿈을 키워주는 사람' 한기수 코치로 활동했다. 꿈이란 단어는 가슴을 두근거리게 한다. 행동할 수 있는 에너지를 만들어준다. 꿈을 꾸고 도전하고 실패하고 포기도 했었기에 여러 감정을 동시에 느끼게 해 준다. 청소년 시절부터 청소년에 대한 비전이 생겼고, 지금까지 변함없다. 대학생 시절에는 청소년 문화센터를 만들고 운영하는 것이 꿈이었다. 청소년들의 꿈은 자주 바뀐다. 무언가를 경험하고 나면 그 시기가 찾아오곤 한다. 꿈이 바뀌는 것은 어른들도 마찬가지라 생각한다. 어른이라고 모든 것을 경험할 수는 없기에 새로운 것을 접하면 그에 따라 꿈이 변하기도 한다. 단, 근본적으로 변하지 않는 것도 있다. 이를 사명이라고 표현한다.

2000년대까지는 청소년 문화센터에 대한 꿈이 있었다. 2007년 봄, 근무하던 건설회사 사장님과 지방 출장을 같이 가며 꿈에 관한 이야기를 나눴었다. "기수 씨! 모아놓은 돈이 10억쯤 있어? 아니면 부모님이 부자야? 가진 땅이 있어? 돈 없이는 못 해." 현실을 직시하라는 사장님의 말씀에 마음이 바로 반응했다. '돈은 많은데 어디에 써야 할지 모르는 사람도 많잖아요. 이왕 쓰는 거 좋은 데 사용하고 이름 남기는 것 좋아하는 사람도 있을 수 있죠. 저는 열심히 알리고 다닐 겁니다. 그러다

보면 그런 사람도 만날 수 있지 않겠어요?'

2007년 청소년 멘토링 전문기관으로 이직하면서 청소년들과 멘토 선생님을 많이 만나게 된다. IT 계열에서 사람을 상대하는 업무로 환경이 바뀌었다. 이때부터 사람과 관련된 공부를 시작했다. 코칭, 상담, NLP, 강점, 긍정심리, DISC, MBTI, 에니어그램, 이야기 치료, 프레디저, 교류분석, 버크만 진단 등 배움의 기회가 있을 때마다 아끼지 않고 투자했다. 그 결과 가계부 지출 1위는 항상 교육비다. 학교 다닐 때는 왜 이렇게 공부할 수 없었을까? 관심의 차이, 호기심의 차이 때문인 것 같다. 필요를 느끼고 이것을 통해 누군가를 도울 수 있다는 것이 계속 공부하게 만든다. 내가 아는 것만큼 알려 줄 수 있다. 내가 성장한 만큼 다른 사람의 성장을 도울 수 있다. 그러니 내가 먼저 공부하고 성장하자. '잘 배워서 잘 나누자!'는 자연스럽게 내모토 중 하나가 되어 버렸다.

2011년 또 한 번의 변화가 생긴다. 백석신학대학원에 진학했다. 대학원인데 대학보다 더 많은 학점을 들었다. 백석대학교 상담대학원 수업도 한 한기에 한 과목씩 들을 수 있었다. 매 학기 상담 과목을 하나씩 들으며 상담에 대한 시야를 넓혔다. 사회복지사 자격이 필요할 것 같아 학점은행제로 사회복지사 과정을 공부했다. 평생교육원을 통해 한국어 지도사도 공부했다.

신학대학원을 졸업하면 대부분 교회 일을 하게 된다. 나는 학교 다닐 때부터 생각이 조금 달랐다. 학교에 관심이 많았다. 대안교육과 대안학교에 관심이 있어 학교 탐방을 다니고 관련 세미나에 참석했다. 대안학교에 자녀를 보내고 있는 학부모와 인터뷰하고 학생과 인터뷰하며 대안학교가 가진 매력에 푹 빠졌다. 화성지역에 있는 은혜의 동산 기독교 학교 학생에게 물었다. "앞으로 어떤 일을 하고 싶어요? 꿈이 뭔가요?", "저는 나중에 우리 학교 교사가 되는 것이 꿈입니다." 순간의 망설임 없이 대답하는 학생의 밝은 모습에서 학교 사랑을 느꼈다. 학교가 학생에게 어떤 가치를 지녔는지 알 수 있었다. 두 번째 방문했을 때 들은 이야기 하나를 소개한다. 소위 일진이라는 아이가 전학을 왔다. 이사하면서 오게 된 학교가 은혜의 동산 기독교 학교였다. 처음에는 욕도 하고 침도 뱉고 불량기 가득함을 드러냈지만 2주도 지나지 않아 얌전해졌다. 여기서는 센 척하지 않아도 모두 존중해 준다는 것을 알았기 때문이다. 2주 만에 아이가 가진 본래의 모습으로 돌아갈 수 있었다.

샘물학교 대안교육 아카데미에 참석했을 때는 학부모가 같은 조에 있어 학교 이야기를 들을 수 있었다. 샘물학교에서 열리는 운동회 프로그램 중 색깔판 뒤집기 게임이 있었다. 팀별로 나뉘어 끝나는 벨이 울렸을 때 가장 많은 색이 보이는 팀이 승리한다. 부모들은 서로 이야기했다. "저건 끝나기 전까지 잘 모았다가 벨이 울리는 순간 뒤집어야 이길 수 있어요."

끝나는 벨이 울리는 순간 부모들은 할 말을 잃었다. 모든 아이가 동시에 손을 머리 위로 올렸다. 단 한 사람도 벨이 울린 이후 색깔판에 손대지 않았다. 부모들의 놀라움은 달리기로 이어졌다. 달리기를 하다 한 친구가 넘어졌다. 순간 달리던 친구들이 멈추고 돌아와 그 친구를 일으킨 후 다시 달리기 시작한다. 아무도 그렇게 시키지 않았다. 자연스럽게 일어나는 아이들의 행동. 함께 하고 남을 배려하는 것이 자신도 모르게 몸에 배어있는 모습. 학생들을 한 명씩 구체적으로 돌아보고 도움을 주는 선생님들이 있어 가능하다. 대안교육의 매력. 그 핵심은 역시 사람에게 있었다. 준비된 선생님을 통해 아이들이 건강하고 아름답게 성장한다.

2012년 대안교육과 대안학교에 대한 비전 선언문을 작성했다. 10년이 흘렀다. 어떤 변화가 있었을까? 처음에는 탐방했던 학교들을 떠올리며 멋진 건물과 넓은 운동장이 있는 학교를 상상했다. 시간이 지나면서 작은 교실 2개로 운영되는 멋진 학교를 경험했다. 코로나19를 겪으며 온라인 학교의 가능성을 발견했다.

어느 순간부터 내가 하는 공부의 최종 목적은 '다음 세대를 책임질 건강한 리더 양성'이었다. 새로운 배움이 있을 때마다 '학교에는 어떻게 적용하면 좋을까?' 생각하게 된다. 모든 공부가 학교 커리큘럼을 만드는 데 도움이 된다. 청소년에 대한 감을 잃지 않기 위해 멘토링을 계속하고, 중고등학교 강의를 다닌다. 지역마다 학교마다 조금씩 다른 문화를 경험하지만, 아이들에게 필요한 것은 비슷하다. 신학대학원을 졸업하고 청소년 코칭 상담과 평생교육을 공부했다. 학교를 운영하는데 필수적인 요소라 생각했기에 즐거운 마음으로 몰입해서 공부했다. 덕분에 좋은 성적을 보너스로 받았다. 졸업 전 청소년지도사와 평생교육사 자격도 무사히 취득했다.

대안학교에 대한 비전을 말하면 어떤 반응이 돌아올까? 건설회사 사장님처럼 "돈 없으면 못 해."라는 반응일까? 만나는 사람들이 바뀌면서 반응도 달라졌다. 음악가들의 모임에 강사로 초대받았다. 강의 중 대안학교에 대한 비전을 나눴다. 모임을 마치고 유명한 바리톤 가수가 다가와 말한다. "한기수 코치님! 학교 개강하면 제가 음악 특강해 드릴게요. 꼭 불러주세요."

인터넷 라디오 방송을 통해, 강의와 교육으로 사람들을 만나며 대안교육과 대안학교에 대한 비전을 나누면 비슷한 반응이 돌아왔다. 응원과 격려가 많아졌다. 자신이 할 수 있는 방법으로 동참하겠다는 반응도 많았다. 여전히 나는 모아놓은 돈은 없다. 땅도 없다. 하지만 돈으로 살 수 없는 재산이 생겼다. 마음속에 불을 켜주는 친구들이 생겼다. 할 수 있다고, 그 누구보다 잘할 수 있다고 말해주는 사람들이 생겼다. 내가 꿈꾸는 작은 불꽃 하나가 누군가의 세상을 따뜻하게 만들 수 있다. 그 불을 높이기 위해, 그 꿈을 이루기 위해 오늘도 나는 내 꿈에 투자한다.

미친 여자, 미녀

김지혜

승리자들은 약간은 미쳐 있다. 미쳐 있다는 것,
뜨겁다는 것, 그것이 모든 승리자들의 공통점이다.

– 구본형, 《그대, 스스로를 고용하라》

입에 달고 다녔던 말이 있다. '아 살 빼야 되는데'

입버릇처럼 다이어트를 결심했다. 습관적으로 내뱉은 말
의 속마음에는 외모에 대한 불만족이 숨어있었다. 그러던 내가
2021년 7월, 만족스러운 바디 프로필 사진을 찍었다.

하고 싶었던 것이 처음부터 '바디' 프로필 사진은 아니었다.

2019년, '프로필 사진 찍기'를 버킷리스트에 적었는데 가족 사진을 찍어 집에 걸어놓고 싶다는 마음이 컸기 때문이다. 그리고 이왕이면 더 예쁘게 담겼으면 좋겠는 마음에 버킷리스트에는 '다이어트 성공하기'도 자리를 차지하고 있었다. 가족사진과 다이어트에 대해 조급하게 생각하지는 않았다. 살 빼는 방법이 뻔하다고 생각했다. 적당히 먹고 꾸준히 운동하는 것. 먹은 칼로리보다 운동하는 칼로리가 높으면 자연스럽게 살이 빠질 것이다. 방법을 알고 있으니 언제든 행동만 하면 되었다. 그 오만함이 오히려 행동을 막았다. 그리고 실천의 부재를 애꿎은 의지 탓으로 돌렸다. 의지가 약해서. 의지가 부족해서. 입으로만 다이어트를 시도했다.

2020년, 독서를 통해 의식의 변화가 행동의 변화로 이어지고 내면의 건강을 찾기 위해 부단히 노력했다. 그러다가 내면과 외면은 연결되어 있음을 깨닫고 인생의 숙제였던 몸의 건강을 찾는 것에 관심을 가지기 시작했다. 단순하게 살을 빼고 싶다가 목적이 아니라, 건강한 몸을 가지면 나를 더 사랑할 수 있을 것 같았다. 자기 관리를 통해 내면과 외면에 만족하는 삶을 살고 싶었다. 스스로 가지고 있는 게으르고 통통한 이미지를 탈피하고 건강하고 멋진 사람이 되고 싶었다. 자신을 예쁘게 보면, 주변 사람들도 예쁘게 볼 수 있고, 살아가는 세상 또한 더 예쁘게 볼 수 있지 않을까? 하는 마음이 시작점이었다. 아주 막연하게 바디 프로필을 찍어야겠다고 결심했다.

2021년 4월 말, 식이요법과 운동 모두 초보였던 나에게 눈높이에 맞춰 알려줄 수 있는 사람을 찾아 도움을 청했다. 온라인 PT를 통해 바디 프로필을 준비하기 시작했다. 시작은 항상 의욕이 넘친다. 아침 점심 저녁 식단을 채워줄 식재료 장을 보고 운동 도구들을 준비했다. 해낼 수 있을 것 같은 마음이 들었다. 시작이 반이니까. 유산소 운동과 근력 운동, 식단에 대한 지도를 받으며 행동으로 옮기는 내가 멋지다고 생각했고 매일이 상쾌한 기분이 들었다. 그런데 일주일도 지나지 않아, 술자리를 참석했다. 딱새우회와 사케를 보고 정신줄을 놓았다. 후회하는 마음이 들었지만 다음 날부터 다시 열심히 했다. 하루하루 변화하는 몸을 보니, 정직한 몸에 감사하고 도움을 주는 분들에 감사하고 최고의 성취감이 들었다. 그렇게 2주 뒤 이번엔 냉동 삼겹살과 소주에 정신이 나갔다. 몸무게는 역주행했다. 그래도 빼먹지 않고 유산소 운동과 근력 운동을 병행하니 한 달 만에 5kg를 감량할 수 있었다. 6월, 잦은 모임과 과식으로 식단 관리가 실패했다는 생각이 들어 슬럼프에 빠졌다. 스트레스로 다가왔다. 살이 빠질 때 정직했던 몸은 살이 찔 때도 정직했다. 과식하면 찌고 관리하면 빠지고, 찌고 빠지고를 반복했다. 몸무게는 정체기에 들어갔다. 도움을 주는 사람들에게 죄송한 마음만 들고 그만둘까 하다가 다시 마음을 잡았다. 7월 19일 바디 프로필 촬영 날, 결국 10kg 감량한 모습으로 사진을 찍었다.

짧은 시간이었지만 나는 많은 것들을 배웠다. 바디프로필을 준비했던 과정에서 슬럼프를 겪었을 때 PT 선생님이 했던 말이 기억에 남는다.

"바디 프로필은 다이어트랑 달라요. 반드시 견뎌내야 돼요. 바디 프로필 멋지게 성공한 분들 정말 어렵게 해냈어요. 더 안 먹고 더 운동하고 더 열심히 해야 합니다. 할 수 있습니다."

나는 '반드시 견뎌내야 돼요' 이 한마디가 가슴에 닿았다. 마치 인생을 통틀어서 나에게 전하는 메시지인 것 같았다.

'두 달, 이 기간 동안 이것도 못해낸다면 나는 무얼 할 수 있다고 얘기할까. 나는 할 수 있어. 그리고 반드시 꼭 해내야만 해. 나는 내가 할 수 있다는 것을 스스로에게 증명해 보이겠어.

한 번 미쳐보자.'

그동안 했던 과식, 폭식, 스스로를 망치거나 속였던 행동은 더 이상 하지 말자고 결심했다. 그게 내가 바디 프로필을 끝까지 포기하지 않았던 이유이고 과정이다.

대략 세 달이 안 되는 기간 동안 10kg을 감량했다고 하면, 누군가는 '굶어서 뺀 거 아니야?'라며 극단적인 다이어트로 오해하곤 한다. 지금 생각해 보면 아침 1시간, 저녁 1시간 30분을 운동했고 아침 점심 저녁은 더부룩하지 않을 정도로만 먹었다. 고구마, 방울토마토, 계란, 파프리카, 두부 건강한 식단이었다. 맛있었다. 처음으로 내 정상적인 위의 크기를 알게 되었다. 나는 알고 보니 쉽게 배부른 사람이었다. 중간중간 심하게 배가 고프거나 운동이 괴롭지도 않았다. 정말 미쳐있었다. 너무 즐겁고 행복했다. 살이 너무 잘 빠졌고 몸과 마음이 가벼워졌다.

시간이 지나 꾸준함에 대해 생각하게 되었다. 과거의 나는 의욕만 앞서고 순식간에 화르륵 타오르는 성냥 같은 사람이었다. 불을 지피면 활활 뜨거워졌지만 단 시간에 꺼졌다. 열정은 있는데 지속되지 않으니 항상 마음에 걸렸다. 시작은 항상 포부 넘치는데 제대로 마무리한 것도, 크게 성취한 경험도 딱히 없었다. 과거의 시간들이 나를 나타내는 것 같았다. 그런데 스스로에 대한 편견을 바꾸게 되었다. 바디 프로필 도전은 일주일, 이주일, 한 달 매 순간 위기가 찾아왔다. 하지만 하루 이틀 무너져도 다시 앞으로 나아갔다. 그저 견뎌냈다. 내가 할 수 있는 것은 다시 시작하는 것뿐이었다. 딱히 많은 생각을 한 것은 아니었다. 반쯤 미쳐서 했다. 그리고 이 최선의 경험은 나에게 자부심으로 남았다.

나는 꾸준하게 뜨거울 수 있다. 끈기 있는 사람이다. 한다면 하는 사람이다. 그리고 '스스로 결정한 것들에 책임지고 견디는 힘'을 가지고 있다. 노력을 지속적으로 하기 위한 강한 마음을 가지고 있다. 나는 잘 견뎌내고 앞으로도 잘 견뎌낼 것이다. 핑계 대지 않고 피하지 않고 말이다. 세 달의 꾸준함에서 1년, 3년 그 이상으로 최선을 키울 것이다.

매년 바디 프로필을 하고 싶을 정도로, 이 미친 경험이 좋다.
나는 꾸준하게 뜨거울 수 있다. 끈기 있는 사람이다. 한다면 하는 사람이다. 그리고 '스스로 결정한 것들에 책임지고 꾸준하게 노력하는 힘'을 가지고 있다. 노력을 지속하기 위한 강한 마음을 가지고 있다. 나는 잘 견뎌내고 앞으로도 잘 견뎌낼 것이다. 핑계 대지 않고 피하지 않고 말이다.

매년 바디 프로필을 하고 싶을 정도로, 이 미친 경험이 좋다.

안전지대를 넓히자

정유나

"네 안에는 삶을 외면하려 드는 두려움과 마찬가지로
삶에 용감하게 맞서고자 하는 용기도 함께 자리하고
있단다."

– 조셉 M. 마셜 《그래도 계속 가라》

후회 없는 삶을 살고 싶다면 나의 안전지대를 넓혀야 한다.
익숙한 환경에서 친근한 사람만 만나는 사람들이 있다. 스트레
스를 받지 않기 위해 낯선 곳은 피하고, 더 좋은 기회가 있어도
마다하는 사람도 보았다. 머무는 자리가 편해서 움직이고 싶지

않기 때문이다. 남편에게 해외 연수 기회가 있어 가족이 함께 갈 수 있었음에도 낯선 곳에서의 생활이 두려워서 포기하는 사람도 있었다.

나 또한 비슷한 이유로 익숙한 것 좋아하고 이미 확립된 방법으로 일 처리하는 것을 선호했다. 창의성과는 거리가 멀고 새로운 프로젝트를 마주할 때면 기대보다 긴장이 되었다. 갑작스러운 일이나 계획되지 않은 일을 결정하기란 여전히 쉽지 않다. 개인적인 성향도 있겠지만 어쨌거나 주어진 현실에 머무르는 편이 훨씬 마음 편했던 나였다. 그런 내가 의식적으로 새로운 것을 시도하고 나만의 안전지대를 넓혀갔더니, 생소한 일들을 마주하는 긴장감이 눈에 띄게 낮아졌다.

무언가 함께 하는 모임이 참 많다. 운동하기, 책 읽기, 글쓰기, 비우기 등 함께 습관을 만들거나 좋아하는 것 나누면서 스트레스도 풀고 소속감을 느끼기도 한다. 게다가 모임 주제 자체가 '시도'인 경우도 있다. 1일 1시도, 아마 들어보았을 테다. 그림 그리기, 감사하기, 지인에 연락하기 등 어떤 것이든 시도하는 모임이다. 관심을 기울이지 않으면 하지 않거나 미루게 되는 것들을 함께하는 힘으로 해나가는 것이다.

100일 도전으로 클래식 음악 듣고 감상평 작성하는 프로젝트와 영어 문장을 익히고 인증하는 모임에 참여한 적 있다. 처음에는 100일을 채울 수 있을지 중간에 그만두진 않을지 염려도 되었지만, 점점 과정을 즐기게 되었다. 아침이면 그날의 클래식 볼륨을 높였다. 딸도 자연스럽게 음악을 들으며 잠에서 깨곤 했다. 베토벤의 운명 교향곡을 듣던 딸이 들어봤다며 아는 체를 하기에 함께 읽었던 《베토벤》을 갖다 줬다. 베토벤이 작곡한 다른 곡도 더 들으며 음악의 영역을 자연스럽게 확장해가기도 했다. 엄마의 세계가 클수록 자녀의 세계가 커진다고 한 오소희 작가 말이 생각났다. 그동안은 몰랐던 음악을 틀어놓고 해설까지 봐가며 피아노 선율에 빠져드는 내 모습도 발견한다. 쇼팽 왈츠 No. 9. 덕분에 인생 클래식이 생겼다. 내가 무엇을 할 수 있는지 알지 못한다면 어떤 사람인지도 알 수 없을 것이란 말이 있다. 이때만큼은 난 음악을 알아가고 즐길 준비가 된 사람이었다. 이렇게 하나씩 시도하고, 알아가고 할 수 있는 것들이 생긴다는 것은 신나는 일이다.

2년 전 처음으로 홍어 먹기에 도전하고는 무참하게 뱉어야 했던 기억이 난다. 달걀을 입혀 노릇노릇 부쳐낸 홍어. 함께 있던 아주머니는 먹어 보라며 내 코앞까지 내밀었다. 고민하다가 한 입 받아 입에 넣었다. 한번 씹고는 삼키지 못했다. 입에 담고 있었더니 입천장과 혀에서 불이 나는 것 같았다. 왜 이렇게 뜨겁지? 입천장이 까져서 한동안 다른 음식 먹는 데에도 불편했다. 반면 어려서부터 홍어를 먹었다던 지인은 아무렇지 않게 접시째 들고 한 점 두 점 맛있게도 집어먹는 것이다. 싱글벙글 너무도 좋아하면서 말이다. 그동안 쳐다도 보지 않았던 음식이었는데 시도라도 한 게 어디냐며 나를 토닥였다. 덕분에 홍어란 녀석에 열을 가하면 특유의 향이 더 짙어진다는 특징을 몸소 알게 되었다. 홍어 먹어봤냐는 질문에 그거 먹고 입에 불날 뻔한 적 있다고 이제는 한 마디라도 할 수 있게 되었다.

내가 잘할 수 있는 일은 많이 해본 일이 아닐까. 뭐든 해본 사람이 잘하고 낯선 것에 대한 거부감도 적다. 처음부터 편안하게 시작한 일도 있겠지만 뭔가 두렵고 서툴렀던 시작도 있을 것이다. 운전하는 일도 그렇다. 처음 운전대 잡고 도로로 나가면 떨리고 두렵다. 설레면서도 엄청난 긴장감에 몸살이 나는 경우도 있다. 하지만 시간이 지나면 편안해지고 창밖 풍경에도 눈길이 간다. 그뿐인가. 활동 범위가 넓어지고, 이동 시간도 단축되며 어디든 편안하게 오갈 수 있게 된다. 이렇게 무엇인가 시도하다 보면 처음과 같은 에너지를 쏟지 않고서도 편안하게 내 삶이 되어가는 것이 늘어난다. 이른바 나의 물리적 심리적 안전지대가 확장되는 것이다. 안전지대를 넓힌다는 것은 할 수 있는 범위를 넓힌다는 것이고 내 삶을 이전보다 풍요롭게 살겠다는 뜻이기도 하다. 후회하지 않는 삶에 다가가게 된다.

딸과 오롯이 둘만 하는 여행에 용기 내기 시작했다. 올해 초 남편의 근무지 이동으로 이사를 앞두고 있었다. 먼저 이동해서 지내던 남편이 코로나19 밀접접촉자로 격리되면서 이사를 미뤘고, 이후에도 두 번이나 더 비슷한 상황이 생겼다. 딸 유치원은 진작에 그만두었다. 이웃들과 작별 인사도 마친 상황에서 이사를 또 연기해야 한다니 난감했다. '그래 지금이 기회야. 지금 가자.' 위기는 기회라고 했던가. 그동안 생각만 해왔던 딸과의 여행을 감행했다. 떠날 결심을 한 후 당장 다음날 비행기표를 끊었다. 숙소도 예약했다. 그리곤 다음날 제주에서 저녁을 맞았다. 결정을 미루는 습관이 있던 내게는 큰 용기 낸 일이다. 멀리서 격리 중인 남편에게는 미안했지만, 남편도 생각만 하지 말고 다녀오라 얘기해주니 고마웠다. 막상 하루도 되지 않아 제주에 가 있는 딸과 아내를 보며 놀라긴 했지만 잘했다고 말해준 남편에게는 지금도 고맙다. 덕분에 주희는 지난 몇 년 동안 보지 못했던 눈을 원 없이 보고 만졌다. 한라산 천백고지에서 만난 절경을 나도 잊을 수 없다. 눈과 마음에 담고 사진에도 담아 지금까지 이야기한다.

　며칠 전에는 바다에서 놀고 싶다는 딸을 데리고 1박 2일 서해에 다녀왔다. 남편까지 가족이 함께 가는 여행이라면 더 좋겠지만 군인인 남편은 이동이 자유롭지 않았다. 그렇다고 아빠의 휴가만 기다리기에는 딸과의 시간이 못내 아쉬웠다. 장거리 운전은 쉽지 않았다. 둘만 가는 것도 편치 않았지만, 이번에도 용기를 냈다. 대천까지 약 2시간. 직접 운전해서 교외로 나온 것 꽤 오랜만이다. 게다가 초행길이다. 바짝 긴장했다. 뒤차가 추월해 지나갈 때마다 신경이 곤두섰다. 차에서는 평소 들리지 않던 소리가 나는 것도 같았다. 갈수록 어깨와 목 통증이 팔 아래로 내려왔다. 휴. 목적지에 도착한 순간 안도했다.

　해가 질 때까지 바닷가에 머물렀다. 물에 발 담그고 퍼져 앉아 모래성을 쌓았다. 게와 조개를 주워 담아 한참 들여다봤다. 주영이, 수혁이, 시률이… 주희는 모나지 않은 하얀 조개껍데기를 골라 담더니 친구들에게 주겠다며 손가락을 꼽아 친구 이름을 되뇌었다. 특별한 장난감 없이도 해질 때까지 놀 수 있는 자연 놀이터다. 저녁에는 딸과 노래방 데이트가 이어졌다. '이 세상 위엔 내가 있고 나를 사랑해 주는 ♬' 황규영의 '나는 문제 없어'를 딸과 함께 불렀다. 평소에도 가끔 듣는 이 오래된 노래가 이토록 행복한 곡일 줄이야.

"엄마 나 계속 여기 있고 싶어요." 올 때는 다시 못 오겠다 싶더니 집으로 돌아가면서는 딸 한마디에 또 와야겠다고 생각한다. 마음의 안전지대가 또 한 뼘 넓어졌다. 이제 다른 곳도 갈 수 있겠다. 이전보다 더 작게 용기 내고도 할 수 있는 일이 하나 더 생긴 것이다. 용기, 구본형 작가는 용기를 두려움을 쫓는 긍정적인 행위를 뜻한다고 하면서 두려움이 없다면 용기도 없다고 했다. 조그마한 두려움에도 맞서는 용기를 냈더니 온라인 화면에서 자진하여 손을 드는 것 같이 용기 내어 볼 일이 연이어 일어났다. 내 삶의 안전지대가 넓어지고 있다. 후회 남기지 않을 삶에 가까워지는 중이다. 다른 이들에 비하면 여전히 나의 안전지대가 좁아 보일 수도 있겠지만 두려움이 설렘 되는 날까지 확장 시키고 싶다. 지금 두렵다면, 그것을 넘어설 용기 또한 나에게 있음을 기억해야 할 때라고 믿는다.

제4장

삶이 권태로울 때

한 번뿐인 인생, 어떻게 살아가시겠습니까?

정인구

———

'만일 하루하루를 당신 인생의 마지막 날인 것처럼 산다면, 당신은 분명히 옳은 사람이 되어있을 것이다.' '오늘이 내 인생의 마지막 날이라면, 내가 오늘 하려는 것을 할까?' 그리고 여러 날 동안 그 답이 '아니요' 일 때, 나는 변화가 필요함을 깨닫습니다.

– 스티브 잡스 《일생 일문》

교회 예배 후 광고 시간. "김○○ 집사가 지난주 소천(召天)하셨습니다." 자전거 타고 강변 둑길을 달리다가 구덩이에 바퀴가 빠져 저수지에 추락, 사망했다고 전해 들었다. 지난주 함께 차를 마셨던 분이었다. 교사 정년퇴직 후 자전거를 구매, 운동 시작했다고 좋아했었다. 갑작스러운 죽음. 좀 더 많은 시간을 가질 걸, 후회되었다. 나에게도 내일이 오지 않을 수 있다는 생각이 들었다. 잊으려 해도 오전 내내 그 생각을 지울 수 없었다. 스티브 잡스는 '오늘이 마지막이라는 생각'으로 하루하루를 살았다고 했다. 나에게 주어진 삶이 오늘 마지막이라면, 어떻게 살아갈까?. 나에게 반문해 본다.

가난한 시골집 6남매 중 막내로 태어났다. 동네 친구와 말다툼했다. "아비 없는 후레자식"이라 욕을 했다. 뭔 말인지 모르지만, 욕인 것 같았다. "엄마, 후레자식이 뭐야?" 어머니는 말없이 나를 꼭 안아 주셨다. 아버지께서 2살 때 돌아가셨다는 것을 처음 알았다.

어머니는 혼자 6남매를 키우셨다. 새벽부터 논밭에서 일하시고 밤늦게 집에 오셨다. 어머니를 위해 나도 뭔가 해야겠다는 생각이 들었다. 중학교 졸업 후 학비가 안 들어가는 기계공업고등학교에 진학했다. 빨리 돈 벌어 어머니를 편안하게 해 드리고 싶었다. 적성에 맞지 않았지만 참았다. 첫 월급으로 어머니 내복을 사드렸다. "우리 아들 다 컸네, 돈 벌어 엄마 옷을 다 사주고, 아이고 내 새끼." 나를 안고 엉덩이를 토닥거리셨다. 하늘을 보며 눈물 훔치시더니, 이내 환한 얼굴로 밖으로 나가셨다. 불그스레한 얼굴로 몸을 비틀거리시며 늦은 밤 집에 오시더니 금방 잠드셨다. 손에 내복 박스가 있었다. 동네방네 아들 자랑하고 오신 모양이다. 금세 코 고는 소리가 들렸다. 햇볕에 그을린 검은 얼굴, 흰머리, 주름살. 머리를 조심히 들어 베개 위로 올렸다. 내복 박스를 치우기 위해 손을 잡았다. 나무껍질같이 거칠었다. 풀잎에 베었는지 곳곳에 핏자국이 보였다. '엄마, 돈 많이 벌어서 꼭 행복하게 해 드릴게요.' 대학 진학해서 성공하고 싶었다. 낮에 학비 벌고, 야간대학 진학하기로 마음먹었다. 회사 그만두고 공무원 시험 준비를 했다. 우여곡절 끝에 공무원 시험에 합격했다. 어머니는 덩실덩실 춤추며 좋아하셨다.

공무원 임용 후 두 번째 월급 받을 무렵, 어머니는 아버지 곁으로 가셨다. 유품 정리하던 중 첫 월급 받아 사드렸던 내의는 비닐도 벗겨지지 않은 채 그대로 있었다. "왜 이걸 안 입으셨을까?" 누나가 내 손을 잡으면서 말했다. "우리 막내아들 첫 월급으로 사준 옷인데, 아까워서 어떻게 입느냐고…" 당신은 아들의 '호강' 한번 못 받고 그렇게 떠나셨다. 어머니는 나를 기다려주지 않았다.

결혼했다. 가난에서 벗어나고 싶었다. 아내와 맞벌이하면서 돈 벌려고 아등바등했다. 부모에게 물려받은 재산 한 푼 없는 삶은 힘들었다. 아이 맡길 곳이 없어 이곳저곳을 전전했다. 놀이방 앞에서 떨어지지 않으려는 아들을 뒤로하고 도망치듯 나와 눈물 훔치는 아내를 매일 봤다. 무능한 내가 미웠다.

직장에서 상사에게 잘 보이기 위해 밤늦게까지 일했다. 휴일에도 상사와 함께 등산했다. 가정을 등한시하는 날이 지속되었다. 그럴수록 아내와의 다툼이 잦아졌다. 이런 남편을 좋아하는 아내는 별로 없다. 하루는 아침에 일어났는데 아내가 보이지 않았다. 외박했나?, 오만 생각이 들었다. 며칠째 오지 않았다. 아내에게 전화했다. 아무 말 없이 바로 끊었다. 그때부터 별거가 시작되었다. 아내 원망하고 세상을 탓하며 술에 더 빠져들었다. 3개월쯤 지났을 무렵, 아내가 돌아왔다. 돈 벌어서 출세하려고 했는데 돈은 대부분 술값으로 나가고 가정은 무너졌다. 아들은 훌쩍 커서 성인이 되었다. '세월과 부모와 아이는 기다려 주지 않는다.'

과거처럼 허투루 삶을 보내고 싶지 않았다. 미래 꿈, 비전을 만들어 바인더 첫 장에 끼웠다. 일간 계획, 주간 계획, 연간 계획, 1년 후, 5년 후, 10년 후, 평생 계획을 만들었다. 매일 일정을 기록하며 열심히 살려고 노력했다. 연말이면 연초 계획 수립에 많은 시간을 쏟아부었다. 뭔가 이루어진 것 같이 뿌듯했다. 이대로만 하면 성공할 것 같았다. 술을 끊고 3년이 지날 무렵, 슬럼프가 왔다. 수립한 계획들이 제대로 지켜진 것이 별로 없었다. 겉으로는 풍요로운 것 같은데, 마음은 허전했다. 매일 기록하는 일정이 남에게 보이기 위한 형식적인 기록처럼 느껴졌다. 실제 그랬다. 시간이 지날수록 미래 계획에 대한 회의감이 왔다. 아무리 완벽한 계획이라도 실행하지 않으면 시간 낭비라는 것을 깨달았다. 실행할 수 있는 1가지라도 제대로 해 보기로 마음먹었다. 올해 계획 1가지는 '아주 특별한 아침 만들기' 실천이다. 매일 아침 5시부터 6시까지 운영하고 있다. 적극적으로 실행하는 계획이 다음 주, 다음 달, 1년 후의 완벽한 계획보다 낫다. 초 단위로 바뀌는 세상이다. 미래를 예측하는 것은 어려운 일이다. 그렇다고 과거를 후회하며 머물 수도 없다. 하루하루의 삶이 모여 인생이 된다. 그러기에 오늘을 잡으려고 애를 쓸 뿐이다.

행복하기 위해 모든 걸 희생하며 직장에 올인했지만, 돈도 잃고, 가족도 돌보지 못했다. 지나온 과거의 아픈 기억에 사로잡혀 아까운 시간을 허비하고 싶지 않다. '오늘, 지금, 이 시간'을 소중히 하기로 마음먹고 실천하고 있다. 첫 번째, 오늘 해야 할 중요한 일 3가지 기록하고, 우선순위를 정해 실천한다. 두 번째, '아주 특별한 아침 만들기(명상, 모닝 저널, 독서)'를 10개월째 운영하고 있다. 세 번째, QT와 기도로 영혼을 맑게 한다. 보는 사람마다 나이보다 젊다고 한다.

아내 큰 언니 가족과 2개월에 한 번(3박 4일) 여행 다닌다. 아내의 큰 언니(형부는 안 계신다), 동갑인 큰 조카와 작은 조카 내외, 6명이 여행한다. 우리나라 경치가 좋은 곳을 찾아다닌다. '아름다운 경치 구경 못하고 뭐 하고 살았나?' 싶다. 사진을 찍고, 맛집을 찾아다닌다. 얼마 전, 강원도 평창 발왕산 주목 군락지에 갔다. 상쾌한 숲 내음, 바람 소리, 새소리, 공기가 달콤했다. 저녁이면 도란도란 이야기를 나눈다. "내가 말년에 이렇게 호강할 줄 몰랐다. 그동안 뭣 한다고 죽자 살자 일만 했는지 모르겠다."라며 환하게 웃는 80세 언니의 말에 '그러게' 맞장구친다.

오늘 하루가 미래를 만든다. "과거를 돌아보며 분노하거나 미래를 바라보며 두려워하지 말고 깨어 있는 마음으로 현재를 두루 살펴라."「제임스 터버」말이 생각나는 아침이다. 과거 허랑방탕하게 보냈지만, 하루하루 삶에 최선을 다한다. 아침 루틴을 마치고 아내와 산책했다. 새소리, 바람 소리, 나무 사이로 비치는 햇살. 푸르스름한 안개. 칡잎에 맺힌 이슬방울. 다람쥐가

한 마리가 멀뚱멀뚱 우리를 쳐다보다가 빠르게 산길을 가로지른다. 오늘 이 행복, 놓치고 싶지 않다. 한 번뿐인 내 인생이다. 오늘도 내게 질문한다. '오늘이 마지막이라면 이 일을 계속할 것인가?'

여행을 떠나요

구은주

　우리는 왜 낯선 곳으로 여행을 떠나는가 익숙한 여기와 다르기 때문이다, 여기와 다르지 않다면, 가서 보고 먹고 자고 만나고 느낄 이유가 없다. 온갖 불편과 위험을 감수하고, 돈과 시간을 써가며 여행하는 이유는 여행이 또 다른 세계의 새로운 맛을 경험하게 해 주기 때문이다.

- 《너의 말이 좋아서 밑줄을 그었다》 림태주

　나는 여행을 좋아하고 여러 나라와 수많은 도시를 여행했다. 여행할 때 가장 중요하게 생각하는 것은 숙소이다. 무조건 잠자리가 편해야 한다. 그래서 캠핑보다는 호텔을 더 선호한다. 풀벌레 소리와 밤하늘 별이 보이는 운치와 낭만이 가득한 텐트보다는 따뜻한 물이 나오고 안락한 침구 속에 몸 맡기는 것을 좋아한다. 보통 여행은 가족이나 친한 친구들과 함께한다. 지금까지 내 삶에서 여행의 목적은 주로 아이들에게 새로운 곳을 보여주고 경험시키기 위한 여행이었다. 또 일하느라 지친 남편에게 쉼을 주려고 휴가로 떠난 리조트 여행이다. 아이들이 대학교에 간 후에는 친한 친구들과 2박 3일 골프 여행이나 해돋이를 보기 위한 바닷가 여행이다. 이렇듯 나의 여행은 대부분 가족 또는 가까운 지인들과 떠났다. 여행할 때 숙소도 중요하지만, 누구와 같이 가느냐도 중요하다. 여행은 일상과 달리 24시간 동반자와 함께 있기 때문에 잘 알지 못하는 사람과 여행한다는 것은 여간 신경 쓰이는 일이 아니다.

얼마 전 회사에서 교육이 있어 LA로 출장을 갔다. 출장을 가기 전 팀장님께서 세도나와 라스베이거스 여행 후 LA에 가기로 했다고 별일 없으면 같이 가자고 제안하셨다. 내 성격은 먼저 주도해서 계획을 세우고 일을 진행하기보다 누가 만든 계획이나 일정에 순종적으로 잘 따라가는 편이다. 나는 앞에서 이

끄는 리더보다는 뒤에서 도와주고 챙겨주는 도우미 역할을 더 잘한다. 일할 때도 알아서 하라고 하면 어려운데 시키는 일은 잘한다. 워낙 여행을 좋아하고 더 이상 챙겨야 할 아이들도 집에 없어서 거절할 이유도 딱히 없었다. 그런데 문제는 여행을 함께하는 멤버들이었다. 이제껏 여행을 갈 때는 친한 친구나 가족, 친척들과 떠났고 잘 모르는 사람과 여행을 한 적이 없어서 쉽게 '네'라고 대답을 못 했다. 그리고 낯선 분과 한 침대에서 같이 잘 생각을 하니 과연 잠이 올까 망설여졌다. 여행지에서 어느 호텔에서 자냐가 중요하지, 옆에 누가 자느냐로 고민한 적이 없기 때문이다. 7명이 함께 밴을 빌려서 이동하고 잠은 에어비앤비와 호텔에서 잔다고 한다. 40대부터 70대까지 다양한 연령층의 여자 7명이 6박 7일을 함께 다니는 경험은 난생처음이다. 그중에 한 분은 공항에서 처음 소개받았다. 나이와 성격이 각양각색이고 성함만 아는 정도의 생경한 분들과 숙식을 함께 하는 것은 낯선 여행지만큼 새로운 경험이었다.

대학교 졸업하고 친구 셋이서 일본으로 배낭여행을 간 적이 있다. 일주일 동안 오사카, 나라, 교토 지역을 다녔는데 그중 한 친구와는 일본을 다녀온 후 연락을 끊었다. 비행기표만 구하고 여행 경비를 최소한으로 가져와서 같이 다니는 일주일 내내 빈대 생활을 하는 것이었다. 함께 다니는데 그 친구가 돈이 없으니 할 수 있는 게 제한되었다. '저렇게 돈이 없으면서 일본은 어떻게 왔을까'라는 생각이 들었다. 계속해서 같이 다니면 우리의 여행까지 망쳐 놓을 것 같아서 여행 후반부에는 '너는 너대로 다녀, 우리는 우리대로 알아서 다닐게.' 하고 헤어졌다. 예를 들어 많이 걸어서 목이 말라 물 한 병을 사면 옆에서 가만히 있다가 '한 모금만' 달라고 한다. 물가도 비싼 일본에서 물 한 병을 가지고 아껴서 마시려고 했는데 달라고 하면 줘야지 어떡하나! 자기 돈이 소중하면 남의 돈도 귀한 줄 알아야지 구두쇠와 함께 여행하는 것은 나의 소중한 여행지의 경험과 기분을 망치는 좀도둑 같았다. 이렇듯 잘 아는 친구와 여행해도 성격이 안 맞아 절연하는데 낯선 분들과 낯선 곳으로의 여행은 기대보다는 두려움이 솔직히 더 컸다.

여행을 통해 친구를 잃기도 하지만 친구를 얻기도 한다. 일주일 동안 함께 먹고 마시고 요리하고 잠자고 쇼핑하니 가족처럼 금세 가까운 사이가 되었다. 여행 중 예상치 못한 돌발 상황이 발생해도 함께 머리를 맞대고 슬기롭게 대처했다. 한 침대 속에서 잘 때까지 이야기하다 보면 속내도 드러내고 고민도 나누고 또 하나의 인생을 알게 되었다. 함께 숙식을 해결해 가면서 요리법도 배우고 살림 팁도 배운다. 와인 한 잔에 밤늦도록 이 사람 저 사람 살아온 이야기를 들으면 책을 읽은 것처럼 인생 공부를 하게 된다. 한 개인의 살아 온 역사를 알게 되니 이해하지 못할 것이 없다. 24시간 내내 같은 공간에서 함께 움직이니 사람의 성격이 고스란히 드러난다. 자기 물건을 소중히 여기는 사람, 무조건 양보하고 남을 배려하는 이타적인 사람, 갑작스러운 돌발 상황에 위기 대처 능력이 뛰어난 사람, 자기 돈은 안 쓰고 남에게 한 입만 하며 그저 얻어먹기만 하는 사람(이번 여행에서는 없었음), 웃기는 사람, 남의 이야기를 잘 들어주는 사람 등등 생김새가 다르듯이 성격도 다 다르다. 단체 생활을 하니 성격과 인성이 더 빨리 파악이 된다.

여행은 사람을 성장시킨다. 경치 좋은 곳, 처음 가보는 낯설고 신비로운 곳, 감탄이 절로 나오는 곳, 숨 막히게 아름다운 곳을 보게 되면 사람의 마음이 활짝 열린다. 사람 마음이 태평양같이 열리면 씀씀이가 넉넉해지고 베풀게 되고 아량이 넓어진다. 사람 마음이 넉넉해지면 남을 먼저 생각하게 된다. 웬만큼 사소한 것에는 화를 내지 않고 다 이해한다. 또한 자연의 웅장함 앞에서는 인간이 얼마나 하찮고 보잘것없는 존재인가 새삼 깨달으며 절로 고개 숙이고 겸손해진다. 여행은 평소에 하지 못하는 생각을 하게 하고 일상에서 접할 수 없는 것을 만나게 되며 남을 배려하고 나를 돌아보며 나를 성찰하게 만든다.

'진정한 여행이란 새로운 풍경을 보는 것이 아니라 새로운 눈을 가지는 데 있다'고 마르셀 푸르스트가 말했다. 가족들끼리의 익숙하고 편한 여행도 좋지만 잘 모르는 사람들과 불편함 속에서 함께 여행하는 것 또한 나쁘지 않다는 것을 처음 알았다. 적당한 긴장감 속에 한 사람의 인생을 알게 되는 것이 또 다른 여행의 시작이다. 멀리 떠나는 것만이 여행이 아니라 한 개인의 지나온 삶을 알아가는 것도 여행이다. 함께 여행하며 친구를 사귀는 것은 낯선 여행지에서 맛집을 찾아낸 것처럼 설레고 반가운 일이다. 여행을 마치고 집에 돌아와 보니 돈을 썼는데도 부자가 되어 있었다. 친구 부자!

슬기로운 권태 생활

이시은

'음. 어떤 옷이 편할까?'

청바지에 티셔츠를 입었다. 바지 주머니가 묵직한 거 보니 자동차 키가 들었나 보다. 키를 꺼내 식탁 위에 두었다. 장바구니 대신 책가방을 메고 운동화를 꺼내 신었다. 운동화 끈을 단단히 묶고 현관문을 열었다. 뒷주머니에서 핸드폰을 꺼냈다. 버스 도착시간을 알기 위해 대중교통 앱을 열었다. 목적지를 입력하려다 멈칫했다. '에이 말자.' 종료 버튼을 누르고 다시 뒷주머니에 넣었다. 그냥 오늘은 걷고 싶은 만큼 걸으려 한다. 사십 분 정도 걸었을까? 건대역이다. 어느새 도착했다. 태양을 피해

서둘러 스타시티 쇼핑몰로 들어갔다. 시원한 공기에 이마에 맺혔던 땀들이 마른다. 휴 이제야 살겠다.

'어? 얼마 전까지는 반디앤루니스가 있었는데 언제 바뀌었지?'

일주일에 한 번씩은 오는 쇼핑몰인데도 이제야 보았다. 지금은 교보문고로 바뀌었다. 들어가 신작도 구경하며 한 바퀴 둘러보았다. 교보문고 시그니처 향을 좋아한다. 입구에 놓인 방향제를 들고 한참을 맡아보다 가격표 보고 내려놓았다. 아쉬움을 뒤로하고 나왔다. 근처 이마트를 들려 간단히 저녁거리도 샀다. 평소라면 볼일만 보고 바로 집으로 갔을 텐데 차가 없으니 여유롭다. 이곳저곳을 돌아다녔다. 지나갔던 길인데 낯선 느낌이다. 계획 없이 카페도 들어가 보았다. 편한 의자가 있나 둘러보니 창가 쪽 소파가 푹신해 보인다. 앉으니 내 몸이 폭 안긴다. 아인슈페너 한 잔을 시켜놓고 책을 펼쳤다. 나는 요즘 권태로움을 즐기는 중이다.

2021년 1월. 성인이 되고 처음으로 백수가 됐다. 수술과 이직으로 인한 공백, 딱 일 년 동안 단기 백수다. 마음껏 자유를 누리겠다고 마음먹었다. 느지막이 일어나 홈쇼핑을 보며 빨래를 개고 있을 때면 딸이 물어본다. "엄마는 왜 맨날 홈쇼핑을 봐?"

딸의 물음에 피식 웃었다. 일을 관두면 제일 먼저 홈쇼핑이 보고 싶었다. 10년 동안 늘 퇴근이 늦어서 볼 기회가 없었다. 보고 또 봐도 놀랍다. 쇼호스트는 말을 왜 이리 잘하는지, 다 사고 싶다. 말발이 좋은 사람들은 다 모여있는 것 같다. 다행히 결제 직전에 정신이 든다. 또 살 뻔했다며 안도의 한숨을 내쉬며 텔레비전을 끈다. 아침 겸 점심을 먹고 슬슬 나갈 준비를 한다. 편한 신발에 장바구니 하나 들고 근처에 어린이 대공원으로 간다. 후문으로 들어가서 공원 한 바퀴 돌고는 구의문으로 나와 마트로 간다. 마트에 가서 시원한 탄산수도 한 병 사고 저녁 찬거리 재료를 물색한다. 집에 도착해서 요리하고 가족들과 저녁 식사를 마치면 잘 시간이다. 하루가 다 지나갔다. 어제를 복사한 것 같다. 매일 그렇게 지냈다.

똑같은 일상이라 그런 건가? 지루하다. 나른하기도 하고 점점 움직이는 것도 귀찮다. 혼자 있으면 심심하고 재미도 없다. 이래서 사람이 일을 하나 보다. 친구에게 전화해 인생이 재미없다며 넋두리했다. 팔자가 좋아 죽겠냐며 욕만 들었다. '기지배. 남의 속도 모르고.'

다람쥐 쳇바퀴 도는 삶이다. 나태한 건지 권태한 건지도 모르겠다. 그냥 재미없어진 요즘이다. 친구들과 수다도 떨어보고 맛집을 다녀봐도 그때뿐이다. 이 권태로운 생활에 자극을 주면 좀 나아질까? 뭔가 할 거리를 찾기 위해 인터넷을 검색했다. 우연히 운동으로 생활에 활기를 찾았다는 글을 보았다. 예전에 운동을 좋아했었다. 헬스는 10년 이상, 스포츠 클라이밍도 수년 했다. 그러다 3년 전에 작은 실수로 허리를 다친 후로는 운동을 할 수 없었다.

아파트 헬스장으로 갔다. 3년 만에 간 그곳의 공기는 여전했다. 특유의 쇳덩이 냄새와 땀 냄새가 뒤엉켜 있다. 센터 안에 흘러나오는 노래 비트에 맞춰 심장이 빨리 뛰었다. 성취감을 느낄 수 있는, 일상을 즐겁게 할 이만한 자극이 또 어디 있을까! 눈앞에 펼쳐진 익숙한 기구들에 자석처럼 끌렸다. 만져도 보고 들어도 보고, 당겼다가 밀어도 봤다. 가슴이 뛰는 걸 보니 안 되겠더라. 그 자리에서 바로 등록했다. 처음엔 재활부터 시작했다. 그렇게 몇 주가 지나니 슬슬 몸에 힘이 들어가는 게 느껴졌다. 이제부터는 본격적으로 운동할 수 있는 때다. 머슬 메모리가 있다고 하더니 정말인가 보다. 근육은 예전을 기억했다. 빠르게 근육량이 올라왔다. 데드리프트를 100kg까지 들기도 하고, 인생 최대 근육량도 만들어봤다. 잔잔했던 내 일상에 이만한 자극은 없는 것 같았다. 하지만 그것도 잠시다. 그때뿐이다. 나는 또 일상이 돼버린 지금이 지루하다. 이전에 삶에서 운동만 추가됐을 뿐 어제를 복사한 똑같은 오늘이다. 왜 자꾸 새로운 걸 하고 싶어 하는지 알 수가 없다. 밤고구마 열 개 먹은 느낌이다.

지난 17년간 쉬지 않고 일했다. 자영업을 시작하고는 명절 당일만 쉬었다. 나름 정해놓은 매출을 달성하면서 성취감 있는 하루를 보내긴 했다. 하지만 대부분은 긴장하고 살았다. 생각지도 못한 일들이 여기저기 터지는 통에 하루도 편안한 날이 없었다. 전화벨 소리만 들어도 깜짝 놀라고 심장이 두근거렸다. 쫓기듯 일했다. 두 손으로 셀 수 없을 정도로 많은 역할을 해내던 그때는 고요하고 평범한 일상을 꿈꾸었다. 나는 불과 얼마 전까지 이런 익숙한 일상을 그토록 원했던 거다. 너무도 익숙해져서 권태롭게까지 느껴지는 이 잔잔함을 말이다. 바쁘게 살다 고요한 일상을 마주하니 이젠 권태롭다고 말한다. 사람 마음이란 게 참 간사하다.

– 《하마터면 열심히 살 뻔했다》 하완

'유연해야 한다. 힘을 빼고 이리저리 휘둘릴 각오를 해야 한다는 이야기다. 파도에 맞게 무게중심을 이쪽에서 저쪽으로, 저쪽에서 이쪽으로 쉴 새 없이 옮겨야 넘어지지 않는다.'

언제 끝날지 모를, 내게 주어진 이 지루한 시간이 소중해졌다. 있는 그대로 즐기기로 했다. 이름하여 '슬기로운 권태 생활'이다. 이 순간을 오롯이 즐기기 위해 나름의 규칙도 만들어 보았다.

첫째, 무언가 해야 한다는 강박을 내려놓기로 했다. 몸은 쉬고 싶은데 머리는 움직이려 하니 자극을 줘서라도 움직이고 싶었나 보다. 계속된 자극에 더 지쳐갈 뿐이었다. 자극적인 음식을 먹다 보면 더 자극적인 맛을 찾듯 말이다. 일부러 거리를 만들지 않으니 나에게 집중하는 시간이 많아졌다. 나의 내면과 마주했다. 무엇을 하고 싶은지, 좋아하는 것은 무엇인지 알아간다. 진정한 자극은 내 안에 있었다.

둘째, 멈추고 주변을 둘러보기로 했다. 앞만 보며 달리던 내가 멈추고 주위를 살펴보니 생각하지 못한 것들을 발견했다. 들리지 않던 사람들의 소리가 들리고, 아이들이 커가는 것이 보였다. 출퇴근길 하늘이 달랐고, 빼곡한 아파트들이 도미노로 보이기도 했다. 매일 변하는 풍광이 보인다. 얼마 전에는 벚꽃 눈이 내렸는데 지금은 하늘도 안 보일 만큼 빼곡한 초록이다. 계절이 바뀌고 있었다. 멈추니 보인다.

셋째, 일상을 즐기기로 했다. 일부러 자극을 주려 말고 내게 주어진 삶 안에서 즐기려 한다. 아침에 출근하면 동료와 아메리카노를 마시며 대화한다. 가끔은 서로의 이야기를 듣다 눈시울이 빨개지기도 했다. 사무실 옆에 작은 텃밭을 만들어 상추를 심었다. 내 손바닥만큼 자라면 상추를 뜯어 동료와 나눈다. 주말에는 한강으로 간다. 가족과 자전거도 타고 벤치에 앉아서 바람도 쐰다. 운동 후 한강에서 먹는 한강표 라면은 정말이지 최고다. 각자 디저트 하나씩 들고 지는 해를 보며 사색에 젖기도 했다. 잔잔한 일상에서 즐거움과 행복을 찾게 됐다. 소소하지만 확실한 행복, 진정한 '소확행'이다.

'있는 그대로 살아도 돼.'

요즘 나 자신에게 하는 말이다. 생각을 바꾸니 지루했던 일상들이 즐겁다. 지금 이 시기에만 볼 수 있는 자연을 보며, 이제라도 보게 돼서 다행이란 생각이 들었다. 나만의 시간도 많아졌다. 나에 대해 귀 기울이며 나를 조금씩 알아가고 있다. 다시 바빠질 그때를 위해, 지금을 꿀같이 즐긴다. 그토록 원했던 이 순간! 지금의 이 순간이 있기에 삶의 균형이 맞춰졌다. 바쁘기만 했던, 한쪽으로 치우친 삶은 결국 지치기 마련이니까. 어쩌면 권태로움이란, 균형을 맞추기 위해 스스로 내린 처방일지도 모른다.

균형을 잡기 위해 매일 이리저리 옮겨 다니고 있다. 오늘은 권태로운 삶에서 다시 바쁜 일상으로 무게중심을 옮겼다. '슬기로운 권태 생활'이 끝나는 날이다.

생일을 보내면서

이은설

    라디오에서 나오는 생일 축하 메시지가 오늘따라 크게 들린다. 생일날 케이크에 촛불을 켜고 축하하는 것이 당연한 일이 되었다. 생일 케이크는 달 모양의 빵을 먹는 풍습에서 시작되었다. 달 모양의 빵은 달의 여신 아르테미스를 상징한다. 아르테미스는 우리나라의 삼신할머니처럼 아이를 점지하고 행복을 주관하는 신이다. 촛불이 소원을 신에게 전달해 주는 역할을 하므로 나이 수만큼 초를 꽂는다고 한다. 우리나라는 생일 때 수수팥떡과 미역국을 먹는다. 수수팥떡을 먹는 이유는 악귀들이 붉은색을 싫어한다고 믿고, 악귀들이 근접하지 못하고 아기가 건강하게 잘 자라길 바라는 의미다. 두 풍습 모두 생일날 아이가 건강하게 자라길 바라고 아프지 않길 바라는 마음에서 유래된 것이다. 365일이 모두 똑같은 날이지만 1년에 하루쯤 모두에게 축복받는 나만의 날, 생일을 챙기고 싶었다.

내 생일은 섣달 그믐날이다. 엄마는 설날 준비를 다 해 두고 나를 낳았다고 했다. 여자가 초승에 태어나는 것보다 그믐에 태어나는 것이 좋다고 했다. 내가 어릴 때는 생일이라고 누구 하나 내 생일을 챙겨 주는 사람 없었다. 명절 음식 가득한 데, 사내도 아닌 계집아이의 생일을 챙겨 굳이 미역국을 끓일 필요가 없었을 것이다. 할머니와 아버지 생신에도 찰밥과 미역국 한 그릇으로 보내는 데 섣달 그믐날 태어난 내가 무엇을 더 바랄 수 있겠는가. 지금 생각하면 태어난 것만도 감사해야 할 형편이다.

엄마는 말만 듣고 대구에서 300리 떨어진 작은 어촌 마을에 시집을 왔다. 외동아들에 홀시어머니. 가진 재산은 손바닥만 한 밭과 집에서 멀리 떨어진 논 서너 마지기가 전부였다. 시집을 와보니 시어머니도 술을 자시고 남편도 술을 먹어 마음고생이 심했다고 했다. 엄마는 나를 낳고 죽으려고 수면제를 사 모았다고 했다. 60년 전만 하더라도 의술이 발달하지 않아, 산

후에 죽으면 친정에 욕이 되지 않는다고 생각했단다. 그런데, 막상 나를 낳고 보니 눈이 까만 저것을 두고 죽으면 내 죄가 얼마나 될까. 생각하니 차마 죽을 수가 없었다고 했다. 30년 나를 키우고, 고생만 하시다가 내가 태어난 섣달 그믐날 엄마는 돌아가셨다. 많고 많은 날을 두고 하필 섣달 그믐날 돌아가셨을까. 시댁에 차례를 지내러 가야 하기에 한 번도 엄마 기일을 챙길 수 없었다. 어쩌면 당신의 기일에 딸이 오지 말라는 뜻일까. 30년 동안 키웠고 시집을 보냈으니 이제는 당신이 할 일을 마쳤다는 뜻일까. 내가 싫어서일까. 혼자 여러 가지 생각이 들었다. 엄마는 저세상으로 가신 날인데 내가 내 생일이라고 챙길 수는 없었다.

결혼 후 아이를 낳고 키우며 정신없이 살다 보니 한 해의 가장 구석진 날인 섣달그믐날 내 생일은 그냥 지나가 버렸다. 남편에게 은근히 바라기도 했다. 그믐날 케이크 하나 들고 가서 "형수 오늘 집사람 생일인데 케이크나 나눠 먹자." 이렇게 하면 얼마나 좋을까? 경상도 남자의 무뚝뚝함과 융통성 없는 성격에 말 한마디 못 하고 그냥 지나왔다. 그것은 나의 희망 사항일 뿐이었다. 지금 생각하면 내가 케이크를 사 들고 가지 못한 것이 후회된다.

시댁은 친정을 지나는 길에 있어서, 명절에 시댁을 가기 전에 친정을 먼저 들렀다. 어느 해던가. 섣달 그믐날 친정에 들렀을 때다. "오늘 형님 생일이지요." 하면서 큰 올케가 케이크를 가지고 나왔다. 생각지도 못한 일이었다. 태어나서 처음으로 생일 축하를 받았다. 얼떨떨했다. 나도 이런 날이 있는가. 생전 처음 받는 생일 축하가 좋기는 했지만, 내 것이 아닌 것 같았다. 케이크에 촛불을 켜고 조카들과 생일 축하 노래를 불렀다. 짧은 순간이었지만 지금 생각해도 참 고마웠다. 그 이벤트는 한 번으로 끝났다. 명절 준비로 바빴을 텐데 한 번 챙겨 주는 것만도 감사하다는 생각이 들었다.

요즘은 우리 아이들이 자라서 양력 생일에 축하 인사를 해 준다. 바쁘게만 살아온 내게 생일을 챙기는 것은 중요한 일도 아니고 사치로만 생각되었다. 생일을 챙기는 것은 할 일 없는 사람들의 팔자 좋은 모습으로 비쳤다. 살기 바쁘다는 핑계로 마음의 여유가 없었다. 내 생각을 바꾸기로 했다. 태어나서 처음으로 내가 내 생일을 챙겼다. 막내딸 선예와 동대문시장에 갔다. 생일을 보내면서 나에게 외투를 하나 사 주고 싶었다. 각양각색 스타일과 형형색색의 다양한 옷들이 가득했다. 평소 좋아하던 갈색 톤의 외투를 샀다. 그렇게 비싼 것도 아니지만, 오늘만큼은 눈 질끈 감고 나에게 선물 하나 하고 싶었다. 코트를 입고 거울을 보고 있으니 "와~아 우리 엄마 훨씬 젊어 보인다."

선예가 말했다. 그러고 보니 나이 든 낯선 여인 하나 거울 속에서 있다. 아! 내가 세월을 잊고 살았구나. 나를 가꾸고 꾸미는 것은 돈과 시간 낭비하는 일이라 생각했다. 내 모습이 초라하게 느껴졌다. 아직은 젊다고 생각했는데 '세월 속에 장사 없구나.' 하는 생각이 들었다.

선예를 먼저 보내고 용기를 내어 치과로 갔다. 생일도 생일이지만 나를 돌아보고 나를 관리하고 싶었다. 20년 전에 어금니가 빠졌지만, 무신경하게 살았다. 식사때마다 어금니들은 나에게 그 자리를 채워 달라고 소리쳤지만, 지금까지 못 들은 척했다. 의사는 빠진 이가 너무 오래되어 빠진 자리를 기준으로 양쪽에 있는 이빨을 좀 갈아야 한다고 했다. 본을 떠 놓고 집으로 돌아왔다. 며칠 후 예약된 날짜에 치과를 찾았다. 바로 끼우는 줄 알았는데 오늘은 이빨 뿌리만 박고 다음에 끼운다고 했다. 양쪽 이빨을 갈지 않고 임플란트를 심었다. 잇몸이 욱신거리고 아무 일도 할 수가 없었다. 저녁은 죽으로 먹으라며 치과에서 죽을 챙겨줬다. 빈자리를 채우느라 위 어금니는 아래로 내려오고, 양쪽의 이빨들은 빈자리를 채우는 쪽으로 자라고 있었다. 이빨도 빈자리를 채우느라 서로 돕고 사는데 내가 내 몸을 가혹하게 대하여 미안한 마음만 가득했다. 며칠 뒤 이빨이 빠진 자리에 임플란트 이빨을 끼웠다. 주변의 이빨보다 크기가 작았지만 비었던 자리가 채워졌다. 늘 한쪽이 비어 있는 허전함이 입속 가득했는데, 바람이 새지 않고 꽉 찬 느낌이 들었다. 이제 나의 공간을 채워 달라는 소리는 더 이상 들리지 않았다. 음식을 씹어도 제대로 씹힐 것 같았다. '그동안 고생했다. 어찌 그리 고생하며 나를 돌볼 겨를 없이 살았을까.' 이제 내 몸의 모든 것이 채워진 느낌이 들었다.

돌아오는 길. 마포대교 위에 자전거를 세우고 유유히 흐르는 한강을 바라보았다. 채우지 못하고 강물처럼 흘러간 지난 시간이 아쉽다. 그러나 한강 위로 달리는 모터보트처럼 내 마음은 날아갈 것 같았다. '하고 싶은 것을 하고 난 기분이 이런 것이구나. 지금까지 앞만 보고 살아왔는데 가끔은 나를 돌아보고 나를 챙기며 살아가는 것이 이렇게 행복한 것이구나.' 하는 생각이 들었다. 여자는 자기를 가꾸고 꾸밀 줄도 알아야 한다고 노래처럼 말한 엄마의 목소리가 들리는 듯했다. 고집스럽게도 나는 실속이 중요하다는 생각으로 살아왔다. 여자로서 실속은 자기 자신을 가꾸고 꾸미는 것이겠지만 눈앞의 화려함보다는 내면의 성숙을 가꾸고 싶었다. 그래서 옷이나 화장품보다는 책이나 문구 구하기를 좋아했는지도 모르겠다. 생일을 보내면서 평소에도 나를 돌아보고 행복하게 관리하고 싶다.

"최소한 하나를 잃은 동시에 하나를 얻는 것이 인생의 이치다. 현명하고 지혜로운 사람은 하나를 잃을 때 여러 개를 새롭게 얻는다."

– 《멘탈의 연금술》 보도 셰퍼

그동안 상담과 마음 챙기는 공부를 하면서 세상의 중심은 나라고 배웠지만 나보다 가족이 우선이었다. 이제는 나 자신을 위해 살고 싶다. 내가 건강하고 행복해야 가족도 살피고 주변도 챙길 수 있을 것이다.

이 순간만큼은 세상 부러울 것 아무것도 없다. 외투를 사는 것은 큰돈이 아니다. 한 번쯤은 나도 이렇게 행복할 수 있는데 이 행복을 알지 못하고 살았다. 올해 생일은 나에게 작은 일에 행복해하는 법을 가르쳐 준 것 같다. 그리고 하루하루 나와 주변에 감사하며 살아가고 싶다.

'엄마! 좋은 곳에 잘 계시죠. 엄마 덕분에 저는 해마다 생일을 만납니다. 이제는 엄마도 어디 계시든지 제 걱정하지 마시고 마음 편히 잘 계시길 빌어 봅니다.'

나는 너를 응원할 것이다

김소진

쓸쓸한 겨울이 지나고 따사로운 봄날의 점심시간. 부엌 유리 문틀을 조심스레 밀고 들어오는 햇빛을 보고 있으면 문득 따분하다는 생각이 든다. 내가 하고자 하는 일은 따로 있는데 왜 여기서 이러고 있는지 우울해진다. 몇 년 전 열정을 쏟아부었던 그림은 언제쯤 다시 가능할까. 여유롭지도 않고, 환경도 받쳐 주지 못한 현실이 속상하다.

8시에 출근해서 7시 30분 퇴근하여 장 보러 시장에 들렀다가 집에 온다. 언제나 같은 시간에 같은 일, 같은 종류의 갈등이 연속이다. 남편 퇴직에 막막할 때는 특별한 일 없이 보통의 일상을 바랐었고 이제는 평온한 일상이다. 이 평온이 잘살고 있는 것이라고 감사하며 지내왔었다.

그런데 어려웠던 일에 익숙해지고 일상이 반복되면 권태로움이 스멀스멀 올라온다. 익숙함의 늪에 빠진 것인가. 인간은 새로운 환상과 권태가 반복되어 소중한 걸 잃어버리는 어리석음을 경험할 수 있다고 한다. 새로운 일을 시작할 때는 힘들지만 좋은 환상에 빠진다. 그곳에 적응하는 시간과 익혀야 하는 것, 알아봐야 할 것 많아 하루가 어떻게 지나갔는지 모르게 지나간다. 그런데 이제는 익숙함에 대한 배반인지 편한 일상을 못 즐기는 일 중독인지, 아마도 쉬는 시간을 즐길 줄 모르는 일개미인 것 같다. 권태로움이란 것은 시간적 여유가 많아서 오는 일종에 어리광일 수도 있다는 생각이 든다.

편하면 일탈을 바라면서 힘들면 편하게 익숙해지기를 바라는 건 누구나 가지고 있는 인간의 속성이라는 걸 친구들과 수다 끝에 얻어진 답이다. 누구나 걸릴 수 있는 권태로움이란다. 나만 그런가 하고 현실을 탓하고 우울했었다. 권태로움으로 자살하고 묻지 마 범죄도 일어난 거라고 생각이 든다.

다행히 내 말 들어주는 친구들과의 수다 덕분에 답답한 마음이 후련해졌다. 예전처럼 활기차게 생활하기 위해 일을 많이 만들어 갔다. 그러나 며칠 굶은 사람처럼 허전했다. 내 속에 뭐라도 채워야 했다. 현재 주어진 조건 속에서 할 수 있는 즐겁고 재미있는 것을 찾아 세상 밖으로 나가기로 했다. 틀에 박힌 시간에서 벗어나고 싶다. 결과에 연연하지 않는다. 미래에 이익도 따지지 않는다. 사회적으로 긍정적이고 남에게 도움이 되면 된다.

웃을 일이 있어 웃는 게 아니라 웃으니 웃는 일이 생긴다는 웃음 치료 강사님의 열정적 강의에 감탄하며 시작부터 웃다가 끝이 났다. 가까운 지인 따라 무료 웃음 치료 강의에 참석했다. 원래 잘 웃는 나였지만 진정 웃는 방법을 몰랐던 거다. 미안하면 웃으며 사과하고, 부끄러워 웃으며 고개를 숙였다. 억지웃음으로도 삶의 질을 바꿀 수 있단다. 나의 웃음은 당당하지 못한 비굴한 웃음이라고 생각했었는데 억지웃음으로도 기분이 좋아진단다. 우울할 때 웃어보자. 화가 나도 웃자. 혹 누가 보고 이상한 사람이라 생각할 수도 있지만 일단 웃기, 웃으며 가족을 맞이하기, 문득 지나갈 때마다 웃기 하면 기분 좋아진단다. 이렇게 해서 뇌를 속일 수 있다. 뇌가 기분 좋아서 웃는 줄 알고 즐거워지고 행복해진다. 강사의 목소리는 점점 천장을 찌른다. 확신의 찬 목소리로 강의하는 강사가 부러워졌다. 웃으면서 돈도 벌고 권태로워 우울한 사람 도울 수 있어 보람된 직업이다. 나도 강사라는 직업에 도전해 보고 싶어졌다.

활기차고 당당한 강사의 기법을 배우고 실습했다. 생활에 활력이 되어 생기가 돌았다. 강사라는 직업이 여러 방향으로 지식이 넓고 아는 것이 많아야 한다. 여러 강의에 참석하고, 관련 책 읽어 메모하고, 강의할 ppt 만들어 연습하고 바쁘기도 끝도 없이 바쁘다. 바쁜 중에도 즐거움이 있어 강사라는 직업이 매력 있다. 강의 의뢰가 들어오면 준비를 늦출 수 없다. 퇴근하고 늦게까지 강의를 준비하고 잠자리에 든다. 몇 시간으로도 꿀잠을 잔다. 우울증과 불면증이 어디로 사라졌는지 눈 깜박하면 아침이다. 몸은 힘들고 바쁘지만 하나씩 성공하고 나니 그 성취감에 또 새로운 강의에 욕심이 생긴다.

앉아서 서류 정리하고 자료 찾고, 강의 준비하다 보니 몸을 쓰는 운동을 하고 싶어졌다. 헬스나 요가를 다녀봤지만 혼자 다녀서인지 재미를 찾지 못하고 금세 그만두게 되었다. 이번에는 재미있고 운동도 되고 또 강의로도 연결할 수 있으면 좋겠다는 생각으로 친해진 강사 선미와 댄스에 도전했다. 운동도 되고 신나는 음악에 흔들어 땀이 범벅이 되어도 기분은 좋을 것 같았다. 첫날 댄스 한다고 섰는데 얼굴이 화끈거린다. 내 몸 움직임이 낯설고 민망했다. 스텝도 외우기 힘들다. 이것은 절대 할 수 없는 분야라고 그만하려고 했는데 선미는 기왕 도전했으니 같이 한 달만 하고 그때 결정하자고 한다. 나무토막 같은 선미와 나는 용기를 내 해보기로 했다. 같이 배우는 팀 중에서 구멍이라는 별명이 붙을 정도로 헤매고 다녔다. 은근히 자존심 상하는 일이다. 연습만이 살길이다. 자기 전에도 하고 아침 기상운동으로 하고 출근해서 구석에서 스텝을 밟았다. 남편은 기분 좋은 일이 있냐며 웃고는 부드럽지 못한 나를 놀렸다. 자기도 해보라면서 큰 소릴 쳤더니 바로 엉덩이를 씰룩거린다. 나보다 더 목석같은 몸짓이다. 오랜만에 서로 큰 웃음을 나눌 수 있어 좋았다. 얼마 안 가서 우리 팀에서 제일 잘하는 사람과 같이 앞에서 뛰어다니게 되었다. 나의 몸을 보고 회원들이 놀란다. 댄스는 어느 정도 익히면 그 뒤로는 새로운 스텝은 잘 외워진다. 처음 듣는 곡이 나와도 음악에 리듬을 타게 된다. 나에게도 이런 재능이 있었나 할 정도로 내심 놀라고 있는데 친구들이 그동안 내숭 떨었다면서 놀려 댄다. 타고난 재능이 아니라 연습으로 얻게 된 재능도 있다는 걸 댄스로 알게 됐다. 누군가 즐겁게 하는 일은 일이 아니라 놀이라고 하던 기억이 난다. 세상 모든 일을 이렇게 재미있게 하면 얼마나 좋을까 하고 웃어본다.

세상은 생각하기 나름이라고 어르신들의 덕담을 듣고도 그 의미를 모르고 반감을 냈던 때가 있었다. 악조건의 상황에서도 생각 전환으로 그것을 발판으로 삼아 더 높이 오르는 성공한 사람들도 많다. 성공은 역경 바로 뒤에 가려있다고 성공자들은 말한다. 역경도 노력하는 사람에게 조금 더 힘내라는 신호라고 한다. 이 또한 지나가는 수많을 시간 속에 일부라 여기자. 억지 웃음 웃으며 뇌를 속여서라도 즐거움을 만들자. 익숙함을 권태롭다고 여겨 우울할 시간에 나를 성장시키는 기회의 시간으로 만들어야겠다.

> 지금 당신을 흔드는 바람, 지금 당신을 적시는 빗물, 지금 당신을 목마르게 하는 뜨거운 햇살은 다 당신을 자라게 하는 우주의 신비한 계획 중에 하나랍니다. 두려워하지 말고 힘을 내세요. 우리가 당신을 응원할게요!
>
> - 《네가 어떤 삶을 살든 나는 너를 응원할 것이다》 공지영 산문

앞으로 이런 나를 부정하는 시련의 도전장이 내 앞을 막아도 이겨 낼 수 있다. 내 팔 내가 흔들고 살아갈 것이다. 남에 감정에 나의 감정을 맡겨 휘둘리지 않고 성장할 수 있는 또 다른 배움의 사치로 권태로움을 즐거운 일상으로 만들자.

지나친 열정이 주는 권태

오유경

책장에 꽂힌 25권의 자기 계발서들이 한 팀이 되어 나를 쏘아보고 있었다. 책장 앞을 지나 화장실을 들락거릴 때마다 죄책감에 시달렸다. '책임감 없는 가벼운 마음이었냐, 잠시 끓어올랐던 사랑인 거냐, 대여섯 권씩 한꺼번에 데려올 때는 언제고, 어쩜 그리 책장에 꽂아만 놓고 쳐다도 안 보는 거냐' 책들이 내게 항의했다. '습관의 힘이 중요하다, 멘탈을 관리하라, 지금 당장 빚을 내서 무조건 집을 사라, 미국 주식을 사라' 책들이 아우성을 쳐 댔다. 하지만, 급속도로 식어버린 애정은 쉽게 회복되지 않았다. 가끔 그 앞에 멈춰 서서 누굴 뽑을지 노려 보아도, 그 누구에게도 손이 가질 않았다. 사랑은 억지로 생겨나지 않는 법. 싸늘한 마음으로 책들이 안 보이는 척, 모른 척 지나 다녔다.

이렇게 게으르게 쌓아둔 책도 안 보고, 재테크 공부도 멈춘 채 살아도 되는 걸까. 잠깐! 게으르게? 오늘도 새벽 5시 30분에 눈을 떠서 노트북을 열고 글을 쓰는 내가, 7시 알람이 울리면 달콤한 글쓰기와의 밀애를 접고 커피를 내려야 할 때 '오늘이 주말이면 1시간은 더 앉아서 글을 쓸 수 있을 텐데…' 아쉬워하는 내가, 스무 권이 넘는 재테크 책들을 외면한 채 에세이를 쓰고 있으면 게으른 걸까.

1년 전부터였다. 차근차근 노후준비를 위한 로드맵을 만들어야겠다는 생각으로 자기 계발, 재테크, 부동산, 주식공부에 빠져들었다. 교대역까지 찾아가 부동산 투자 기초반 수업(36만 원)을 수강하고, 6개월짜리 자기 계발 프로그램(46만 원)에 참여해서 세법, 부동산 투자 강의를 들었다. 강남역 근처에서 시간 관리 수업(20만 원)을 들으며 3P 바인더 쓰는 법을 배웠다.

경제신문을 읽고, 가계부 쓴 것을 매일 인증하는 1년짜리 프로그램(20만 원)에는 아직도 참여하고 있다. 심지어, 내가 정한 시간에 일어나 인증을 남기는 단톡방(9만 원)에 들어가 새벽 알람이 울리면 영혼 없는 '굿모닝'을 남기고, 다시 잠들어버리는 일까지 안 해본 것이 없었다. 블로그 수업(12만 원)을 들으며 블로그 포스팅을 시작했고, 매일 몸무게를 재고 식단을 기록하는 다이어트 카톡방(7만 원)에 가입한 것까지 포함하면, 정확하게 150만 원의 돈을 들여 많은 것에 도전한 셈이다.

대학 졸업과 동시에 일하기 시작했으니 60까지 근무하면 35년간 직장생활을 한 것이 된다. 늦어도 60부터는 내가 원하는 대로 살 권리가 나에게 있다는 자각을 하기 시작했다. 원 없이 글을 쓰며, 1년에 두 달은 물가가 저렴한 나라에 사는 것을 목표로 정했다. 목표를 이루는데 돈이 발목을 잡게 해서는 안 되기에, '경제적 자유'에 대한 뜻을 품었다. 명품, 외제 차 같은 잠깐 반짝하고 말 기쁨을 위해 돈을 모으고 싶지 않았다. 나의 노후는 진정으로 간절히 원하는 것들로 채우고 싶다는 강한 의지가 생겼다. 내가 자는 동안에도 내 돈이 세상을 돌아다니며 돈을 벌어다 주는 파이프라인을 만들어야 했다. 주식과 부동산 투자 공부를 시작했다.

솔직한 이런 이야기를 교회의 K 언니에게 했다가 등짝 스매싱을 당했다. 언니가 걱정하는 게 뭔지 잘 알기에, 등이 얼얼

하게 아팠지만, 웃으며 이야기했다. 나는 예수님께서 조심하라고 경고하신 두 가지를 알고 있다고. 돈, 권력 같은 세상의 힘을 하나님의 가르침보다 더 중요하게 생각하지 말라는 것과 남을 돕는 일을 하면서 자기만족에 빠져서 으스대지 말라는 것. 그 두 가지를 경계하며, 돈 공부와 성경공부를 동시에 하는 사람으로 성장하고 싶었다.

정말이지, 또 다른 세상이었다. 자기 돈은 단돈 천 원도 들이지 않고, 머리를 써서 10년에 10억을 벌고 있었다. 예를 들면 이런 원리다. 3억짜리 상가를, 2억에 경매로 낙찰받아 2억 대출로 산 뒤(실거래가는 3억이므로 가능), 보증금 2억에(이 돈으로 대출을 갚는다) 100만 원의 월세를 놓는다. 피 흘리지 않고(자기 자본 없이) 벌어들이는 수익으로 '무피 투자'라고 했다. 새우깡의 가격이 오르듯, 그 집 가격은 10년 뒤에 2배, 3배 뛴다.

차트 몇 가지로 전국에 있는 부동산의 가치를 판단하고, 앞으로의 투자를 예측하는 분석 방법에 매료되었다. 수업을 들을 때마다 재미있었다. 과제를 잘해서 올리거나 강사가 하는 질문에 대답을 잘하면 주는 스타벅스 커피 쿠폰도 받았다. 난생처음 VIP, MVP 상을 받으며 알파벳 한 끗 차이인 두 단어의 뜻이 어떻게 다른지 찾아보며 뿌듯해했다. 휴직 중이라 시간의 여유가 있고, 처음으로 접해본 투자 공부가 재미있어서 조금만 더 하면 손에 잡히는 결과를 만들 수 있을 것 같았다.

하지만, 6개월이 지나자 그 모든 것들에 시들해졌다. 모든 것에서 손을 딱! 떼고 싶어졌다. 매주 금요일 KB 부동산 홈페이지에 들어가, 부동산 가격 변동을 알아보던 시계열 표도 쳐다보기 싫어졌다.

재테크 공부만 제대로 하면 경제적 자유를 이룰 수 있을 것 같던 내 생각은 틀린 것이었다. 집에 앉아서 전국의 아파트 입주 물량을 조사하고 오를지 안 오를지 수십 번 분석하는 것보다, 운동화를 신고 직접 나가야 했다. 지방을 돌며 시장조사를 해야 했다. 내가 공부한 금융 · 투자지식보다 중요한 것은 '실행력'이었다. 하지만 안타깝게도 그때 나에게 '암'이 찾아오고 말았다. 부동산 기초반 수업을 같이 듣던 동기들과 함께 하남의 구시가지로 임장을 가기로 한 날, 나는 아산병원 유방 외과 외래를 예약해야 했다. 뜨거운 열정에 한 번 브레이크가 걸리자, 건강이 회복된 뒤에도 책에 손이 가지 않았다. 한 번 엎어지니 그대로 주저앉고 싶었다. 그동안 아픈 몸으로 밤늦게까지 공부에 몰입했던 부작용도 나타났다.

다 타버린 촛불이 된 느낌이었다. 번 아웃(Burn-out). 의욕은 사라지고 없었다. 허무했다.

돈 공부는 깡그리 잊고, 마음에 드는 성경세미나를 찾아 반복해서 들으며 필사를 시작했다. 그간 무엇에 목이 말라 있었는지 바로 알 수 있었다. 꺼져버린 초에 다시 불이 붙는 느낌이었다. 맘이 환해졌다. 내 마음에 초점을 두지 않고, 바깥의 껍데기만 열심히 쫓는 공부는 나를 공허하게 만든다는 것을 알았다.

머리도 식힐 겸 잠실 사거리에 있는 교보문고로 갔다. 멋진 제목을 이마에 써 붙인 재테크 책들이 내가 젤 잘 나간다는 자부심으로 서로 어깨를 겨루고 있었다. 하루에도 수백 권씩 밀려 들어오는 새 책과 피 터지는 판매 경쟁을 하고 있어서, 언제 창고로 밀려날지 모르는 그들의 불안한 마음을 나는 안다. 이제 더는 돈 냄새를 풍기는 그들을 마주하고 싶지 않았다.

사람 냄새를 맡을 수 있는 소설 코너를 기웃거렸다. 3권짜리 베스트셀러 소설을 펼쳤다. 순간, 너무도 당황스러웠다. 주인공은 새벽 5시에 일어나 다양한 재테크 서적을 독파하고, 고수들만 덤빈다는 땅 투자를 공부하고 있었다. 신중하고, 성실하고, 재테크 정보까지 풍부한 소설 속 주인공에게 독자들은 열광하고 있었다. 소설은 재미있었지만, 쓸쓸했다. 나와는 타이밍이 맞지 않았다.

그때, 요조가 내 눈앞에 나타났다. 재테크 책과 재테크를 소재로 한 문학작품이 주던 피곤함이 단방에 날아갔다.

> 모르는 채로 가까이 다가간다. 복잡한 아픔 앞에서
> 도망치지 않고, 기어이 알아내려 하지도 않고 그저 자기
> 손을 내민다. 모른다는 말로 도망치는 사람과 모른다는
> 말로 다가가는 사람. 세계는 이렇게도 나뉜다.
>
> – ≪실패를 사랑하는 직업≫, 요조 (신수진)

실패했다는 것은 뭔가를 더 잘 하고 싶은 마음에서 출발한 것이니, 결국, 실패는 성공으로 가기 위한 과정일 뿐이라는 그녀의 말은 따뜻했다. 요조는 잘 모르고, 잘 안되고, 잘못했던 것들에 대해 솔직하고 편안하게 이야기하면서 우리가 뭐든 잘하고, 실패 없이 성공할 필요가 없다는 것을 보여주었다. 나는 무엇에, 얼마나 실패해 보았나? 돌아보니, 낯뜨거운 실패의 경험 덕분에 오만했던 내가 겸손해졌다. 당장 부서질 듯 연약했던 나의 정신력은 차돌처럼 단단해졌다. 그렇다면 '잘 성공하기 위해서는 잘 실패해야' 하지 않을까?

'행복은 성공에만 있는 것이 아니었구나. 그래, 내가 암에 걸린 것도 실패는 아니지. 암세포는 건강한 사람 몸속에도 언제

나 도사리고 있는 거니까. 지금 모습 그대로의 나를 사랑하자. 암이건, 재테크 공부건 실패가 두렵다고 도망 다니지 말고 내가 모르는 세상에 그냥 손을 내밀자.' 맘이 한결 편해졌다.

다시 재테크 공부에 도전해보고 싶은 마음이 생겼다. 7월부터 새롭게 시작하는, 6개월 과정 자기 계발 프로그램 〈나인해빗〉을 결제했다. 청울림님이 추천하는 찐 돈 공부 책 6권을 온라인서점 장바구니에 담아둔다.

내 마음에 물음표

양윤희

할머니 등에 업혀 울었다. 초등학교 1학년, 학교 숙제를 했
다. 내가 맞게 한 건지 아닌지 몰라 울었다. "틀렸으면 어떡해?"
할머니는 맞게 했을 거라며, 울고 있는 나를 등에 업고 마당을
왔다 갔다 하셨다. 지금 생각하면 웃음이 나지만 그때는 정말
심각했다. 그날의 장면이 아직도 생생하다.

어린아이가 왜 그리 걱정이 많았을까? 나의 유년 시절을 떠
올리면 학교 가면서 긴장하고 가서도 긴장하고 집으로 돌아오
면서 겨우 작은 마음을 내려놓았다. 시간이 흐르고 학교에 적
응되어 조금씩 나아지기는 했다. 하지만 여전히 낯선 곳에는 두

렵고 떨리는 마음이 먼저 갔다. 대학 신입생이 되었을 때가 절정이었다. 초중고와는 달리 스스로 존재감을 드러내지 않으면 누가 알아주지도 않는 그런 곳이 대학이었다. 친구가 없었던 것은 아니지만 새로운 친구들을 만나고 관계를 맺는 것은 꽤나 어려운 일이었다. 대학생이 되어서야 나를 들여다볼 수 있었다. 나는 내향적인 사람이었다.

> 인간은 원래 부정적인 감정에 더 반응하고 오래 기억하게 되어 있다고 한다. 불안, 공포, 걱정 같은 감정들이 아무래도 생존에는 더 유리하기 때문이다.
>
> – 《사실, 내성적인 사람입니다》, 남인숙

내 안에 물음표들이 조금씩 풀리기 시작했다. 어릴 적부터 근심 걱정이 많았던 것은 어린 내가 잘하고자 했음이고, 어른이 되어서도 여전히 불안과 걱정의 감정을 지닌 것은 내가 잘살고자 했음이다. 내향적인 사람들은 생각이 많고, 그 생각은 주로 부정적일 확률이 높다고 한다. 내성적인 나의 기질은 내가 걱정 많은 아이로 자라게 했다. 성장기에도 나는 오랫동안 일기를 써 왔다. 일기에도 걱정거리나 고민, 사회비판 등의 내용 등을 적었다. 한동안은 '왜 이렇게 부정적인 감정들만 적어놓았지?' 하고 생각했다. 내가 특별히 부정적인 사람이라서가 아니라 인간의 본성이 그렇다고 하니 이내 마음이 놓인다. 부정적인 내용이 많더라도, 일기를 쓰는 것이 다른 사람과 대화를 나누는 것보다 좋았다. 나의 질문은 늘 내 안을 향하고 있었다.

대학에서는 아웃사이더의 삶을 살았는데, 그것은 나의 선택이었다. 처음 만나는 사람들이 서로의 존재를 드러내며 교제하는 장소에 있기만 해도 에너지가 고갈되었다. 학과 선후배가 모이는 행사에는 거의 참석하지 않았다. 안면은 있지만 안다고 할수 없는 데면데면한 동기들과 함께 수업을 들을 때도 조용히 자리를 지킬 뿐이었다. 말을 걸어오지 않고 아는 체를 안 하는 것이 오히려 편했다.

아이를 낳아 키우면서 내성적인 나의 성격이 갈등을 일으키는 것 역시 관계 문제였다. 아이 친구의 엄마들과 만나는 것이다. 학부모 모임은 경험 삼아 딱 한 번 참석해 보았다. 학기 초에 반 모임이라고 해서 같은 반 엄마들이 만난다. 학부모가 되어 접하게 된 낯선 경험이었다. 긴 테이블에 마주 앉아 누구 엄마라며 인사를 한다. 얼굴엔 미소를 띠고 있었지만, 누구 엄마라고 했는지 기억하려고 애를 썼다. 엄마들은 저마다 아이에게서 전해 들은 교실의 이야기를 나누고 학교 소식을 이야기했다.

나는 어느 틈에 끼어들어야 할지 맞장구만 치면 되는 건지 알 수 없는 불편한 기류에 갇힌 듯했다.

아이 친구의 부모를 알아두면 좋은 점이 많다. 하지만 학부모 모임은 도무지 나에게는 맞지 않았다. 요즘은 엄마들이 친해야 아이 친구도 만들어 줄 수 있단다. 그런 말을 들을 때면, 친구는 아이가 스스로 찾아야지, 엄마끼리 친해서 만들어 주는 친구가 무슨 소용이냐 했다. 그러나 아이가 '친한 친구들은 가족들 다 함께 여행 갔어, 놀이동산 갔어.' 하는 소리를 하면, 이내 마음이 무거워졌다. 해주고 싶어도 잘 안되는 부분이다.

나는 소수의 사람과 어울리고 일대일로 만나는 관계가 편하고 좋았다. 많이 모인다 해도 4명 정도가 좋다. 4명이 모였다 해도 주로 듣는 사람이 되었다. 가장 좋은 것은 한 명을 만날 때다. 그 사람에게 집중할 수 있고 내 이야기도 신나게 할 수 있다. 여러 명이 있을 때와는 다른 내가 되는 것이다. 조용히 듣기만 할 때도 있지만 때로는 수다스럽다. 그래서 간혹 '네가 왜 내성적이야?'라고 반문하는 친구도 있다. 내게는 몇 안 되는 소중한 친구들이다.

살아오면서 같은 시간을 공유한 친구들이 있지만, 한동안 연락도 없이 멀어지기도 했다. 결혼 전에 결혼 이야기로 공감대를 형성했다가 육아로 바쁜 시기에 멀어졌다가 어느 정도 아이를 키우고 나면 다시 만난다. 육아로 힘들 때는 친구도 하나 없다며 신세 한탄했는데 친구가 없는 것이 아니라 나도 그녀들도 육아로 바쁘고 힘든 시간을 보내는 중이었다. 언제든 깨지거나 달라질 수 있어 지속적인 관리가 필요한 관계가 친구 사이라고 했던가? 그래서 나도 잊힐 만하면 친구에게 연락한다. 나는 잘 살고 있노라고 내가 너를 그리워하고 있노라고. 내성적인 내가 잘하는 것이 있다면 한 번 내 것이 된 인연은 소중히 오랫동안 마음을 나누는 것이다.

때로는 사회적 동물로 잘 적응했고, 내가 감당할 수 있는 범위에서 잘 살아왔다. 언젠가 죽기 전에 단 하루가 남았다면 그 하루를 어떻게 보내고 싶으냐는 질문을 받은 적이 있다. 나는 평소와 같은 일상을 살다가 자연스럽게 삶을 마감하고 싶다고 말했다. 특별한 무언가를 하려고 애쓰는 것은 나와 맞지 않았다. 그 시간 나와 함께 있는 사람이 있다면 그와 함께 있는 시간에 집중할 것이고, 혼자 있다면 또 온전히 그 시간을 누릴 것이다. 나는 있는 그대로의 내 모습으로 일상을 살아가고 있다. 내향적인 성향은 잘못이 없다.

'나는 왜 이렇지? 사회성이 부족한가?' 나에게 던진 물음에 내가 답했다. 타고난 기질대로, 내 마음이 편한 방식으로 살고 있다고 말이다. 내가 어떤 성향의 사람인가를 알고 보면 인생의 여러 장면에 고개가 끄덕여진다. 내가 나를 인정하고, 있는 그대로 받아들이게 된다. 그러니 내가 어떤 사람인지 내 마음에 물음표를 던져볼 일이다.

동굴이 나에게 남겨준 것

한기수

"넌 항상 긍정적인 모습이야. 어떻게 그럴 수 있지?"
그의 대답은 간단했고 현명했으며 감동적이었다. "난
남은 내 삶을 나 자신을 연민하거나 내 모습에 화를
내며 살고 싶지 않았어. 대신 그 모든 걸 감사하며
살기로 결심했지."

– 할 어반, 《어떤 사람도 마음을 열게 하는 긍정적인 말의 힘》

'브루스 디아소 기념 도전'이라는 챌린지가 있다. 24시간 동
안 불평을 한 번도 안 하는 것이 목표다. 챌린지에 성공한 사람

은 드물지만 깨달음을 얻은 사람은 많다. 브루스는 이 챌린지를 시작하게 만든 사람이다. 고등학교 때 소아마비로 몸이 마비되었다. 움직일 수 있는 부분은 양손과 머리뿐이었다. 그러나 같은 학교에 다니는 그 누구도 브루스가 불평하는 소리를 듣지 못했다.

가끔 자신을 연민하게 된다. 화를 내기도 한다. 후회 없는 삶이 있을까? '이렇게 살면 뭐 하나?'라는 생각에 빠진 적이 몇 번 있었다. 생각해보니 공통점이 있었다. 믿었던 사람에게 배신당했을 때, 사랑하는 사람이 이해할 수 없는 이유로 다른 사람에게 갔을 때 등 사람과의 관계가 원인이었다.

열정을 다해 함께 일해보자고 먼저 손을 내밀었던 선배. 일해왔던 분야가 다르기에 일 진행하는 방식이 서로 달랐다. 큰 성과를 가져왔지만, 조금의 기뻐함도 보이지 않고 자신만의 방식을 고수했다. 지인들은 나에게 잘 맞는 일이라 축하해줬지만 내 의지와 관계없이 그 일을 마무리해야 했다. 몇 년의 시간이 지난 후 그 선배를 만났다. "기수야! 그때 네가 했던 말이 맞았어. 미안하다." 마음에서 우러나온 진정성 있는 사과는 마음을 풀어준다. 지금은 서로 돕는 협력 관계이다.

믿었던 사람에게 배신당했을 때 동굴 속으로 들어갔다. 평소 하지 않던 컴퓨터 게임을 시작했다. 게임 CD를 넣고 게임하던 시절이었다. 게임을 하다 저녁 모임 시간에 맞춰 나가야지 하다가도 게임 CD를 돌리며 반복하고 또 반복했다. 오후 2시에 시작한 게임이 다음 날 오전 9시까지 계속되었다. 답답한 마음을 풀어야 해서, 배신감을 생각하지 않기 위해 무언가 필요했다. 아무 생각 없이 시간을 보낼 수 있는 게임에 집중했다. 그렇게 몇 주가 지났다. 모든 것이 귀찮아졌다. '나는 왜 그렇게 열심히 일했을까?', '회사 잘 다니고 있는데 왜 나를 부른 거야?'

어느 날 이런 상태가 더 지속되면 안 된다는 생각에 동굴을 빠져나왔다. 동굴을 빠져나오는 최초의 행동은 게임 CD를 한 손에 올려놓고 악력으로 부수는 것이었다. 다시 게임을 할 수 없게 환경을 만들었다. 이후 조금씩 회복하며 평소의 한기수로 돌아올 수 있었다.

코로나19로 대학 캠프가 취소되면서 또 한 번의 동굴 생활이 시작되었다. 계획된 일정이 하나씩 연기되더니 시간이 지나면서 취소되었다. 주 이틀 출근하던 취업지원실이 운영을 멈췄다. 캠프 담당 업체는 강사료를 몇 개월이 지나도록 미루고 있다. 지인이 대표로 있는 교육업체라 이러지도 저러지도 못하고 마냥 기다렸다.

이 시절에 들어간 동굴에서는 책만 읽었다. 평소 읽는 분야가 아닌 무협, 신무협, 판타지를 닥치는 대로 읽었다. 하루에 5권 이상. 종이책으로 보는 건 괜찮은데, 노트북이나 스마트폰으로 몇 시간씩 보는 것은 눈을 상하게 했다. 눈의 피로가 높아진 것을 알면서도 멈추지 않았던 것은 그렇게 해서라도 마음을 풀어야 했기 때문이다.

몇 년 전부터 신무협을 비롯한 대부분의 장르가 지닌 공통점은 회귀이다. 지금의 기억을 전부 가지고 옛날로 돌아간다. 자신이 살았던 경험을 그대로 가지고 있기에 회귀한 삶은 이전과 다른 삶을 살게 된다. 언젠가 코치들끼리 대화하다 "옛날로 돌아가고 싶나요?"란 질문을 나누었다. 그때 나는 "지금의 경험과 지식을 그대로 가지고 돌아갈 수 있다면 돌아가겠지만 그렇지 않다면 돌아가고 싶지 않아요."라고 답했다. '무엇이 되었던 하나라도 변화가 없으면 똑같은 삶을 살지 않을까?'라는 생각 때문이다. 짧은 시간 수백 권의 책을 읽었다. 현실도피를 위한 책 읽기라 남는 것이 없을 줄 알았는데, 남은 것이 있다. 회귀한 책 속 주인공은 자기 경험과 지식을 이용해 자신이 먼저 강해지고, 동료를 강하게 만든다. 주위 사람들을 도와준다. 그들을 보호해준다. 소설 속 절대 악과 끝까지 포기하지 않고 싸워 동료를 구하고 세상을 구한다. 결국, 자신에게 주어진 기회를 자신을 넘어 모두를 살리는 도구로 사용한다. 현실도피를 위한 동굴 속 책 읽기는 그렇게 반복되는 메시지를 나에게 남겨줬다.

"난 남은 내 삶을 나 자신을 연민하거나 내 모습에 화를 내며 살고 싶지 않았어. 대신 그 모든 걸 감사하며 살기로 결심했지."

부르소는 모든 것을 감사하며 살았다. 삶의 행복에 초점을 맞추고 그것에 감사하며 살았다. 약해진 몸으로 31세에 생을 마감했지만 큰 유산을 남겼다. 대한민국에서 살아가는 나에게도 영향을 미쳤다.

상황을 통제할 수는 없지만, 상황에 대한 반응은 통제할 수 있다. 일어난 상황에 대해 어떻게 반응할지는 모두 내 몫이다. 어떤 생각을 할지, 어떤 행동을 할지 결정하는 것은 바로 나다. 앞으로 자신을 연민하지 않겠다, 화를 내지 않겠다는 말은 못 한다. 하지만 그 순간이 짧아질 것이다.

코칭 세션 중 "그럼 지금 바로 할 수 있는 것은 무엇인가요?"란 질문이 필요할 때가 있다. 지금. 내가. 바로 할 수 있는 것. 삶은 앞으로 나아가는 것이다. 지금 내가 있는 곳에서, 내가 가진 것으로, 할 수 있는 것을 하며 나아갈 것이다. 감사라는 강력한 무기와 함께.

아무것도 안 해도 괜찮아

김지혜

권하건대 그대여! 지금 이 순간을 소중히 여겨
스스로를 무궁하게 즐겁고 편안히 하시구려.

— 노자, 《도덕경》 – 노래 '천재백치몽'

권태롭다 : 어떤 일에 싫증이 나거나 심신이 나른해져서 게
으른 데가 있다.

사전적 정의를 검색해보니 '권태롭다'라는 말이 딱 내 모습
이다. 해야 할 건 많은데 아무것도 하고 싶지 않다. 하지만 가만

히 있자니 아무것도 안 하는 지금이 불안하다. 스스로 모순덩 어리라고 생각하지만 어쩔 수 없다. 무언가 하고 싶은데 하고 싶지 않고, 그렇다고 가만히 있는 것이 완전하게 아무것도 안 하는 것은 아니다. 항상 열심히 살고 있다. 그런데 어느 순간부터 의욕을 잃는다. 아니 의욕을 만들기엔 에너지가 없다. 아무것도 안 하는 나 그리고 무언가 하는 나, 둘 다 편하지 않다. 나는 게으름을 피운다. 게으르다. 나도 안다. 분명 잘못되었다고 자각은 하지만 그렇다고 행동을 바꾸지는 않는다. 왜 그러는 걸까.

게으름의 기준이 뭘까. 부지런한 것과 게으른 것은 각각 어떤 상태일까. 현대 사회를 살아가는데 해야 할 것들이 너무 많다. 무언가 많이 노력하고 애쓰지만 결과적으로 나아진 것이 없을 때가 있다. 모든 것들에 부지런하게 노력하다 보면 에너지가 소진되어 게으름을 추구하는 나를 발견한다.

앞으로 나아가는 것만이 정답일까. 현재를 치열하게 살다 보면 성취감과 인정 욕구에 취해 성장하는 것만이 가치 있게 느껴지게 된다. 성장에 중독되면 한 시라도 낭비하고 싶지 않은 마음이 생기고 나에게 협조적이지 않은 상황들은 방해가 될 뿐이다. 나는 빨리 달려야 하는데 자꾸 쫓기는 느낌에 조급함과 강박이

심해진다. 내 시간과 내 감정과 내 목표를 갉아먹는 모든 존재들이 미워진다. 그게 나 자신이어도 말이다. 그러다가 어느 순간 권태가 등장한다. 어떤 전조가 있었는지 잘 모르겠다. 앞으로 나아가느라 체감하지 못했으니까. 갑자기 멈춰진다. 이상하다. 같은 '나'인데 내가 목표했던 것들이 싫증 나고 한껏 게을러진다.

사실은 조급함과 강박의 원인은 최선이 아닐까. 최선을 위해 노력하는데 그게 힘이 부친다면, 본능적으로 내 역량에 대한 불신이 있기 때문이다. 계속 불안함을 느낀다면 자기 확신의 크기를 잘못 파악한 것이다. 그럴 때는 최선의 수준을 낮추는 것이 더 나은 선택이다. 자기 확신은 경험으로만 만들어지기 때문이다. 더 작은 것들을 수행하고 달성해 나감으로써 자신감을 얻을 수 있다.

권태. 나는 권태롭다는 말이 그리 나쁘게 들리지 않는다. 게으르다는 말도 마찬가지이다. 치열하게 살아가는 것과 쉬어가는 것의 기준이 무엇일까. 어느 정도면 치열한 것이고 어느 정도면 쉬는 것일까. 이런 것들은 모두 비교에서 온다. 그렇다고 해서 우리는 스티브 잡스, 아인슈타인, 빌 게이츠 같은 사람과 비교하지 않는다. 나는 그럼 누구와 비교하는 것일까?

빠른 길과 느린 길. 어떤 길이 더 나아 보이는가? 빠르다와 느리다는 단어의 사전적 정의만 보면 시간, 기간의 차이만 있을 뿐이다. 일반적으로 결과가 같다면 빠른 걸 선호하는 경우가 많다. 그게 효율적이라고 믿기 때문이다. 그러면 느린 게 과연 비효율적인가라고 질문하면 그건 또 아니다.

어떨 때는 휴식이나 생각 정리 시간들이 앞으로 나아가는 동력이 되기도 하고 지속 가능한 선택으로 이어지기도 한다.

나는 느리고 빠르고 보다 오래가는 것이 중요하다고 생각한다. 사실 어떤 길을 가도 좋다. 근데 내 속도에 내가 맞추어야 한다. 그리고 더 나은 내가 되는데 집중해야 한다. 빠르다 느리다 속도만으로 잘하고 못하고를 판단하지 않으려고 한다. 이는 비교를 통해서만 알 수 있기 때문이다.

오래가기 위해서는 심리적으로 신체적으로 건강해야 한다. 그리고 그 과정 속에서 스스로 의미를 가져야 한다. 제일 중요한 것은 오래가기 위해 필요한 것들은 놓치지 않는 것이다. 빠른 것보다 바른 것이 더 중요하다. 가끔은 비효율적이어 보이는 것들이 의미 있을 때가 있다. 오래가는 사람이 되고 싶다.

'아무것도 하지 않으면 아무 일도 일어나지 않는다.'라는 말을 들어본 적 있는가. 나는 이 말을 좋아한다. 예전에는 이 말을 보고 행동의 원동력으로 삼아 바쁘게 살아갔다. 이제는 이 말을 보면 '맞아. 아무 일도 일어나지 않아. 그러니까 괜찮아.'하고 위안을 삼는다.

미래를 살아가는 사람의 마음은 불안하다. 그런 말이 있다. 변함으로써 생기는 불안을 선택할 것이냐, 변하지 않아서 따르는 불만을 선택할 것이냐.

흠, 나는 현재를 생각하며 감사와 만족을 택할 것이다.

우리는 제대로 쉬는 것에 익숙하지 않다. 나는 쉬고 싶을 때 아무 생각 없이 걷는다. 집 근처를 걷기 시작한다. 걷고 뛰고 걷는다. 땀을 흘리면 그때의 쾌감도 좋다. 그냥 바람 사이를 지나고 나무가 보이고 흙냄새가 맡아지고 하늘을 바라본다. 주변이 자연으로 가득하다. 멈춰있는 듯 느리게 움직이는 구름을 쳐다보기도 하고 후두둑 떨어지는 빗소리와 냄새를 맡고 있으면 왜인지 모를 평온함을 느낀다. 좋다 지금. 맑은 공기를 들이마시며 내 감각들을 느낀다. 이상하게 바깥을 걷기만 해도 감정이 차분해진다.

충분히 게을렀다. 이제 다시 부지런할 수 있겠다.

보면서도 보지 못하는 것들

정유나

나는 내 안에 살아 움직이는 모든 삶에 대해 깨어 있고 싶습니다. 궁극에 이르기까지 매 순간을 나는 느끼고 싶습니다.

— 칼릴 지브란 《보여줄 수 있는 사랑은 아주 작습니다》

숨을 크게 들이마시고 뱉어냈다. '그래, 이거야!'

무언가로 꽉 막혀 답답하던 가슴에 여백이 생기는 순간이다. 낯선 길로 나섰다. 새벽 달빛이 반갑다. 요란한 새소리도 달갑다. 어둡고 생소한 길을 걸으면서도 마음이 밝아지는 이유다.

요 몇 년간 일정하게 무기력이 찾아왔다. 이사 후에 말이다. 남편의 근무지 이동으로 이사가 잦다. 낯선 장소와 낯선 사람. 사람이든 환경이든 적응에 오래 걸리는 나라는 사람은 올해 초 이사를 하고는 몸과 마음이 더 무거웠다. 삼시세끼 준비와 집 안일, 가까운 거리로 딸과 잠시 나갔다 들어오는 시시한 하루가 반복되더니 금세 잠이 쏟아졌다. 어떠한 일을 감당할 수 있는 기운과 힘이 없다고 정의되는 무기력. 그게 딱 맞겠다. 이사 후 휴식이 필요해서겠지. 여덟 번의 이사 중에 가장 어려웠으니까. 긴 겨울방학에 코로나19로 갈 곳을 잠시 잃은 것뿐일 거야. 출입이 자유롭지 않은 군부대라 더 외롭다 느껴서 일수도 있어. 아직 아는 사람도 없으니까. 그리고 지난날 너무 좋은 사람들을 만나서 헤어지기 어려웠던 탓도 있을 거야. 결혼하고 집에 들어앉으면서 느꼈던 기분, 수험생활을 하면서 올라왔던 나의 무가치한 느낌. 그런 때의 감정이 다시 올라왔다. 그나마 다행이었던 것은 이 또한 지나갈 것이라는 확신이 있었다는 것이다. 사람들을 알아가고 딸도 학교생활에 적응할 테니 말이다. 이 동네도 곧 익숙해질 테고, 그러면 사는 재미도 생길 것이라는 믿음이 있다는 것은 다행이었다.

내가 할 수 있는 일이라곤 아무 일에도 힘을 쓸 수 없었던 나를 인정하고 다독여주는 것이었다. 그리고 곧 다시 새벽 공기를 마셔야겠다고 생각했다. 다섯 시면 일어나 걷고 뛰며 활기 있게 하루를 시작했었다. 한두 달 멈춰있던 차에 다시 나가보기로 했다. 내가 사랑한 가로수길은 아니지만, 용기를 내어 새로운 길을 찾아보자 생각하며 집을 나온 이른 아침이었다. 여전히 하늘에 떠 있는 달과 새로운 곳에서도 들려오는 새소리는 그런 내 마음에 얼마간의 생기를 전했다. 이곳에 이렇게 새가 많았던가? 생각하던 찰나, 사랑했던 가로수길에서의 시간이 떠올랐다.

작년 10월, 가을 중반에 들어섰음에도 여전히 햇볕은 따갑고 기온은 높았다. 에어컨이 생각나는 날씨가 지속되고 있던 날이었다. 그나마 아침·저녁으로 쌀쌀한 바람이 불어와 가을이 왔다는 걸 느낄 수 있었다. 또 하나, 은행나무 열매가 길가에 가득 떨어져 차에 밟히고 발에 밟히니 냄새(향기라고 하면 좋을 테지만)가 진동하기에 가을이 온 줄 알겠더라.

그나저나 이곳에 은행나무가 있었던가? 매일 아침 걷고 뛰며 운동하는 길이다. 만날 주희를 유치원에 데려다주던 길이다. 나날이 오가며 가로수 그늘과 짙은 초록에 감탄하면서도 나무의 본질은 보지 못한 것이다. 이를테면 '넌 어떤 나무이고 무슨 열매를 맺으며 언제 피어나는가'보다, '나에게 그늘을 주고 눈을 즐겁게 해주니 참 좋구나!'에만 집중하고 있었던 것 같다. 봄에는 벚꽃이 만개하여 멀리서도 구경 오는 곳이기에 전부 벚꽃 나무인 줄 알았다. 그런데 발에 차이고 밟히는 것이 온통 은행 열매인 데다가 냄새까지 진동하니 이 길에 은행나무만 있는 것 같았다. 내가 영향을 조금이라도 받고서야 보이는 것들이다. 이렇게 보면서도 보지 못하는 것이, 내 삶에 얼마나 많을까?

그즈음 오랜만에 만난 친구가 있었다. 친절하고 배려 깊으며 착하다 이야기 듣는 친구였다. 그런 친구임에도 갑자기 시부모님 병세가 생기고 보살펴야 하는 일이 생기니 여러 가지로 힘들어하고 있었다. 잘하려고 애썼던 일들에 지쳐가며 할 수 있는 만큼만 하자는 생각이 든다 했다. 속 이야기 잘 꺼내지 않는 친구라 만약 그날 이야기를 나누지 않았다면 친구의 웃는 얼굴 너머에 가득한 수심을 알아채지 못했을 것이다.

나무도 꽃을 피우고, 열매를 떨어뜨리기 전에는 어떤 나무인지 잘 알아채지 못하듯 사람도 표현하지 않으면 그 마음 알기 어렵다. 보면서도 보지 못하는 것들이 있다는 것, 산책길에 떨어진 은행나무 열매를 보며 생각할 수 있었다. 자연은 종종 우리에게 메시지를 던진다. 자연이 주는 메시지는 정확하고 아름다웠고 마음을 관통했다. 나는 아침 산책을 통해 그런 자연의 메시지와 마주하곤 했는데 그러면 이상하게도 다시 힘이 솟곤 했다. 그래서 이따금 내 몸에 힘이 빠질 때면 그동안 보면서도 보지 못했던 것들을 찾아 새벽을 찾는다.

생의 마지막을 알고 친구들을 눈에 담던 친구가 있었다. 대학 4학년 때 실습 나간 복지관에서 만난 희연이다. 실습에 이어 점자 교육까지 3개월은 더 만나고 헤어지던 날, 복지관 앞에서 작별 인사했다. 반대 방향으로 향하던 희연이와 몇몇 친구들을 보며 손을 흔들었다. 날마다 만나다가 각자의 삶으로 돌아가던 터였기에 꽤 아쉬웠다. 종종 만날 것처럼 하고 헤어졌지만, 왠지 먹먹했다. 끝까지 손 흔들며 눈을 떼지 못하던 희연이를 나도 눈에서 떼지 못했다. 나와 같은 마음일까. 모두 돌아서고 남은 우리 둘. 앞서서 몸을 돌리지 않으면 희연이도 그대로일 것 같아 먼저 뒤돌았다. 그날 저녁 함께 찍은 사진들을 미니홈피에 올리며 메모했다. '마지막이 아니기를…'

두 달이 지나 복지관 선생님으로부터 희연이 소식이 전해졌다. 백혈병으로 투병 중이었다던 희연이가 하늘나라로 갔단다. 좋은 사회복지사가 되고 싶다고 했었다. 생글생글 웃고 다녀서 그녀의 병세는 생각조차 할 수 없었는데 믿기지 않았다. 우리가 헤어지던 날이 떠올랐다. 친구들 한 명 한 명 돌아서서 갈 때까지 홀로 눈을 떼지 않았던 희연이가 생각났다. 병실에서도 점자

찍는 연습을 멈추지 않았다던 희연이. 결국 우리는 그녀의 장
례식에서 다시 마주했다.

마지막이 될지도 모른다는 것, 보면서도 보지 못하는 것들
을 잡고 싶은 또 하나의 이유다. 그 마음 안고 있다면 어떤 것
도 그냥 지나치지 못할 것 같다. 하나하나 마음에 새기고 싶지
않을까. 궁극에 이르기까지 매 순간 느끼고 싶다 했던 릴케처
럼 모든 삶에 대해 깨어 있고 싶어졌다.

가로수길의 은행나무와 내 친구의 힘들었던 마음, 그리고
마지막을 준비했던 친구의 마음처럼 나는 눈앞에 두고서도 보
지 못하는 것들이 많다는 것을 알게 되었다.

나눠야 할 마음을 나누지 못해서, 누리고 싶은 자연을 누리
지 못해서 후회가 남지 않도록 매 순간 깨어 있고 싶다. 보면서
도 보지 못하는 것을 찾아 마음과 몸을 일으키면 내 몸에 활기
가 찾아옴을 느낀다.

제5장

지금 행복합니다

"인구야, 태어나 줘서 고마워"

정인구

"누군가 널 어떻게 대하는가를 보고 너의 소중함을 평가하지 마. 항상 기억해, 넌 중요하고, 넌 소중하고, 넌 사랑받고 있다는 걸. 그리고 넌 누구도 줄 수 없는 걸 이 세상에 가져다줬어."

– 〈소년과 두더지와 여우와 말, P120〉

다른 사람에게 인정받기 위해 눈치 보느라 힘든 사람이 많다. 내가 하고 싶은 일이나 말이 있어도 다른 사람 생각하느라 못한다. 내 감정은 없고 타인이 기대하는 모습으로 살아가려고 애쓴다. 동물 중 유일하게 인간만이 위장병이 있는 이유가 아닐까?

직장에서 상사 눈치 보느라 힘들었다. 회계부서에 근무할 때 일이다. 연도 말이라 회계 결산 시기였다. 저녁 9시쯤 아내가 진통이 있다고 전화가 왔다. 택시 타고 급히 병원으로 갔다. 아내는 무사히 자연 분만했다. 기쁨도 잠시, 특휴인데도(출산하면 1일 휴가를 줌) 출근하지 않을 수가 없었다. 더 힘든 이유는 발령받은 지 얼마 안 되고, 결산업무도 처음이었다. 간호해 줄 사람이 없는 아내를 그냥 두고 갈 수 없었다. "여보세요. 계장님 아내가 출산해서 휴가 하루 내야겠습니다.""응, 그래 축하한다. 뭐 낳았노?", "네 아들입니다." 통화 중 과장님 목소리가 전화기 너머 들렸다. "마누라가 애를 낳지, 자기가 낳나? 바빠 죽겠구먼." 과장 목소리를 듣고 휴가 낼 수가 없었다. 출산 후 침대에 누워있는 아내 머리는 젖어있고, 이마에 송골송골 땀이 맺혀있다. 계속 인상 쓴 과장 얼굴이 떠올랐다. 죽기보다 싫었지만, 아내에게 회사 간다고 말했다. "꼭 가야 하나?…" 울먹인 듯한 목소리다. 발걸음이 떨어지지 않았다. 회사 가서 대충 상황 보고 병원으로 와야겠다는 마음으로 출근했다. 퇴근 시간 1시간 전 인사부에서 승진 발령 문서가 왔다. 우리 부서 2명이나 승진했다. "오늘 한 사람도 집에 가지 마라. 승진 축하주 한다." 출산 후 혼자 병원 침대에 있는 아내 얼굴이 아른거렸다. 그래도 승진인데 회식 자리에 참석해서 대충 눈치 보고 나오자는 생각으로 갔다. 눈치 보고 빠지려다 기회를 놓쳤다. "이크 10시!, 큰일 났다." 헐레벌떡 병원으로 달려갔다. 아내 얼굴은 퉁퉁 부어있었다. 울먹이며 소리쳤다. "내가 고아가?"

'아~ 나란 놈은 왜 이럴까? 아내가 출산했는데 눈치 볼 상황인가? 무조건 아내 곁에 있어야지 이 미친놈아!' 상사, 동료, 부하 눈치 보고, 거절하지 못하는 어영부영한 나!, 직장생활에서 '나'란 존재는 없었다.

김 과장은 술을 좋아했다. 오죽하면 주말이나 휴일에까지 직원들을 불러내 술자리를 벌였을까. 퇴근 시간이 되면 설레고 좋다는데, 나는 불안하기만 했다. '또 술 마시자고 하면 어쩌지?' 김 과장과 눈 마주치지 않기 위해 책상에 바짝 엎드려 일하는 척했다. 다른 직원들도 마찬가지였다. 퇴근 시간에 사무실은 쥐 죽은 듯 고요했다. 나는 성질이 급하다. 김 과장의 동태를 살피기 위해 칸막이 위로 고개를 내밀었다. 아뿔싸! 과장과 눈이 마주쳤다. 과장이 오라고 손짓한다. '아, C발, 또 걸렸다.' 도축장 끌려가는 소걸음으로 과장 앞으로 갔다. "한잔하러 가자! 가방 들어!" 과장은 자기 가방을 꼭 직원이 들게 했다. 가방 드는 사람은 술자리에 간택⟨?⟩되었다는 의미다. 혼자만 죽을 순 없다. 물귀신 작전을 펼쳐야 했다. 직원들은 내 눈과 마주치지 않기 위해 책상에 납작 엎드렸다.

술 마실 돈이 회사에서 나오는 것도 아니다. 과장은 무조건 곱창집이다. 최소 20만 원 이상 술값이 나온다. 2차까지 이어질 때가 많았다. 때로는 3차까지. 술을 마신 뒷날은 지옥이다. 머리는 빠개지려 하고, 속은 쓰리고, 몸은 천근만근, 더 큰 고통은 따로 있다. 술값 각출 메일이다. '고통 분담 1,550천 원/5=310천원, 아래 계좌번호로 입금 바랍니다.' '에이 C~ 술값이 뭐 이리 많이 나왔나?' 아내의 성난 얼굴이 눈앞에 아른거린다. 돈 많이 벌고, 성공해서 행복하게 살아야겠다는 나의 꿈은 잊어버리는지 오래다. 싫으면 싫다고 당당하게 말하는 요즘 부하직원들이 밉지만은 않다.

앨범을 스캔해서 아이패드로 옮기는 작업을 했다. 두 아들이 갓난아기 때부터 성장하는 과정을 한눈에 알 수 있었다. 어릴 때 아들 모습을 보니 마음이 아려온다. 아내와 아들이 함께 찍은 사진은 많은데, 나와 아들이 함께 찍은 사진은 별로 없었다. 얼마나 아들한테 무관심했는지, 사진만 봐도 알 수 있었다. 아내와 함께한 사진도 찾기 힘들었다. 아내와 아이들에게 미안했다. 남은 삶 가족에게 잘해 주고 싶다.

"아빠 우리 카페 가서 달달한 거 마시지 않을래요?!" 스물일곱 살 아들의 데이트 신청. 스타벅스로 갔다. '난 카페라테, 아들은 아이스 아메리카노, 아내는 아포카도'를 주문했다. 책을 펴고, 아이패드를 폈다. 아들 어릴 때 사진을 보여주었다. 아이패드 속 사진을 넘기며 환하게 웃는 아들 모습, 처녀 때의 아내 미소도 보였다. "5분 후에 마감합니다." 종업원이 마감 시간을 알렸다. "벌써 마감 시간 되었나?, 여보, 우리 차 마시러 자주 오자!" 집에 오는 길, 아내 아들 대화가 노래처럼 들린다. '좀 더 빨리 이런 행복을 알았더라면…'. 올해가 환갑이다. 과거는 돌이킬 수 없고. 미래가 행복해지리라는 보장도 없다. 지금 내가 할 수 있는 것은 지금 행복을 만들어가는 것이다. 나를 소중히 여기고, 가족을 사랑하는 법을 하나씩 배우는 중이다. 설거지도 하고, 청소도 하고, 쓰레기도 비운다. "당신은 피부가 너무 곱다." 아내에게 칭찬도 한다. 아내와 전망 좋은 카페에 가서 둘만의 오붓한 시간도 갖는다. 한 달에 한 번 리클라이너(누워서 보는 영화관)에서 영화도 본다.

얼마 전 '브로커'(고레에다 히로카즈 감독, 주연 송광호, 아이유, 강동원, 배두나)를 봤다. 영화가 끝날 때쯤 한 장면의 대사, "○○야 태어나 줘서 고마워" 나도 따라 했다. "인구야, 태어나 줘서 고마워!" 눈물이 입속으로 들어갔다. 마스크로 닦았다. 눈이 맑아지고 기분이 후련해졌다. 지금까지 남의 눈치 보며 살아왔지만, 이제는 그렇게 살고 싶지 않다. 아내에게 감추지 않고 흐르는 눈물을 계속 닦아냈다. 신은 우리를 세상에 하나뿐인 독특한 인격으로 창조했다. 각자 맡겨진 삶의 노래를 온몸으로 연주해 보라는 뜻이 있다. 영화 '브로커'처럼 연주할 첫 무대를 만들어 보자. 첫째 촛불을 켠다. 장식용 초면 더 좋겠다. 두 번째 불을 끈다. 세 번째 가슴에 두 손을 얹는다. 이제 연주할 차례다. 나만 가진 가장 아름다운 멜로디로 자신에게 말해 보자. "○○야 태어나 줘서 정말 고마워!" 가족이 함께 둘러 모여 서로의 이름을 부르며 함께 하길 권한다. 연주가 끝날 무렵, 눈물 나지 않는다면 당신 앞에 무릎 꿇겠다. (농담)

영화배우 빌 코스비는 "실패의 비결은 모든 사람을 기쁘게 하려는 것"이라고 했다. 드라마 '이태원 클라스'에서 트랜스젠더인 마현이(이주영)는 자신이 트랜스젠더임이 밝혀지자. 대중 앞에 당당하게 자신을 표현했다. "내가 나인 것을 다른 사람에게 납득시킬 필요가 없다." 내가 기쁘지 않은데 다른 사람을 기쁘게 하려고 억지 표정과 행동으로 살았다. 나보다는 다른 사람 생각이 우선이었다. 그렇게 60년 보냈다. '눈치나 체면! 개나 줘버리자!', '나는 나다. 누군가 바라는 내가 아닌 있는 그대로의 나!'로 살아간다면 후회 없는 삶을 살 수 있을 거라 확신한다.

내 인생은 선물이다

구은주

"모든 게 선물이었다는 거죠. 마이 라이프는 기프트였어요. 내 집도 내 자녀도 내 지성도... 분명히 내 것인 줄 알았는데 다 기프트였어. 어린 시절 아버지에게 처음 받았던 가방, 알코올 냄새가 나던 말랑말랑한 지우개처럼, 내가 울면 다가와서 등을 두드려주던 어른들처럼 내가 벌어서 내 돈으로 산 것이 아니었어요. 우주에서 선물로 받은 이 생명처럼 내가 내 힘으로 이뤘다고 생각한 게 다 선물이더라고"

－《이어령의 마지막 수업》 중 －

아이가 어렸을 때 다쳐서 달려오면 상처에 호~하고 입김을 불어준다. 그 호~하고 불어주는 따뜻한 입김은 단지 입김이 아니라 관심이고 안타까운 마음이고 사랑의 표현이다. 피부 이식 수술 후, 집에 꼼짝없이 누워있을 때 친동생처럼 가까운 인옥이와 지선이는 퇴근 후 들러서 상처 부위를 소독해 주고 갔다. 수술한 곳은 드레싱을 여는 순간부터 건드리지도 않았는데 따갑고 욱신거리고 쓰라리다. 아파서 찡그리며 눈을 감고 있으면 인옥이가 호~하고 불어주고 부채도 부쳐준다. 인옥이가 호~해주면 조금 덜 아픈 것 같다. 아프면 어린애 된다고 온통 관심과 사랑을 한 몸에 받고 있으니 내 마음이 몰랑몰랑해진다. 그날 하루 돌보았던 환자들 이야기를 듣고 웃다 보면 어느새 아픈 다리는 잊을 수가 있다.

혼자 누워있으면서 별의별 생각을 다 한다. 나갈 수도 없으니 오늘은 누구한테 연락이 안 오나 괜스레 핸드폰만 바라본다. 환자가 돼보니 아파서 누워있는 것도 서러운데 바깥세상은 나의 상태와 상관없이 똑같이 돌아가는 게 더 서글프다. 내 주변 사람들도 여전히 바쁜 삶을 살아간다. 무인도에서 홀로 외톨이가 된 기분이다. 그러다 '나 잠깐 들를게'라는 카톡이 오면 입꼬리가 올라간다. 세상과 단절된 나만의 공간에 누군가 나를 기억하고 문자만 줘도 고마운데 찾아온다고 한다. 친구나 교회 분들이 병문안 와서 이야기를 나누다 보면 상처 부위만 바라보고 묵상하는 것보다 잠시나마 아픔을 잊을 수 있어서 좋다.

정혜신의 《당신이 옳다》에서 '존재'에 눈을 맞추는 것이 공감이라고 하였다. 인간은 고통에 진심으로 눈을 포개고 그 사람의 말을 듣고 질문하고 기다려 주는 한 사람만 있으면 산다고 한다. 보통 사람들은 사랑받고 공감받고 인정받고 위로받을 때 행복하다고 느낀다. 누워있으니 기도해 주고 찾아오는 사람들로 인해 감사했다. 그들이 갖다 주는 음식들, 빠른 회복을 바라는 간절한 기도, 상처를 소독해 주고 머리를 감겨주는 손길, 강아지 패드를 갈아주고 청소해주는 일, 집에 와서 손수 맛난 식사를 만들어 놓고 가는 정성 등등, 내가 건강할 때보다 집은 더 깨끗해졌고 냉장고 속은 여기저기서 갖다 주는 반찬들로 더 풍성해져 먹거리가 차고 넘쳤다.

온종일 집에 있으면 사소하고 평범했던 지난 시간이 하나둘 떠오른다. '건강한 신체에 건강한 정신이 깃든다'라는 이 흔해 빠지고 진부한 말이 진리였다. 두 발로 걸어 다닐 수 있다면 어디든 갈 수 있고 먹고 싶은 거 먹을 수 있고 보고 싶은 곳 볼 수 있다. 튼튼한 두 다리만 있으면 원하는 삶을 누릴 수 있다는 진리를 깨달았다. 의지가 있고 몸만 건강하다면 우리는 무엇이든 할 수 있고 해야만 한다.

우리의 삶에서 가장 아름다운 것은 무엇일까? 라고 생각해 본다. 건축물, 조각품, 그림 같은 예술 작품을 떠올릴 수도 있지만 나는 나와 눈 마주치며 손 닿으면 만질 수 있는 내 앞에 있는 '사람'이라고 생각한다. 따뜻한 말 한마디와 나를 대하는 태도와 바라보는 눈빛이 내겐 선물이다. 아프다고 호 해주는 입김과 열이 나는지 걱정스러운 눈으로 이마를 짚는 따뜻한 손이 선물이다. 일부러 찾아와서 건네주는 위로의 한마디와 회복을 위한 기도가 선물이다. 안부의 메시지와 괜찮냐는 카톡과 그들의 관심이 나에겐 선물이다. 내가 사랑받는 존재라는 것을 느끼게 해주는 그들의 시간 투자가 내겐 선물이다. 육체의 고통과 질병은 사람을 한없이 초라하고 약해지게 만든다. 육신의 고통을 감당하는 것은 오로지 내 몫이지만 또 아플 때 혼자가 아니라고 달려와 주는 사람들이 내겐 선물이다. 아파보니 주변의 기도와 사랑이 고통을 덜어주는 진통제였다. 사랑의 진통제는 혼자가 아니라고 아픔을 이겨낼 힘을 준다. 나를 믿고 지지하는 한 사람만 있으면 이 힘든 세상 넉넉히 살아갈 수 있다고 한다.

그런데 내가 막상 고난 가운데 있으니 나를 걱정해주고 위로해주는 사람이 생각보다 많다는 것을 알게 되었다. 그래서 먼 친척보다 가까운 이웃사촌이 낫다고 하나 보다. 오히려 이역만리 한국에 있는 가족들에게는 걱정할까 봐 말도 못 했는데 가까운 이웃들은 사고 소식을 듣고 한달음에 달려와 기꺼이 나의 손발이 되어 주었다. 이 세상에서 가장 아름다운 예술품은 바로 사람이고 그의 마음씨였다.

고난이 선물이다. 고난의 시간 때문에 일상의 소중함을 깨닫고 평범한 삶이 얼마나 감사한지 알았다. 특별한 사건이 있고 무슨 이유가 있어서 감사한 것이 아니라 무탈하고 조건 없는 일상이 가장 소중하고 감사한 삶이라는 것을 알았다. 아프면 모든 감각이 열려 있고 예민해져서 평소에 느끼지 못하던 새소리, 시계 소리, 풀냄새, 옷 냄새, 강아지 냄새가 새롭게 느껴진다. 주변의 모든 환경이 열려 있는 내 오감에 인사를 걸어오는 듯하다. 바빠서 평소에는 무심코 스쳐 지나간 것들이 새로운 자극으로 다가온다. 익숙한 주변 환경이 새롭다 못해 낯설었다. 골프 카트 전복 사고가 났는데도 내 얼굴은 다치지 않아서 감사하다. 내가 지금 살아 숨 쉬고 이 모든 것을 느끼고 깨닫게 해주셔서 감사하다. 내가 누리는 삶을 당연히 여기지 않고 감사로 받아들인다. 내가 받은 사랑을 다른 아픈 이들에게 다시 나누고 되갚아야 한다. 받는 것에 익숙하지 말고 사랑이 다시 흘러가기를 바란다.

이어령 선생님은 '삶이 기프트였다'고 말씀하셨다. 빈손으로 왔다가 빈손으로 떠나니 그 안에 누렸던 모든 삶을 선물이었노라고 말씀하신 것 같다. 영원히 가질 수 없고 거저 받은 것이기 때문에 선물이라고 하셨나 보다. 선물이라서 좋다 나쁘다 판단할 수 없고 주어진 것에 감사해야 한다. 선물은 감사한 마음으로 받고 고이 간직하다가 그냥 놓고 가면 되는 것이다. 내 인생 또한 선물이었음을 카트 사고를 통해 깨달았다. 지금까지 내 삶이 내 것이 아니고 누군가를 통해 받은 것처럼 내 인생 또한 누군가에게 사랑을 전하는 통로로 쓰이길 원한다. 모든 인생은 각각의 보석처럼 빛나고 소중하다. 내 인생 또한 최고의 선물이었노라고 보석처럼 소중히 여기며 미련 없이 놓고 가는 그런 마음으로 마지막까지 살아가고 싶다. 내 인생은 내가 받은 선물 중 최고의 선물이다.

삼계탕과 인삼주

이시은

"시은아 삼계탕 먹으러 갈래?"

3일 동안 방에서 울기만 했다. 이제 막 성인이 된 내게 이별은 너무 썼다. 엄마는 왜 우는지 단 한 번도 물어보지 않았다. 3일 만에 노크한 엄마는 삼계탕 먹으러 가자고 조심스럽게 말을 꺼냈다. 입맛도 없는데 왜 삼계탕을 먹자는 건지, 정말이지 안 가고 싶다. 계속 쳐다보고 있으니 어쩔 수 없다. 못 이기는 척 따라나섰다. 우리는 말 한마디 없이 삼계탕집까지 걸어갔다. 엄마는 주인아저씨를 불러 한방 삼계탕을 두 그릇 주문했다. 김이 모락모락 나는 것이 맛있게는 보였지만 선뜻 손이 가지 않는다. 수저로 애꿎은 국물만 저어댈 뿐이다. 나를 보고 있던 엄마가 주인아저씨를 다시 부른다.

"여기 인삼주도 주세요."

잔 하나는 내 앞에, 다른 하나는 당신 앞에 하나 놓고 말없이 잔을 채우셨다. 먼저 잔을 비운 엄마는 나도 마시라는 듯 턱짓했다. 고개를 떨구고 잔을 보니 순간 목구멍에서 무언가가 차올랐다. 왈칵 쏟아질 것 같은 느낌이다. 얼른 잔을 들어 인삼주와 함께 삼켜버렸다. 쓴맛을 없애려 수저를 들고 국물을 떠먹었다. 음식이 안 넘어갈 줄 알았는데 잘만 넘어갔다. 술기운인지 엄마 기운인지 모르겠지만 갑자기 배고파졌다. 이 와중에도 배고파하는 내 모습이 어이없어 헛웃음이 났다. 그날 삼계탕 한 그릇을 모두 비웠다. 결국, 모두 비워졌다.

– 나태주, 《가장 예쁜 생각을 너에게 주고 싶다》

'바람 부는 이 세상 네가 있어 나는 끝까지 흔들리지 않는 나무가 된다.'

사춘기 아들을 보며 오랜만에 나태주 시인의 책을 펼쳤다.

요즘 아들의 얼굴이 어둡다. 중학교 입학을 앞둬서 그런 건지 사춘기가 온 건지 모르겠다. 어쩌면 둘 다일지도 모른다. 당최 이유를 모르니 답답하다. 뭐라도 물어보면 짜증 섞인 한숨뿐 이다. 방에 들어가 게임만 하고, 입은 꾹 닫았다.

어느 날, 아들에게 전화가 왔다. 펑펑 울며 뭐라고 말하는데 전혀 알아들을 수가 없다. 우는 목소리를 들으니 심장이 두근거렸다. 겨우 울음을 그친 아들은 화가 나 미쳐버릴 것 같다고 했다. 죽고 싶은 생각도 든다고 했다. 그때부터는 아무 생각도 안 났다. 당장 집으로 가고 싶은 마음뿐이다. 문득 나쁜 생각도 들었다. '왜 우리 집은 21층이야!' 원망할 대상도 없는데 원망했다. 시계를 보니 퇴근하려면 한 시간이 남았다. 두근대는 마음이 진정되지 않아 차가운 물을 들이켜도 보고, 심호흡도 해봤다. 뭐라도 해야 할 것 같았다. 공부방 선생님에게 전화해 상황을 물었다. 친구들의 장난에 아들답지 않게 화를 냈다고 한다. 아들은 차마 입에 담을 수 없는 욕을 친구들에게 퍼부었다. 선생님이 말려도 멈추지 않더니 결국 악을 지르고 욕하며 뛰쳐나갔다고 했다. 친구들에게 싫은 소리 한 번 안 하던 아들이 욕이라니. 모두가 충격이었다. 선생님도, 친구들도, 아들도, 그리고 나도.

집으로 가는 내내 불안했다. 혹시나 나쁜 생각을 하지 않을까. 이 아이가 왜 이리 분노한 걸까. 내가 아이를 잘못 키운 것일까. 오만가지 생각을 하며 고속도로를 달렸다. 서둘러 집으로 들어가 보니 아들은 울다 지쳐 침대에 잠들어있었다. 혹시나 깰까 싶어 조심스럽게 안경을 벗겼다. 쥐고 있던 핸드폰도 침대맡에 올려놓았다. 볼을 어루만졌다. 땀으로 젖어있는 머리도 쓰다듬었다. 그래도 무사해서 다행이다. 아들에게 사춘기가 왔나 보다. 딱해라. 생각과 달리 스스로 통제되지 않는 본인이 얼마나 힘들었을까. 어른으로 가는 첫 관문에 들어선 아들은 스스로 이겨내려 애쓰고 있었다. 오롯이 혼자 감내해야 한다. 이렇게 겪으며 성장할 테지만 보고 있는 나는 안쓰러울 뿐이다.

'엄마로서 내가 무엇을 해줄 수 있을까...'

다음날, 속초 바닷가 앞에 저렴한 호텔을 예약했다. 바닷가로 바람 쐬러 가자는 말에 아들은 거부부터 했다. 계속 가자고 조르니 못 이기는 척 따라나섰다. 여벌 옷 몇 벌만 챙겨 아들과 단둘이 떠났다.

속초로 가는 차 안은 적막했다. 먼저 다가가 볼까 하는 마음에 입을 열면 나도 모르게 잔소리였다. 대답 대신 한숨을 내뱉는 아들에 운전하는 내내 입을 꾹 닫아야만 했다. 속초에 도착해서 제일 먼저 간 곳이 수산 시장이다. 아들은 광어 귀신이다. 다른 생선도 많은데 회중 광어를 제일 좋아한다. 입맛이 없다며 호텔로 가겠다는 아들을 설득했다. 함께 시장 안으로 들어갔다. 펄떡이며 수조를 탈출하는 생선들을 보니 표정이 밝아진다. 재밌는지 가까이 다가가다 펄떡이는 생선에 물벼락도 맞았다. 신나는가 보다. 이럴 때 보면 아직 애다. 작은 광어 한 마리와 산오징어 두 마리는 회로, 대게 1마리는 쪄서 포장했다. 그제야 아들은 처음으로 먼저 말을 걸었다.

"엄마 이리 줘. 대게는 내가 들을게."

호텔에 도착해 한 상 차렸다. 입맛 없던 아들은 어느새 눈이 반짝였다. 서비스로 받은 고등어 회까지 먹어 치운 아들이 또 먼저 말을 했다.

"엄마 나 배 좀 봐. 너무 먹어서 입에서 비린내 날 것 같아."

다음날 다시 짐을 꾸려 호텔을 나섰다. 어제 잠을 뒤척여 그런지 좀 피곤했다. 근처 보이는 스타벅스로 들어가 아메리카노를 주문했다. 아들에게 너도 고르라는 듯 메뉴 보드를 향해 눈짓했다. 한참을 고민하던 아들은 요거트를 주문했다. 음료가 나오니 본인이 들겠다며 또 먼저 말한다. 집으로 돌아가는 길, 우리 둘은 아무런 말 없이 앞만 보고 있었다. 빨대만 물고 있던 아들이 입을 뗀다. 울음이 나려는 걸 참는지 목소리가 떨린다. 그리고 이야기를 시작했다.

어른이 됐는데도 매년 어른이 되는 느낌이다. 성장할 때마다 새로운 감정을 마주했다. 처음 겪는 감정에 힘들었다. 그럴 때면 어렸을 때로 돌아가고 싶다는 생각이 종종 들었다. 그러나 내 아이들을 보니 어렸을 때도 마찬가지인가 보다. 마음이 성장하면 할수록 누구나 성장통을 겪는 것 같다.

성장통이 올 때마다 각자의 처방전이 있을 것이다. 술 한잔에 털어 내는 사람, 운동으로 몸을 단련하며 이겨내는 사람, 친구에게 쏟아내는 사람. 조용히 독서로 비워내는 사람. 나는 부모님의 사랑이 처방전이다. 말 한마디 없이 내 쪽으로 밀어주던 삼계탕과 인삼주. 사춘기 시절 세상과 단절하려 했던 내게 새우버거를 건넨 아빠. 내 부모가 준 것은 단순한 '음식'이 아닐 터다. 성장통을 호되게 겪고 있는 자식을, 그저 바라볼 수밖에 없는 마음이 오죽할까. 자식이 가장 좋아하는 음식을 통해 자식의 허기진 마음을 채우길 바랄 것이다. 위로하고 응원하는 당신들의 마음을 음식에 담아 전달한 것이 아닐까. 그리고 그 마음은 내가 살아가는 동안 수없이 맞닥뜨리는 바람에 바람막이가 됐다. 쉴 수 있는 그루터기가 됐고, 기댈 수 있는 어깨도 됐다.

'바람 부는 이 세상 네가 있어 나는 끝까지 흔들리지 않는 나무가 된다.'

이 한 줄은 삼계탕과 인삼주를 떠오르게 한다. 뒷배가 있는 것처럼 든든한 이 느낌을, 이번엔 나의 두 자녀에게 주고 싶다.

오늘도 난 저녁 메뉴를 고민한다. 고등학교와 중학교 입학을 앞두고 딸과 아들이 긴장한 눈치다. 설렘보다 걱정이 커 보였다. 내 아이들은 지금보다 더 치열한 삶을 살게 될 것이다. 좌절과 실패도 하겠지만. 그래도 흔들리지 않았으면 좋겠다. 엄마가 바람을 막아 줄 테니 너희는 흔들리지 말고 나아가기를. 그 마음을 담아 나는 오늘도 장을 본다. '두 아이가 모두 좋아하는 것이 무엇일까?' 한참을 생각하다 재료를 집어 장바구니를 채웠다. 장바구니에 담긴 재료들을 사진 찍어 가족 단체 카톡방에 올렸다. 연달아 메시지도 남겼다.

'기대해! 오늘 저녁 메뉴는 삼겹살과 비빔면이다!!'

아픔은 축복이었다

이은설

　요양보호사 자격증을 받고 남과 1% 다른 요양보호사가 되어야겠다고 생각했다. '50 플러스 서부 캠퍼스'에서 발 마사지를 배웠다. 내 발은 마사지할 수 없지만, 어르신 발 마사지를 해 드리면서 세상의 많은 발을 만났다. 봉사활동을 마치고 집으로 오는 길은 무엇인지 모를 가슴 뿌듯함이 앞서서 걸어갔다. 봉사단원들과 여러 번의 봉사활동을 하다 보니 발 마사지가 자신 있었다. 요양보호사를 하면서도 발 마사지를 원하는 어르신들께 그냥 해 드리면서 손의 감각을 익히게 되었다.

지난해 연말 새로운 댁에서 근무하게 되었다. 할머니는 다리가 가늘어지고 몸통에만 살이 쪄서 힘들다고 했다. 나이가 들면 변하게 되는 당연한 신체 변화를 받아들이지 못했다. 아침저녁으로 체중계에 올라가서 100g이라도 체중이 늘었으면 밥을 먹지 않고 고기나 채소만 먹는다고 했다. 어이가 없었다. 그런 것이 아니라고 말씀드리고 싶었지만, 내가 하는 말이 별로 도움이 될 것 같지 않았다. 그렇지만 앞으로 인연이 되어야 하기에, 도와드리고 싶은 마음이 앞섰다. 할머니의 혈액순환과 면역력 강화, 컨디션 조절에 작은 보탬이라도 됐으면 좋겠다 생각했다. 내일 출근해서 발 마사지를 해드리겠다고 했다. 할머니 얼굴이 환해졌다. 수술하기 전 다리가 멀쩡할 때는 잠시도 쉬지 않고 여기저기 무엇이든 배우러 다녔다고 했다. 다리 수술을 잘못해서 이렇게 되었다고 병원과 의사를 원망했다. 노래와 춤추기를 좋아하고 성격이 밝은 분이었다. 좋은 분을 만났다고 생각했다. 이튿날 출근해서 발 마사지할 준비를 했다. 대상자가 침대에 누우면 나는 침대 밖에 의자에 앉아 마사지한다. 의자가 필요했다. 침대는 낮고 의자가 높아서 마땅하게 사용할 의자가 없었다. 그래서 침대 위에 올라가서 하게 되었다.

"할머니 팔 내리세요" 가슴에 올린 팔을 내렸다.

"몸에 힘을 쭉 빼시고 저를 믿고 푹 주무셔도 됩니다."

男左女右 순서로 남자는 왼쪽을 먼저 여자는 오른쪽을 먼저 하게 된다. 하지 않는 왼발은 수건으로 감싸고 오른발은 발 마사지 크림을 발과 무릎 아래까지 묻혔다. 발열 치유 1단계, 발의 긴장 풀기부터 시작해서 22단계까지 마사지를 한다. 어르신 얼굴을 수시로 살핀다. 얼굴에 인상을 쓰면 자극을 좀 약하게 하고 편안한 얼굴이면 마사지 강도를 그대로 유지하면 된다.

오른발을 마치고 왼발을 마사지하기 위해 자리를 바꾸었다. 침대에 앉는 순간 앗! 침대 구석으로 나가떨어졌다. 창문이 심하게 소리를 냈고 나는 침대 구석으로 처박혀 버렸다. 숨이 막혔다. 순간 아무 생각도 나지 않았다. "아!" 소리도 나오지 않았다. 일어나기가 힘들었다. 겨우, 아픈 옆구리를 움켜잡고 조심스럽게 일어났다. 유리 창문이 부서질 듯 큰소리에 놀라신 할머니가 벌떡 일어나 괜찮냐고 계속 물었다. 아프다고 하면 더 미안해 할 것 같았다. 책임감이 너무 강한 탓일까? 아프면 아프다고 왜 말하지 못했을까? 아픈 옆구리를 움켜잡고 제대로 하지 못하면서도 나머지 왼발을 겨우 끝냈다. 목욕하는 요일이라 아픈 옆구리를 잡고 샤워하는 것을 도와 드렸다. 옆구리는 여전히 욱신거리고 아팠지만, 목욕탕 청소도 마쳤다. 그날 그 시간은 왜 그렇게 안 가던지. 지금 생각하면 '아파서 못한다.' 하고 가만히 있거나, 퇴근했어야 했는데 그렇게 하지를 못했다. '근무 시간에는 근무를 제대로 해야 한다.'는 생각에 몸은 뒷전이었다. 멈춰버린 것 같았던 시계가 움직였다. 퇴근 시간이 되었다. 자전거로 출근했지만, 퇴근 때는 자전거를 탈 수 없었다. 할 수 없이 버스를 타고 집으로 돌아왔다. 옆구리는 조금만 움직여도 욱신거리고 아팠다. 아프지 않고 성한 몸으로 버스를 타고 있는 사람들이 부러웠다. 멍하니 차창 밖을 보면서 조심성 없는 내 모습을 돌아본다. 아프면서 택시도 타지 못하고 버스를 타고 가는 내 모습이 처량했다. 내 몸 하나 돌보지 못하면서 어르신 돌보느냐고 나에게 묻고 싶었다. 병원비도 걱정되었다. 산재보험에 가입해놓고도, 산재 처리가 되는 줄 몰랐다. 지인의 도움으로 보험 처리가 된다는 것을 알고 병원에 다녀왔다.

한두 달 집에서 쉬어야 할 형편이었다. 처음 며칠은 출근하지 않고 집에 있는 것이 좋았다. 아플 때 쉴 수 있다는 것이 감사했다. 내가 할 수 있는 것은 책상에 앉아서 책을 읽거나 글을 쓰는 것뿐이었다. 그동안 미루기만 했던 과제를 제출하고 목차를 받았다. 초고 원고를 시작했다. 밥을 하는 시간, 밥을 먹는 시간도 아까웠다. 일주일에 한 번 정도 병원 가는 일 외에는 계속 집에 틀어박혀 있었다. 자판을 치기 전 얼개를 짤 때는 검은 볼펜 글씨가 파랗게 보여 내 눈이 잘못되었나 하는 생각이 들기도 했다. 일시적인 현상이었다. 초고 40 꼭지를 완성했다. 한 달 보름 정도 시간이 지났다.

다친 곳이 많이 나았다. 다른 댁에 출근했고, 짧은 글쓰기 실력 때문인지 퇴고는 자꾸 뒤로 밀렸다. 이렇게 미루다 가는 죽도 밥도 되지 않을 것 같았다. 공저 1기를 모집할 때부터 참여하고 싶었지만, 용기가 없었다. 공저 5기 모집에 일단 신청했다. 공저 프로젝트를 최우선 순위로 하겠다는 다짐을 하고 시작했다. 초고는 강제로 진도가 나갔다. 한 팀이 된 작가들과 서로 응원하고 격려하며 소통했다. 단독 출판은 마감이 따로 없지만, 공저는 마감을 반드시 지켜야 했다. 공저를 출판하고 나면 단독 출판도 할 수 있을 것 같은 생각이 든다.

나에게 고통은 축복이었다. 갈비뼈를 다칠 때는 몸도 마음도 힘들었다. 조심성 없이 의욕만 앞선 나를 원망하고 자책도 했다. 그러나 이제는 감사한다. 갈비뼈를 다쳐서 쉬지 않았더라면 초고도 완성하지 못했을 것이다. 어쩌면 너무 열심히 살아서 잠시 '멈춤'의 신호가 온 것이라는 생각도 하게 되었다.

지금 현실이 어렵고 힘든 것은 더 성장할 기회가 된다고 생각했다. 아직 퇴고하지 못한 원고는 잠자고 있지만, 시작이 반이라고 했는데 곧 기지개를 켜고 일어날 것이다. 아니 깨워서 일어나게 할 것이다.

"나는 오늘이 마지막 날인 것처럼 살아가리라. 오늘이 정말 나의 마지막 날이라면, 오늘은 나의 가장 소중한 순간인 것이다. 나는 오늘을 내 생애에서 가장 좋은 날이 되게 하리라. 오늘의 모든 순간을 흠뻑 즐기리라. 나는 삶을 충분히 맛보고 감사히 여기리라." 《위대한 상인의 비밀》 다섯 번째 두루마리 글이 생각난다.

세상에서 아름다운 보석은 그냥 만들어지지 않는다. 내가 모르는 것은 배우고 실력을 연마하여 나의 가치를 높여야 한다. 요양보호사 일을 하면서 나의 꿈을 키우는 일이 쉽지 않지만, 나는 나의 오늘에 최선을 다하고 싶다. 아프지 않고 성한 몸과 마음으로 누군가를 도울 수 있는 이 시간이 감사하다. 내 꿈을 키우는 이 시간. 나는 지금이 가장 행복하다.

나는 매일 행복합니다

김소진

행복은 생각을 조금 바꿔 보면 많이 보인다.

내가 잘하는 것을 찾아보자. 우울했던 기분이 단박에 좋아진다. 누구나 잘하는 것은 있다. 이렇게 행복해질 수 있는데 부족한 것에 매달려 세상 쓸모없는 인간으로 여기고 있었다.

조리 있게 말을 못 하는 나는 상대에게 듣기 싫은 말을 해야 할 때가 가장 힘들다. 구차스러운 말까지 하기 싫은 것도 있고 상대가 듣고 기분 나쁠까 봐 중간 설명 없이 머리와 꼬리만 말하고는 끝낸 적이 많다. 재미있는 유머도 내가 말하면 재미없고 혼자 웃다가 끝이 난다. 친구와 대화할 때는 들어만 주고 친구 말에 휘둘려 나만 흥분해서 집에 온다. 여러 사람 앞에서 말할 때면 머리가 하얗게 돼서 하고 싶은 말 준비해둔 말도 못 하고 엉뚱한 말만 하다가 내려온다. 그럴 때면 풀이 죽어 땅속으로 들어가고 싶어진다. 친구에게 이런 속상한 말을 하면 그것까지 잘하면 안 되지! 하며 세상을 공평하게 하기 위한 하늘의 뜻이란다. 말도 안 되지만 그것 빼고 다 잘한다는 말을 듣고 기분이 좋아졌다. 난 잘하는 거 하나 없다고 생각했다. 주변에서 잘한다고 하는 것도 내 생각에는 허접했었다. 다른 이가 보면 부러운 것이 되는 모양이다. 그림 그리기, 손맛이 있어 무슨 요리든 쉽게 잘하기, 친절해서 인상이 좋은 것 등 친구의 폭풍 칭찬에 나도 꽤 괜찮은 사람이 된 것 같다. 서로 칭찬해 주고 나니 너무도 잘난 여자들이 되어 어깨 으스대고 걸을 수 있었다.

남에게 잘 보이려고 자기에게 어울리지 않은 것에 매달리다가는 열등감에 빠지고 만다. 살만한 인생 이란 내가 즐겁고 행복해야 하지 않는가. 남에게 맞추다 보면 언제나 나는 한심한 인간이 되고 만다. 나도 장점이 있다. 힘 빠지는 단점보다 힘이 나는 장점에 더 신경 써서 개발하는 것이 행복을 찾는 좋은 방법의 하나인 것 같다.

여행을 갔다가 내 집으로 돌아올 때의 행복은 크다. 아무리 좋은 호텔에서 있다가도 내 집에 가고 싶어질 때가 있다. 돌아갈 내 집이 있어 다행이다.

늦은 밤 지쳐 돌아가는 길. 거리는 어둑해져 전등 불빛 말고는 보이지 않는 거리. 멀리 보이는 빌딩 숲에서 나오는 수많은 사각 불빛들, 저기 점들 속에서 모두 편하게 쉬고 있겠지. 나도 빨리 내 사각으로 들어가고 싶다. 낯선 환경에서의 호기심과 설렘도 잠시고, 고단함이 밀려와 내 집이 더 그리워진다. 내 침대 내 책상 내 욕실들이 이쁘진 않아도 더 편하고 좋다.

좋아하는 일을 할 때 즐겁다. 좋은 결과 있으면 좋고 없어도 된다. 그냥 과정을 즐긴다. 그림을 그리면 행복해진다. 그리고 싶은 소재를 찾아 나서는 일도 가슴 벅차고 즐겁다. 나의 작업은 혼자만의 시간을 외로운 시간이 아니라 즐거운 시간으로 만들 수 있어 좋다.

그려보고 싶은 장면을 사진으로 찍어 저장할 때부터 들떠있다. 많은 사진 중에 한 장을 고르고 고른다. 어떻게 표현할까? 강하게 할까 부드럽게 해 볼까. 아니 나에게는 '자연스러운 것이 제일 잘 어울리지' 하며 부푼 기대에 미소 짓는다.

화방에 가서 어울리는 캔버스와 떨어진 몇 가지 물감을 사들고 돌아오는 길은 꽃길처럼 화사하다. 캔버스에 전체적인 스케치를 하고 명암 처리만 했어도 완성된 것 같이 분위기 좋다. 이 분위기를 유지해야지 하고 사진을 찍어둔다. 채색이 시작되면서 분위기는 엉뚱한 방향으로 흘러가지만 상관없다. 처음 분위기도 좋지만 지금 분위기도 나쁘지 않으니 괜찮다. 원하는 표현이 안 되면 그림을 접어놓고 며칠 잊기로 한다. 완성의 압박감이 종일 무겁게 짓누르고 있지만 그건 기분 좋은 스트레스다. 오늘 완성 안 해도 되고 영원히 미완성으로 둬도 되니 즐기기로 한다. 며칠 만에 다시 펼쳐 보면 막혔던 부분을 표현할 수 있게 되어 밤새 완성한다. 다음 날 부족한 부분이 아쉬워 좀 더 하고 싶지만, 그 부분은 작가의 깊은 뜻으로 남겨두기로 한다. 나의 작품으로 기록될 그림 앞에서 애썼던 시간을 생각하면 행복한 때가 더 많다. 혼자서도 행복한 시간을 만들 수 있는 나의 작업과 오래오래 같이하고 싶다.

인생은 결국 과정의 연속일 뿐 결말이 있는 건 아닙니다. "이왕이면 과정도 행복해야 하지 않을까요?"

– 《모래알만 한 진실이라도》 박완서 수필

여유 있는 주말에 아파트 뒷산에 올라서서 멀리 보는 것을 좋아한다. 재미있다. 몇 모둠으로 나뉘어 있는 도시를 보고 그

속에 나도 소속되어 있다는 안도감에 행복해진다. 다른 가족들처럼 간단한 음료와 먹을거리를 펼쳐 놓은 장면은 어느 명작보다 더 좋은 그림이 된다. 아삭한 오이, 단맛 나는 사과는 마른 목을 적셔준다. 연한 커피에 비스킷 한 잎 물면 멋진 카페가 부럽지 않다. 풀냄새 품은 바람이 코끝을 간지럽히고 적당한 쿠션감이 있는 돗자리에 앉아 눈을 스르르 감아 본다. 눈을 감으면 비로소 알 수 있는 것을 느낄 수 있다. 조용히 불어오는 작은 바람에도 흔들리는 나뭇잎의 사각거리는 소리, 볼에 스치는 파란 산바람, 향긋한 흙냄새가 살아있다는 것을 느끼게 해 준다. 태어나기 전 엄마 뱃속이 이렇게 편하고 좋았을까. 남편의 또 자냐는 핀잔도 괜찮다. 눈 감고 계속 음미해야 하니까. 무엇이 그리 궁금한지 구석구석 들여다보는 남편의 버릇이 시작되었다. 땅에 붙은 풀꽃 하나도 그냥 지나치질 않는다. 비뚤 어진 큰 나무 둥지를 붙잡고 왜 이렇게 됐는지 장황하게 설명이 시작된다. 바람 방향과 햇볕이, 비바람이 이렇게 튼튼하게 자랄 수 있도록 한다고 한다. 한여름 땡볕과 태풍, 그리고 한겨울 눈바람도 견뎌내며 해마다 이쁜 꽃을 피워주는 나무들. 힘든 만큼 더 큰 열매로 결실을 보여준다.

가벼운 마음으로 시작한 산책, 이 산 정상으로의 등산이 되어 힘들어졌을 때 돌아가고 싶었다. 하지만 내려가려니 올라온 것 아까워서 포기도 못 하고 그렇다고 계속 가파른 산비탈을 보니 숨이 막힌다. 남편은 힘들어도 조금만 가면 된다고 하고 앞으로 잘도 올라간다. 남편은 산행에서 손잡아 주면 같이 넘어질 수 있으니 위험하단다. 연애 시절에는 넘치도록 잡아주던 남자였는데, 이젠 남의 편인 남편이 되어있다. 괜히 올라가자고 했나 보다 하고 생각이 들 때 "내려갈까?" 하고 남편의 말을 들었어야 했다. 오기로 끝까지 올라가자고 큰소리쳤다. 후회해도 소용없는 일이다. 이미 반 이상 올라왔다니 계속 올라갈 수밖에 없다. 정상에 가서 나도 큰소리로 소리 질러보고 싶었고, 멋진 사진도 찍고 싶었다. 얼굴과 등은 땀으로 범벅이 되어도 그냥 앞만 보고 올라간다. 잠시 숨을 고를 때 불어주는 맑은 산바람이 피로를 잠시 잊게 한다. 정상이라는 곳에 기다시피 올랐다. 드디어 성공이다. "아직 괜찮은데 벌써 끝났네" 하며 또 큰 소릴 치며 남편에게 잘난척해 보지만 후들거리는 다리는 숨길 수가 없다. 가쁜 숨을 진정시키며 바라보는 발밑의 세상들을 내려다본다. 작은 산들 틈 사이에 다닥다닥 붙어 있는 건물들과 길게 뻗은 찻길, 저기쯤은 내가 사는 곳이다. 저 작은 곳에서 아웅다웅 싸우며 살아보겠다고 발버둥을 치고 살아가고 있구나.

어차피 살아가야 하는 우리들의 인생길이라면 웃으면서 가야겠다. 높은 산도 꾸준히 올라가면 이렇게 편하게 쉬는 정상이라는 곳이 있다. 올라올 때 기분 좋게 쉬엄쉬엄 올라올 걸 그 랬다. 좀 더 주위를 둘러보지 못한 것도 아깝고, 빨리 정상으로 갈려는 마음에 몸만 아프고 힘들다. 빨리 가도 천천히 가도 포 기만 안 하면 오를 수 있는 정상. 우리의 삶도 모든 것이 과정 의 연속일 뿐 그 과정이 이왕이면 행복했으면 좋겠다.

저는 인간의 존엄성에 대해 잠시 영업(?)하겠습니다

오유경

21년 10월 양쪽 가슴에 유방암 수술을 받고, 5개월이 지났을 때였다. 갑자기 팔이 뒤로 젖혀지지 않았다. 위로 들어 올려 봤더니 누가 겨드랑이 근육을 칼로 쫙쫙 찢고 있는 듯한 통증이 느껴졌다. 뭔가 내가 모르는 암적인 일이 또 일어난 게 틀림없었다. 암 수술에, 32번의 방사선 치료도 끝이 아니구나!

낯선 통증이 무서워 얼른 암 환우 단톡방에 질문을 남겼다. 댓글이 바로 달렸다. '겨드랑이에 핏줄이 기타 줄처럼 툭 붉어져 올라왔어? 그러면, 액와막 증후군이야. 수술 부작용.'

요양병원에서 만나 단톡방에 모인 우리는 나이가 20대부터

70대까지 다양하다. 모두가 느닷없이 암 진단을 받고, 유방이나 폐를 잘라 내거나 위와 장을 절제하거나 자궁, 난소, 난관을 제거하는, 4시간이 넘는 수술을 견딘 환우들이다. 우리는 눈만 마주쳐도 서로의 깊은 아픔을 아는 특별한 친구가 되었다.

어쨌든, 단톡방에서 친구가 알려준 대로 팔을 움직일 수 없었던 이유는 액와막 증후군이 맞았다.

칼로 잘라낸 근육이 수술 후 회복되는 과정에서 혈관과 엉겨 붙게 되는데, 이때 스트레칭을 안 해주면 손상된 근육은 심하게 수축된다. 그러면서 주변 근육을 잡아당기게 되고, 환자는 가만히 있어도 생살이 찢기는 황당한 고통을 느낄 수밖에 없다. 아무도, 미리, 구체적으로 알려주지 않았다.

알고 보니 이런 몸의 변화는 유방암 환자 대부분이 회복과정에서 겪는 아픔이었다. A병원 재활의학과 의사가 말했다. "저희 병원 유방암 수술 건수가 상당히 많은데, 환자 '대부분'이 액와막 증후군이나 림프부종을 앓고 있어요. 책에 나온 60%의 환자가 고통받는다는 통계는 오래된 거고 외국 사례에요. 임상에서 봤을 때 후유증 앓으시는 분들은 90%가 넘어요."

'미리 알고 스트레칭을 했더라면 조금은 덜 아팠을 텐데. 어휴! 몰라서 또 당한 걸까'. 나처럼 몰라서 고생하는 환우들은 더 이상 없었으면 좋겠다는 생각이 들었다. 유방암 수술 후 재발 방지를 위한 책을 출간해서, 단 몇 명의 사람이라도 읽고 도움을 받을 수 있다면, 나의 노력이 가치 있는 게 되지 않을까? 물리치료 마지막 날, 의사는 '평생! 하루도 빠짐없이! 스트레칭을 한다는 생각으로 살라'며 경각심을 갖게 했다. 요양병원에서 고농도 비타민C 수액을 맞으며 바늘을 꽂은 손으로 유방암에 대한 글을 썼다. 속이 울렁거리고 기운이 없었지만, 글을 쓰는 손을 멈출 수가 없었다. 내 삶의 의미와 목적을 찾은 것 같았다. 승아 언니(가명)가 암 환우들과 무엇이든 함께 나누고 싶은 마음도 그런 것이었다.

27년 전 유방암 수술을 한 승아 언니는 두어 달 전부터, 또 다른 유방암 환자인 지선 언니(가명)와 함께 간간이 셋이서 점심을 먹자고 했다. 같이 나누는 밥 한 끼, 차 한잔에 치유를 경험하고 있다.

네 번째로 같이 점심을 먹은 식당에서 후식으로 녹차 아이스크림이 나왔다. 며칠 전 참석한 다도 클래스에서 암의 예방이나 치료에 녹차만 한 것이 없다고 열변을 토하시던 임영희 선생님이 생각났다. 녹차 아이스크림을 보약 먹듯이 한 스푼, 두 스푼 정성스레 긁어먹었다. 의사가 달달한 음식은 암세포가 제일 좋아하는 먹잇감이라고 하길래 8개월을 참았던 아이스크림. 작은 스푼으로 살살 긁어 단팥 소스와 곁들여 먹는 맛의 조합이 맘에 쏙 들었다. 나도 모르게 허리를 구부려 테이블에 몸을 바싹 붙인 뒤, 고개만 옆으로 돌려 승아 언니에게 낮게 속삭였다. "우와아, 이 아이스크림 너무 맛있어요." 그런데, 말을 마치자마자, 갑자기 맘속에서 뭔가가 울컥 올라왔다. 이러면 안 되는데… 싫었지만, 눈물을 멈출 수가 없었다. 당황스러웠다. "하하. 왜 이러지, 아이스크림 만든 사람이 엄청 슬픈 추억을 이 안에 넣었나 봐요." 유머도 조크도 아닌 말로 분위기를 바꿔보려 했지만, 오히려 지선 언니마저 울리고 말았다.

유방암 수술을 한 뒤, 12월에 방어회를 잘못 먹었다가 수술 부위에 수백 개의 시뻘건 뾰루지가 올라와서 조직검사를 한 일이 있었다. '급성 유방암 전이냐 아니냐'로 외과와 피부과 의사들 간에 의견이 분분했다. 그 뒤로 회라고는 한 점도 입에 댈 수 없었다. 6개월 만에 먹어보는, 새콤달달한 밥 위에 올라간 싱싱한 회가 반갑고 탱글탱글하게 씹히던 맛이 너무 좋아서 눈물이 났던 걸까.

아니면, 급성 암이 아닌 알레르기로 판명된, 무섭던 방어회 사건이 떠올라 슬퍼서 눈물이 났을까.

나도 모르게 눈물이 울컥 솟은 이유는 나와 지선 언니의 아품을 알아주고, 식사를 함께해준 승아 언니의 '선의'가 너무도 고마웠기 때문이었다.

커피를 마시며, 승아 언니가 우리와 밥을 먹고 싶었던 이유를 사뭇 진지하게 털어놓았다. 누구에게나 오는, 마지막 순간을 준비하는 마음의 작업, 그걸 같이 하고 싶다고 했다. 언니의 이야기처럼 나중에 돌아봤을 때, 나의 모든 감정, 소소한 일상, 서류 따위가 깔끔하게 뒷정리를 마친 상태라면 얼마나 개운할까!

암에 걸렸다고 우울하게만 있지 말고, 그동안 못 해봤던 일을 하나라도 더 찾아서, 늦기 전에 도전해보라고 했다. 위축되고 눌린 나의 마음을 다리미로 다린 듯이 쭈욱 펴줄 수만 있다면, 뭘 해서라도 돕고 싶다는 언니의 말에 맘이 뭉클해졌다.

숙제를 받았다. '아침마다 거울을 보면서 〈너는 참 이쁘구나, 사랑한다〉 말하기. 내가 나에게 예쁘다는 말을 해주며, 진심으로 나를 먼저 사랑해 준 때가 있었던가! 남이 뭐라건 내가 느끼는 만족을 위해서 살라는 말에 속이 후련했다. 남들이 보기엔 좀 바보스러워도, 그런 시선 따위 신경 쓰지 않기로 했다.

내가 정말 원하는 것 '하나' 정도는 미련 없이 해보면시 좋은 결과든, 나쁜 결과든 몸소 겪다 보면 새롭게 깨닫게 되는 세상의 이치가 있을 것이라고 했다.

유방암 수술 후 5년간 매일 먹어야 하는 호르몬 약은 살이 찐다는 부작용이 있다. 9개월 동안 계속해서 나의 콜레스테롤 (LDL) 수치가 높아지고 있었다. 콜레스테롤을 낮추는 약을 먹어도 수치는 나를 비웃듯 30%씩 증가했다. 심각했다. 의사는 대놓고 탄수화물을 모두 끊고, 고강도 운동을 한 후 단백질로 에너지를 보충하라고 했다. 예전에 헬스클럽 트레이너가 했던 이야기를 의사가 똑같이 하고 있었다. 몸무게의 앞자리 숫자가 바뀔 정도로 체중 감량 효과가 좋았던 PT가 생각났다. 스물두 번의 PT가 포함된 3개월 헬스 과정에 등록하면서, 더 늦기 전에 '바디 프로필'을 남기고 싶어졌다. 지금 예약해도 3개월을 기다려야 찍을 수 있다는 말에 스튜디오도 알아봤다. 언니의 말처럼, 남의 시선이 뭐가 중요한가!

하나님으로부터 받은 사랑. 그것이 승아 언니 표 선행의 원천이자 삶의 이유였다. 언니는 신의 은혜로 버텨온 시간에 감사했다. 감사에서 한 발 더 나가, 어려움을 겪는 사람들과 동행하면서 신으로부터 받은 사랑을 그들에게 돌려주고 있었다. 신앙을 '내 안의 은밀한 기쁨'이라고 생각했던 나는, 이 좁쌀만 한 사랑이라도 꺼내서 타인과 함께 나누고, 결국에는 타인에게 모두 돌려줘야 한다는 것을 언니를 통해 배웠다. 배움은 거기서 그치지 않았다. 20년 전, 남편이 입원했던 병실에서 아흔 살이 넘은 할아버지가 침상에 누워 대변을 보신 일이 있었다. 대변은 등을 타고 온몸에 번져 냄새가 아주 고약했다고 한다. 할아버지의 아들은 그 뒤처리를 할 수 없다고 딱 잘라 말했고, 일을 처리할 며느리는 1시간 30분이 지나야 병원에 도착한다고 했을 때, 나라면 아니, 우리라면 어떻게 했을까?

승아 언니는 남편과 할아버지의 아들을 병실에서 내보내고, 손수 할아버지의 몸을 닦아드렸다. 38살의 여자가, 그저 남편과 같은 병실을 사용할 뿐인 할아버지의 똥 범벅이 된 몸을 닦은 것이다.

언니가 말했다. "할아버지도, 모르는 여자가 자기 똥을 닦아주는 게 창피하지 않을까 생각했어. 그래서, 몸을 이쪽저쪽으로 뒤집을 때마다, 중요 부위들을 닦을 때마다 '괜찮습니다, 괜찮습니다.' 계속해서 이야기해가면서 닦아드렸어. 환자지만, 사람으로서 존엄성은 지켜줘야 한다고 생각했거든."

나는 인간의 존엄성이란 결국 인간들끼리 서로를 존엄하게 취급하기로 약속하기 시작한 데서 출발한다고 생각한다. 그리고 그 바탕에는 동료 인간들의 비참한 처지에 본능적으로 울컥하는 감정이 존재한다.

― 《최소한의 선의》, 문유석

요즘 읽고 있는 책 문유석 작가의 '최소한의 선의'가 생각난다. 그가 이 책을 통해서 열심히 영업(?) 하고 있는 헌법의 바탕에 깔린 휴머니즘은 바로 이런 것이다. 어떤 매뉴얼이나 절차보다 인간을 존중하는 정신, 딱한 처지에 놓인 남을 불쌍히 여길 줄 아는 마음이 헌법적 가치라는 것이다. 승아 언니의 삶이야말로 살아있는 헌법 정신이고, 책 속에 박제된 글자가 아니라 실제 하는 언어와 사랑이었다.

2022년 7월 6일, JTBC 뉴스에 영등포 쪽방촌에서 밥 봉사를 하는 승아 언니가 나왔다. 깜짝 놀랐다. 승아 언니를 만나서 그 이야기를 듣게 될 다섯 번째 식사 시간이 기다려진다.

일상이 만드는 마법의 시간

양윤희

"엄마~ 엄마~ 이리 와봐."

아이가 부르는 곳으로 갔다.

"엄마 내 옆에 누워. 나랑 누워 있자."

일곱 살 둘째 옆에 자리를 잡고 누웠다.

"으음~~~ 엄마 냄새 좋~~~다"

아이는 하루에도 몇 번씩 엄마 냄새를 맡는다. 집안을 걸어 다니면서도 엄마 곁을 지날 때면 잠시 멈춰 서서 냄새를 맡곤 한다.

퇴근 후 저녁에는 주로 아이들과 함께 시간을 보낸다. 아이들에게 특별히 해주는 것은 없다. 그냥 같은 공간에서 우리가 함께하는 시간에 의미를 둔다. 열두 살이 된 예원이는 과제를 하다가 와서는 한번 안아 달라고 한다. 아이를 꼬옥 안아준다. 그럼 충전되었다며 다시 자기 책상에 가서 앉는다. 일곱 살 주원이는 장난감을 가지고 혼자서도 잘 논다. 그러다 달려와서 말한다.

"엄마, 나랑 놀자. 나랑 안 놀아줬으니까 지금 놀아줘."

아이가 가지고 온 보드게임을 한다. 예전에는 집안일을 먼저 끝내려고 했지만, 지금은 아이가 원할 때 아이가 하자고 하는 것을 같이 한다. 언젠가 선배 언니랑 통화한 적이 있다. 요즘은 퇴근 후에 집에서 아이들 보면서 정신없이 산다고 근황을 전했다. 아이들이랑 같이 있기는 하지만 잘해주지 못한다 했더니, 선배는 아이들 옆에 있어 주는 게 최고지, 뭐가 더 필요하냐 했다. 워킹맘으로 분주히 살면서 아이들에게 많은 신경을 쓰지 못해 푸념하는 나에게 선배가 해준 말은 힘이 되었다.

'옆에 있는 게 최고지, 아이들한테는 엄마가 곁에 있어 주는 게 제일 좋은 거야!'

지난 나의 어린 시절을 돌아본다. 부모님은 함께 식당을 운영하셨고, 나는 주로 할머니와 지냈다. 부모님은 사랑과 관심을 주셨지만, 나의 기억 속에 부모님과 함께했던 장면은 많지 않다. 그 시절 부모님들은 가족 부양이 가장 큰 일이었고, 우리 부모님도 그랬다.

나는 우리 아이들이 어린 시절을 추억할 때, 그 속에 내가 있기를 바란다. 책 읽고, 보드 게임하고, 놀고, 뒹굴 되는 그 모든 일상을 추억할 때 엄마가 함께 있기를 말이다. 그래서 나는 저녁 시간 온종일 아이들 곁에 머문다. 아이들도 엄마와 함께 집을 누린다. 한 가지 바람이 있다면 그 장면에 아빠가 자주 등장하는 것이다.

> 자녀와 평생 친구처럼 가깝게 지내도록 해주는 가장 확실한 방법은 오직 시간이라고.
>
> – 《내가 알고 있는 걸 당신도 알게 된다면》, 칼 필레머

아이들이 커갈수록 아버지와의 관계가 서먹한 이유 중 하나는 함께 한 시간이 적기 때문이다. 우리 세대는 아버지와 함께 한 시간이 적었다. 자녀가 나이 들수록 아버지와의 관계는 서먹해졌다. 요즘도 별반 다르지 않다. 아이들이 아빠를 부를 때가 언제냐는 물음에 "아빠~ 엄마 어디 있어?"라고 하는 웃지 못

할 이야기가 있다. 가족 부양만 하면 되는 세상이 아니다. 아빠들도 시간을 들여야 한다. 시간을 내어 가족들과 함께한 시간, 추억을 많이 만들어야 한다.

밤늦게 퇴근하는 남편에게 30분이라도 일찍 와서 아이들과 같이 시간 보내기를 권한다. 우리 집 아이들은 잠을 늦게 잔다. 아빠를 보고 자겠다고 말이다. 아빠가 밤 10시에 와도 밤 11시에 와도 아빠를 기다린다. 아빠가 들어와 쉬려고 하면 일곱 살 주원이는 기다렸다는 듯이 이렇게 말한다.

"아빠, 우리 대화 좀 나누자."

주로 만화, 공룡, 장난감 이야기다. 아빠랑 침대에 누워서 조잘조잘 이야기한다. 열두 살 예원이는 아빠에게 마실 차를 갖다 드리며, 오늘 있었던 일을 이야기한다. 짧은 시간이지만 일상을 나누는 것에 의미가 있다. 무엇이 되었든, 아이가 부모와 나누고 싶은 이야기가 있고, 부모와 대화하는 것이 즐거우면 됐다. 특별한 날, 특별한 행사가 아니라도 일상을 공유한 시간이 아이가 살아갈 힘의 근원이 되지 않을까? 오래도록 아이들과 좋은 관계를 유지할 수 있는 비법은, 아이들과 함께하는 시간이다.

학군에서 선행학습도 안 하고 대단하다는 소리를 종종 들는다. 그 불안을 어찌 감당하느냐고 말이다. 가끔은 나의 무모함을 의심하기도 한다. '남들이 다 달리는 데 가만히 있으면 뒤처지는 것 아니야?' 그러나 이내 마음의 소리가 들린다. '아이랑 부대끼며 함께 있는 시간이 얼마나 될 것 같아? 지금의 시간을 감사히 누려.'

예원이 공부를 봐주고 있는 저녁 시간이다. 주원이가 다가와 말한다.

"엄마~ 누나랑 공부하는 데 방해해서 미안한데 나, 똥 마려!"

진지하게 다가와 방해해서 미안하다며 한 말이 '똥 마려!' 엄마랑 누나를 웃게 한 이 말은 일기장에 기록해 둔다. 훗날 어린 시절을 추억할 아이에게 들려줄 이야기다.

아이들이 사진첩과 육아 다이어리를 같이 보자고 가져오곤 한다. 아기 때 사진을 보며 함께 했던 일들을 이야기하다 보면 그 어떤 책보다 풍성한 대화가 오간다. 아이들이 아기였던 때가 그립다. 아이들도 오늘이 가장 어릴 때다. 지금 모습을 더 많이 눈에 넣어 둬야지. 오늘도 아이들 곁에서 소소한 행복을 만들어 간다.

나는 내가 하는 일을 사랑한다

한기수

> "지금 하는 일을 사랑하시는군요. 사람들과 이야기를
> 나누고, 질문을 하고, 그들에 대한 모든 것을 파악하고,
> 도움을 줄 수 있는 방법을 찾아내고, 봉사하고, 필요한
> 것을 채워주고, 자원을 공유하고……."
>
> – 밥 버그, 존 데이비드 만, 《기버 1》

어린 시절부터 어울려 노는 것을 좋아했다. 학교 마치면 집에 가방을 던져놓고 밖으로 나갔다. 집 앞 골목에 차가 전혀 없던 시절이라 골목이 모두 놀이터다. 축구, 야구, 구슬치기, 딱지

치기, 비석 치기, 오징어 달구지(오징어 게임을 고향에서는 이렇게 불렀다), 무궁화 꽃이 피었습니다, 진돌, 숨바꼭질, 총싸움, 칼싸움, 땅따먹기, 진흙 공놀이 등 종일 놀아도 놀거리는 풍부했다. 혼자 책 읽는 시간도 좋았지만, 동네 친구들과 어울려 노는 시간도 즐거웠다. 해가 지면 집에서 친구들을 부르는 소리가 들리기 시작한다. "기수야! 저녁 먹어야지!", "성민아! 저녁 시간이야!" 각 집에서 아이들을 부르는 소리가 동네 가득하다. 초등학교 5학년 때는 쌀집 배달 자전거로 자전거를 배웠다. 방과 후 동네 자전거 부대를 만들었다. 자전거 시합을 하면 1등을 놓치지 않았다. 바퀴가 크니 속도가 빨랐다. 발도 바닥에 닿지 않는데 어떻게 그렇게 타고 다녔을까? 6학년 때는 롤러스케이트에 재미를 붙여 수업이 끝나면 친구들과 함께 롤러스케이트장을 다녔다. 매일 팝송을 듣다 보니 자연스럽게 팝송을 흥얼거렸다. 반 친구들이 "팝송 좀 그만 불러."라고 할 정도였다. 지금 돌아보면 내가 부른 팝송은 엉터리다. 영어를 모르면서 그냥 들리는 대로 따라 불렀던 혼자 흥에 겨웠던 팝송. 지금도 가끔 카페에서 그 노래들을 들을 수 있다. 몸은 그때를 기억하는지 여전히 엉터리 발음으로 따라 부른다.

청소년 시절 여름에 한 번씩 집이 비는 시기가 있었다. 부모님께서 교회 수련회에 가시면 3일 정도 집이 빈다. 이때 친구들이 우리 집에 모였다. 할 수 있는 요리들을 모두 동원해 먹거리를 나누고 함께 즐거운 시간을 보냈다. 초등학교 저학년 시절 이것저것 챙겨 먹어야 할 때가 종종 있었다. 그때 만들어 먹는 것의 재미를 느꼈다. 음식을 만들어 친구들과 함께 먹는 것은 청소년 시절 또 다른 즐거움이었다.

청년이 되었다. 서울 생활을 시작했다. 청년 여러 명이 모여 공동체 생활을 할 때도, 독립해서 혼자 생활할 때도 사람들을 초대해 음식을 나누는 것은 즐거움이었다. 청년 시절부터 전도사 시절까지 주메뉴는 고기와 부대찌개, 또는 고기와 된장찌개였다. 고기 잘 굽는 사람 섭외 1순위는 이 시절의 경험 덕분이다.

시간이 흘러 2022년 6월. 내가 하는 일은 사람과 관련된 일이다. 《기버 1》의 문장처럼 나는 지금 내가 하는 일을 사랑한다. 사람들과 이야기를 나누고, 질문하고, 함께 고민하고, 해답을 찾아가는 과정을 좋아한다. 그 사람의 강점을 발견하고 사용하게 만드는 것을 좋아한다. 배워서 나누는 것을 좋아한다. 필요한 부분을 채워주는 것을 좋아한다. 내가 가진 자원과 재능을 나눔으로 그들이 성장하는 것이 행복하다.

코칭의 핵심 철학은 3가지다. 모든 사람에게는 무한한 가능성이 있다. 그 사람에게 필요한 해답은 그 사람 내면에 있다. 해답을 더 빨리 찾기 위해 파트너가 필요하다. 코치의 역할은 파트너의 역할이다. 우연히 접하고 시작한 라이프 코치의 길. 코칭이 가진 매력에 빠지고 많은 사람을 코칭했다. 초등학생부터 어르신까지 다양한 사람을 코칭으로 만났다. 10년 차가 넘어가면서 나만의 코칭 철학이 생겼다. 코칭은 존중이다. 초등학교 3학년도 내가 어떤 마음과 태도로 자신을 만나러 왔는지 알아챘다. 센터에서는 쉽지 않을 거라 했지만 존중하는 마음이 전달되었을 때 예상보다 빨리 마음을 열었다. 지금도 누군가를 만나기 전에 마음을 새롭게 한다. '무엇이든 말해보세요. 집중해서 다 들어줄게요. 있는 그대로 인정할게요. 당신의 자원을 발견할게요.'

중고등학교 수업이나 대학 강의를 할 때는 '이 학생 중에 이 시간을 통해 변화를 시작하는 사람이 분명히 있을 거야. 그 한 사람을 위해 최선을 다하자.' 마음을 다진다.

진행하는 워크숍 중 '나를 찾아 떠나는 여행'이라는 프로그램이 있다. 진단 도구가 아닌 지금까지 살아온 내 삶을 돌아보며 의식과 무의식 중에 있는 소중한 가치를 찾아낸다. 워크숍 중 서로에게 발견한 단어를 말해주는 시간이 있다. 어느 날은 참가자 중 절반 이상이 나에게 '치유자'라는 단어를 선물했다. 워크숍을 통해 치유됨을 느꼈다며 "한기수 코치님에게는 치유자란 단어가 어울려요." 하며 선물해주셨다. '상처 입은 치유자'란 표현이 있다. 아픈 시간을 잘 견뎌내고 단단해짐과 동시에 다른 사람을 품고 도울 수 있는 사람이 상처 입은 치유자일 것이다.

코치로 일하면서 가장 보람을 느낄 때는 코칭을 통해 조금씩 변화하는 모습을 보는 것이다. 작은 변화와 실천이 관계를 회복하고 가정을 회복하는 모습을 볼 때 행복하다. 중랑구 학부모 동아리를 12주간 그룹 코칭했었다. 참여자는 지역 주민이면서 청소년 자녀가 있는 주부들이다.

그중 한 분의 고백이 기억에 남았다. 그룹 코칭을 시작하고 5주가 지날 때 한 분이 가방에서 손 편지를 꺼내며 얼굴 가득 뿌듯한 미소를 지으며 말했다. "저 자랑할 일이 생겼어요." 오디션 프로그램에 나가고 싶어 엄마를 계속 조르는 중학생 딸이 있는데, 지난주에도 "오디션~오디션" 노래를 불렀나 보다. 평소라면 "쓸데없는 소리 하지 마."라고 했을 텐데, 그동안 공부한 코칭을 생각하며 "그래, 그렇게 나가고 싶으면 다녀와." 하며 용돈까지 챙겨주셨다. 아이는 신나서 친구들과 함께 오디션에 참가했다. 결과는 1차 탈락. 하지만 딸은 즐거워하며 엄마에게 손 편지를 썼다. 친구들과 오디션 프로그램 참가해보는 자체가 딸에게는 기쁨이었다. 딸에게 처음 손 편지를 받았다고 고백하며 눈물을 글썽이며 행복해하던 그 모습을 잊을 수 없다. 그런 순간들이 지금 하는 일을 멈출 수 없게 만든다.

내가 가진 것으로 누군가를 돕고, 작은 일에 헌신하고, 사람을 세워주는 것은 행복한 일이다. 마음을 뿌듯하게 만든다. 나를 통해 누군가 일어날 힘을 얻고, 관계 회복을 시작하는 것을 함께 경험하는 일은 신나고 놀라운 일이다. 나는 내가 하는 일을 사랑한다.

나는 웃는 얼굴이 제일 예쁘다

김지혜

많이 웃는 자는 행복하다. 그리고 많이 우는 자는
불행하다.

– 《쇼펜하우어 인생론》

타지에 발령받아 숙소를 배정받고 이사하는 날이었다. 계약
된 원룸의 비밀번호를 받아 방문을 열었다. 장마철 동안 아무
도 살지 않는지 보일러실 옆에 곰팡이가 피어있고 쾌쾌한 냄
새가 났다. 면적은 네 평 정도로 보였다. 여러 번의 숙소 생활
로 많아진 짐들을 뒤로하고 방을 둘러보는데 앞이 막막해졌다.

한숨을 내쉬었다. '하− 좁네. 냄새나……. 거기다 외지고 깜깜하고, 보안문도 없는 빌라 1층이라니, 여기 내가 살 수 있는 곳 맞나' 하는 생각이 들었다. 실망했다. '지금 짐을 풀면 앞으로 1년 이상 못 옮길 것 같은데 어떡하지…….' 관리 부장님께 전화를 걸었다. "부장님 원룸 여기밖에 없을까요?" 조심스럽게 여쭈었다. "어~ 거기 마음에 안 들어? 원룸이 별로 없어 여기. 그 정도면 괜찮은 거야. 오늘 일요일이라 부동산도 안 하고" 부장님이 답했다. 전화를 끊고도 이러지도 저러지도 못하고 가만히 서 있었다. 이사를 위해 도움 주러 온 부모님과 용달차 기사님도 덩달아 바깥에 서서 내가 답을 주기만을 기다렸다. 오도 가도 못하는 상황에 나는 울고 싶어졌다.

전화가 울렸다. 관리 부장님이었다. "그 옆에 대가라고 있는데 201호 한번 가봐" "거기는 어때? 괜찮으면 일단 거기에 짐 풀어~" 굳은 표정은 좋아지지 않았지만 우선 이삿짐을 옮기기 시작했다. 내일이 월요일이라 오늘 중으로 부모님이 본가로 돌아가야 했기 때문이다. 하지만 짐을 풀고 싶은 의욕은 생기지 않았다. 나와 달리 부모님은 차분히 짐을 정리하기 시작했다. "여기는 아까보다 훨씬 괜찮네. 곰팡이도 없고 방도 좀 더 넓고. 닦으면 더 좋아지겠는데? 괜찮은 것 같아. 당장 필요한 것들은 다 정리해놔야지. 우리 가면 너 혼자 안 할 거잖아" 어머니께서 말씀하셨다. "아 몰라~ 나 여기 싫어" 나는 떼만 썼다.

옷 정리를 위해 아버지와 행거를 사러 나갔다. "옷장이 없는 줄 알았으면 기존에 쓰던 거 안 버렸을 텐데, 돈만 더 들고 이게 뭐야" 불평이 입 밖으로 나왔다. 행거를 사고 장을 보고 돌아오는데 함께 사 온 계란 한 알이 바닥에 떨어져 톡 깨졌다. 그때 내 인내심에도 금이 갔다. "아휴 되는 일이 없어, 진짜 짜증 나" 오늘 하루 왜 이렇게 안 풀리는 걸까 자책했다.

그때 아버지께서 말씀하셨다.

"지혜야. 인생에는 내가 예상하지 못한 일들이 많이 튀어나온단다. 아빠도 그런 적이 많았어. 그럴 때마다 부정적으로 생각하면 계속 힘들기만 한데, 긍정적으로 마음을 바꾸고 이걸 어떻게 풀어갈지 생각하면 이 상황도 기분 나쁘게만 느껴지진 않아. 모든 것들이 좋게 풀릴 거라고 생각해도 중간중간 돌발 상황들이 발생한단다. 그 안에서 마음을 다잡고 스스로 헤쳐 나가야 하지. 그게 또 인생의 재미란다." 아버지는 웃어 보이셨다. "저녁은 맛있는 거 먹자!"

속상한 마음에 종일 투정만 부렸는데 아버지의 말씀에 하루를 다시 돌아보게 되었다. 생각해보니 이사를 도와주는 부모님, 쉬는 날에도 더 나은 숙소를 얻어준 관리부장님, 공기도 맑고 조용한 것 같은 주변 환경, 짐을 보관할 수 있는 베란다, 빛이 잘 들어오는 나의 집. 좋은 점이 꽤 많았다. 긍정적으로 바라보게 되자 불평이 쏙 들어가고 오히려 운이 좋다고 생각하게 되었다. 그제야 얼굴에 미소가 지어지고 웃음이 나왔다.

참 이상했다. 똑같은 상황이 완전히 다르게 보이기 시작한 것이다. 떼를 쓰며 마치 다시 돌아갈 것처럼 행동했던 내가 활짝 웃어 보이기까지. 울 것 같은 표정에서 웃는 표정으로 바뀔 수 있었던 이유는 무엇일까? 나를 웃고 울게 만들었던 것이 과연 상황이었을까. 되돌아보면 상황이 개선되었을 때도 굳은 표정은 나아지지 않았다. 기분이 안 좋았다. 첫 번째 숙소를 보았을 때 실망이 커서 두 번째 숙소도 부정적으로 생각하고 안 좋은 점에만 집중했다. 이삿짐을 푸는 동안에도 줄곧 마음이 풀리지 않았다. 그런데 관점이 바뀌자 같은 상황에서 좋은 점을 발견하게 되었다. 관점의 변화는 좋은 생각을 만들었고 좋은 기분으로 이어졌다. 이제는 별일 없었다는 듯 웃음이 나왔다. 헤―

그 뒤로 부모님과 맛있게 저녁을 먹고 좋은 시간을 보냈다.

행복한 시간이었다. 이후 그 숙소는 22개월 동안 나의 보금자리가 되어 주었다. 좋은 공간으로 기억하고 있다.

나는 이 경험을 떠올리며 행복에 대해 생각하곤 한다. 행복이란 무엇일까. 행복은 객관적인 것일까 주관적인 것일까. 살면서 참 힘든 일들이 많다. 웃지 못할 상황들에 직면한다. 그럴 때마다 나는 어디에 초점을 맞추고 있는가. 다시금 자각하게 된다. 나의 감정을 결정하는 것은 결코 상황이 아니다. 부정적이고 화가 나고 짜증이 나고 우울하다면 나의 행복을 막는 것은 내가 그런 것들에 집중하기로 결심했기 때문이다. 부정적인 생각이 스스로를 감정에 가두고 표정을 굳게 만든다.

반대로 좋은 점을 찾아 그것에 집중할 수 있다면, 좋은 감정들이 흘러 표현을 하게 된다. 좋은 기분이 흘러넘치면 얼굴에 웃음꽃이 핀다. 나는 행복이란 웃는 날의 연속이라고 생각한다. 중요한 것은 어떠한 상황에 직면한 것보다 그 상황을 어떻게 바라보느냐이다.

내 주변에는 쾌활하게 웃고 잘 감탄하는 사람들이 있다. 같은 음식을 먹는데 저 접시에는 꿀을 발랐는지 어찌나 맛있다고 감탄하는지 '그렇게 맛있나?' 하고 궁금해지고, 같은 여행지를 가도 뭐가 그렇게 재미있는지 '좋다'고 남발하니 자꾸 쳐다보게 만든다. 바로 우리 어머니 아버지이다. 비가 오면 "어머 우리 추억 만들어 준다."며 깔깔깔 웃으시는 우리 어머니와 지금이 제일 행복하다며 함께 있는 것이 행운이라는 '웃는 상' 우리 아버지. 좋은 점을 잘 찾아내서 웃음이 나는 건지 아니면 웃으니까 좋은 일이 더 생기는 건지 인과관계는 모르겠으나 이건 확실하다.

그저 웃는다. 그래서 언제나 웃을 수 있는 원인이 있다. 그 원인은 바로 웃는다는 사실이다.

나는 우리 어머니 아버지를 닮았다. 잘 웃는다. 잘 행복하다. 그리고 나는 웃을 때가 제일 예쁘다. 웃는 얼굴은 주변을 밝히는 긍정 에너지를 가지고 있다. 생글생글. 어떤 상황에서도 웃기 위해 노력한다. 웃을 이유를 찾는다. 찾는 만큼 행복해지고 표현하는 만큼 행복이 커진다는 것을 알기 때문이다. 행복이 내 안에 가득하다.

오늘도 나는 웃는 얼굴이 제일 예쁘다.

지금이 그런 순간

정유나

우리가 이 세상을 또 다른 눈으로 바라보며,
보잘것없어 보이는 작은 것에 관심을 기울이면 일상
속에서도 특별함을 찾을 수 있다는 것을 알게 됩니다.

– 안셀름 그륀 《기쁨, 영혼의 빛》

"순간순간 이 삶에 감사할 때가 있는데, 지금이 딱 그런 순
간이에요."

남편에게 말했다. 주말을 끼고 3박 4일 가족 휴가 다녀오던
차 안이었다. 오랜만에 친정 부모님을 뵙고 친하게 지내던 이웃

들을 만났다. 그리고 글램핑으로 자연에서 쉬다가 돌아오던 참이다. 부모님이 챙겨 주신 먹거리 가득 담아 집으로 돌아가는 길, 차에서는 올드팝 Yesterday가 흘러나왔다. 창밖으로 보이는 겹겹의 푸른 산에 시선을 멈추고 있자니 행복이 밀려와서 입을 열었다.

"맞아. 나도 그럴 때가 있어." 맞장구로 기분 좋은 마음 더해 주는 남편이다. 행복한 까닭을 말하고 싶지만 어떤 이유를 대야 할지 몰랐다. 피식피식 웃음이 나서 잠깐 눈 좀 붙이려던 생각을 접었다. 잠들기도 아까웠다. 순간을 오래도록 간직하고 싶은 거랄까. 누가 보면 엄청나게 좋은 일이라도 생긴 줄 알겠다.

덕유산 휴게소에 들렀다. 5개월 전 평택으로 이사할 때 들렀던 유일한 휴게소다. 차 안에서 유부초밥 먹으며 눈물도 함께 삼켰던 기억이 났다. 그날은 겨울비가 내렸는데, 지금은 여름이 온 것처럼 쨍쨍하다.

"아홉 시나 되어야 도착할 것 같네요."

이삿짐센터 팀장 전화였다. 보통 장거리 이사는 새벽부터 움직인다. 일찍 시작해도 온종일 걸릴 텐데 아홉 시라니. 시작도 하기 전에 조급한 마음이 들었다. 긴 하루가 예상됐다.

결혼 9년 차 지금까지 여덟 번 이사 모두 5톤 트럭으로 했다. 일 년 사이 늘어난 짐은 에어컨에 작은 침대 하나라고 얘기해 둔 상황이었다. 당장 이사 당일인데 한대로는 불안하다는 팀장의 말에 잘 부탁드린다는 말밖에 할 수 없었다. 점심값을 더 챙겨드렸다. 짐이 빠지고 관리비 정산이 이루어지는 차에 부대 밖에서 꽤 오래전부터 기다리고 계시던 부모님을 만났다. 딸네 배웅 나온 부모님이다. 결혼 팔 년 만에 부모님 곁에서 지내게 되었는데 다시 일 년 만에 떠난다. 코로나로 마음 편히 만나지 못한 지난 일 년이 스친다. 마지막까지 손녀 사진 한 장이라도 더 남기려 연신 사진을 찍으신다. 짐이 많다고 아무것도 주지 마시라 미리 얘기했지만 소용없다. 얼마 되지 않는다며 직접 짠 참기름이며 떡이며 꾹꾹 담아주신다. 전화벨이 울렸다. "도저히 안 되겠습니다."

에어컨 실외기, 딸 침대 그리고 5단 책장 하나가 길바닥에서 갈 곳 잃은 채 서 있었다. 도저히 안 되겠단 말에 일 톤 트럭을 더 부를 수밖에 없었다. 한 시간은 더 지나고서야 남은 짐을 싣기 시작하는데 빠지직하고 책장 밑부분이 떨어졌다. 책장을 옮겨 싣던 사다리차 기사도 놀란 눈치다. 그 자리에서 이삿짐센터 팀장은 임시방편으로 작은 실못을 박아 책장 밑바닥을 고정했다. 한 시가 훌쩍 지났다. 비도 한두 방울 떨어지기 시작한다. 더는 지체할 수 없었다. 이제껏 기다리던 이웃들과 마지막 인사하고 사진도 남겼다. 이제 정말 출발이다. 차에 타서 손을 흔들고 차가 슬슬 움직이기 시작하자 눈이 따가워진다. 왈칵 눈물이 흐르기 시작했다. 빨리 커브 길을 돌아서 다행이라 생각했다. 그동안 여덟 번 이사하면서 눈물까지 흘린 건 처음이었다.

"다리아, 이거 가다가 먹어." 이사가 진행될 동안 주희 봐주던 이웃 언니가 건넨 도시락 가방에는 마음 담은 편지까지 놓여있었다. 간신히 그친 눈물이 다시 밀려왔다. 덕유산 휴게소에 들렀다. 비가 많이 내리고 있었다. 코로나 확산세가 심각했기에 휴게소에서 음식 먹을 생각은 진작부터 접고 차 안에서 이웃 언니의 유부초밥과 엄마표 생강 꿀차와 떡을 먹으며 잠시 한숨 돌렸다. 비가 제법 내리는 일월 덕유산 휴게소였다.

앞으로 또 얼마간 살게 될 보금자리에 도착했다. 군부대였기에 들어가는 절차가 꽤 까다로웠다. 이미 날은 어두워졌다. 짐을 내리려 하는 찰나, 아뿔싸! 201동 같은 라인에서는 이미 다른 사다리차가 오르고 있었다. 관리사무소에 이사 일정을 미리 알려야 통로를 확보하는데 그걸 빼먹었다니. 같은 라인에서 이사 시간이 중복된 것이다. 관리소에 미리 이야기해야 한다고 남편에게 부탁해 둔 상황이었다. 탓도 하고 싶었지만 입을 닫았다. 아침부터 함께 정신없었던 동지, 게다가 장거리 운전으로 더 피곤할 그였다. 다행히 거실이 아닌 반대편 방으로 사다리를 올릴 수 있었다. 한숨 돌리려는데 이번에는 뒤따라오던 일 톤 차량이 아직 도착하지 못했다고 연락이 왔다. 여섯 시까지는 와야 부대 안으로 들어올 수 있다. 그렇지 않으면 다음 날로 이사가 미뤄질 수 있는 상황이다. 이분들은 내일 또 다른 이사로 올 수 없는데 어떻게 해야 할지 막막했다. 마음 졸이면서도 당장 할 수 있는 눈앞의 일을 하고 있을 수밖엔 없었다. 남편은 이리저리 연락을 취하며 분주하다. 들어올 시간이 지났지만 도착하지 않는 트럭에 상심하던 그때, 급히 아파트 단지로 들어서는 파란색 일 톤 트럭이 보였다. 남편 동료의 노력으로 아슬아슬 겨우 들어올 수 있었다고 했다. '감사합니다.' 하늘이 도왔다.

깜깜하다. 짐이 빨리 정리될 수 있도록 팔을 걷어붙였다. '똑똑' 그때 누군가 현관문을 두드렸다. "옆집이에요. 저녁 못 먹었지요?" 아주머니는 밝은 미소로 햄버거와 콜라 등을 인부들 몫까지 전해주고 가셨다. 그러고 보니 저녁도 못 먹고 있었다. 아홉 시면 외부인들은 부대에서 나가야 하기에 모두 마음이 급했다. 처음 보는 이웃이었는데 마치 도움 주려고 기다린 듯 따뜻했다.

벌써 아홉 시다. 이삿짐센터 직원들은 부랴부랴 나갈 수밖에 없었다. 고생 많으셨다 인사하고 집으로 들어오는데 눈앞이 캄캄했다. 갈 곳 잃은 짐들과 베란다에 빽빽하게 쌓인 짐. 포장이사란 이름이 무색할 만큼 어질러진 집안과 마주했다. 어쩔 수 없었다. 하나씩 천천히 정리하는 수밖에. 이제 이사라면 전문가 못지않다고 생각했는데 돌발 상황들과 마주하며 한 단계 더 나아간 기분이다. 딸도 온종일 피곤할 터, 짐은 천천히 정리하기로 하고 씻고 이부자리를 준비했다. 그렇게 첫날 평택에서의 밤을 맞이했다. 피곤한데도 잠이 오지 않았다.

"오늘 정말 일이 안 풀리는 날이었어."

평소 긍정적이던 남편 입에서 이런 말이 나올 정도면 그는 오늘이 최악이라 생각했을 터다.

"그래요? 나는 오늘 너무 감사해서 잊지 못할 날이었어요."

정말 그랬다. 잊지 않고 꼭 기억하고 싶은 날이었다. 물론 평소보다 어려웠다. 새벽부터 일어나 준비했는데 이사도 늦어지고 생각지도 못한 트럭이 추가되어 비용도 더 들었다. 출발이 늦어지니 우리를 기다리던 부모님과 이웃에게는 얼마나 미안했는지. 이사 중에는 책장도 파손되고 비도 꽤 많이 내렸다. 도착해서는 다른 사다리차와 위치도 겹쳤고 일 톤 트럭이 늦어져서 또 얼마나 전전긍긍했는지. 마음 졸이는 하루였다. 그래도 새벽부터 주희 봐주고 도시락에 편지까지 담아준 이웃 언니, 유치원까지 빠지면서 기다려 준 예원이네, 이것저것 챙겨서 부대까지 와 주신 부모님, 휴가 내고 배웅해 준 남편 동기, 그리고 늦은 저녁 먹을 것 잔뜩 챙겨 준 옆집 아주머니. 모두 감사했다. 책장 파손될 때나 트럭을 더 불러야 할 때 같이 걱정해 주는 이웃이 있어 든든하기까지 했다. 그렇게 많이 내리던 비는 도착할 즈음 딱 그쳤고, 하마터면 들어오지 못할 뻔했던 일 톤 트럭도 동료가 애써준 덕에 무사히 들어왔다. 사다리차 위치가 중복되는 아찔한 상황에서도 다른 곳으로 짐을 옮길 수 있었던 건 천만다행이었다. 이런 날이 또 있을까 싶었다. 우리가 놓쳐서 고생했던 것들에 대해서는 다음에 더 철저하게 챙기라는 신호이자 배움의 기회였다. 누군가는 최악이라 생각할 수 있는 날, 돌이켜보니 선물 같은 하루였다.

카톡~! '딸이 건강하게 학교에 가서 감사합니다.' 스피치 수업 강사님의 감사 메시지였다. 가방 메고 학교 앞에서 손 흔드는 딸 사진과 함께였다. 딸이 며칠 전 갑자기 쓰러져서 마음 졸였던 선생님은 딸이 건강하게 학교에 가는 것만으로 감사하다 말했다. 매일 아침 당연하게 일어나는 일이지만 이 또한 누군가에게는 당연한 것이 아닐 수 있다는 것을 생각하니 뭉클했다. 아침에 손 흔들고 학교 안으로 뛰어간 딸이 생각났다. 매 순간

기적을 살고 있다. 감사하지 않을 순간, 행복하지 못할 순간이 없다. 또 다른 눈으로 바라보면, 지금이 그런 순간이다.

읽고 쓰는 삶을 위하여 ──

정인구

"인생을 문틈으로 흰말이 빨리 지나가는 것을 보는 것"에 비유한다. 지난 세월, 술로 낭비하며 보냈다. 나란 존재는 없었고, 남의 시신을 의식하며 말과 행동을 제한하며 살았다. 행복한 삶이 아니었다.

이제 환갑의 나이다. 지난 세월 되돌릴 수만 있다면 억만금을 지불하고 사고 싶은 심정이다. 과거는 되돌릴 수 없다. 초 단위로 변하는 미래 또한 예측할 수 없다. 오늘이 쌓여 미래가 된다. 한 번뿐인 인생이다. 남은 삶. 하루하루 최고로 행복한 삶을 살려고 노력한다. 독자 여러분도 그랬으면 좋겠다.

구은주

　글을 써야 하는 강제적인 시스템에 안착시키니 글을 쓰기 시작했다. 글을 써보니 얄팍한 어휘 수준과 문장력은 몇 줄 쓰고 나면 금세 바닥이 드러났다. 글을 쓸 때 왜 독서를 강조하는지 뼈저리게 느꼈다. 상처 없는 인생은 없다. 과거의 커다란 사건들을 떠올리며 그때의 나와 마주했다. 아픔과 상처가 글쓰기를 통해 치유되었다. 글을 쓰고 의미를 부여하니 평범한 일상이 멋진 옷을 입은 느낌이다. 나는 지금 내 일상에 채색옷을 입히는 중이다. 글쓰기를 통해 제법 괜찮은 사람으로 진화 중이다.

이시은

　　누군가의 진심 어린 한 마디가 힘이 되곤 합니다. 저에
게 책의 한 줄이 그랬습니다. 많은 일을 겪으며 새로운 감정에
부딪혔을 때 책은 답을 주었습니다. 좌절만 있었던 때는 용기
를 주었고, 길을 잃었을 때는 나침판이 되어주었습니다. 책에서
희망을 얻고, 위로받으며 단단하게 성장하고 있었습니다. 공저
를 집필하면서 '이제는 내가 힘을 주고 싶다'라는 생각이 들었습
니다. 이번에는 책 덕분에 새로운 꿈도 꿉니다. 마음을 담아 쓴
나의 글로 누군가를 위로하는 꿈을요.

이은설

　　서울 온 지 5년이 되어간다. 많은 우여곡절을 겪으며, 여기까지 묵묵히 견뎌 온 나의 등을 두드려 주고 싶다. 부족한 모습이지만 내 인생에서 가장 행복한 시간을 보낸 것 같다. 돌아보면 주변에 신세를 많이 졌다. 그동안 물심양면으로 도와준 모든 분께 감사드린다. 가만히 생각하면 준 것보다 도움만 받고 살아온 것 같다. 이제는 내가 가진 것을 나누며 살고 싶다. 나 자신에게, 주위 고마운 분들께, 세상에 진 빚을 갚으며 사는 그 날을 그려본다.

김소진

　　글을 읽고 글을 쓰는 삶에서 나를 찾아갑니다. 내가 가지고 있지 않은 것에 힘들어하기보다는 내가 가지고 있는 것에 집중하기로 했습니다. 우물에서 사는 개구리는 넓은 바다를 바라지만, 바다로 간 개구리는 행복할까요? 좁은 우물의 크기 문제가 아니라 어떻게 사는가가 중요합니다. 자신의 의무를 다하고 좋아하는 것, 잘하는 것을 찾아내는 즐거움이 행복이겠지요. 나에게 주어진 환경 속에서 행복한 우물 안 개구리로 나를 사랑하며 글을 읽고 글을 쓰고 싶습니다.

　　(유퀴즈온더블록) G사 수석 디자이너 김은주 – 썸 타는 개구리 중에서 일부 인용

오유경

　　지난 일이 유리병에 담겨 나의 '기억의 바다' 밑바닥에 가라앉아 있었다. 상처라는 이름표를 붙여 둔 그 병은 희뿌연 바다 먼지에 가려져 형체도 제대로 알아볼 수 없었다. 글을 쓰기 전, 내 마음의 밑바닥을 헤집었더니 그 유리병이 가장 먼저 손에 덜컥 걸렸다. 용기 내 건져 올려 쨍쨍한 햇볕 아래 비춰보았다. 자세히 들여다보니, 그것은 알 수 없는 슬픔이 아니라 지금의 나를 있게 해 준 선명한 에너지요, 디딤돌이었다. 나약하게 살던 세상에서 벗어나, 가치 있는 것을 당당하게 선택하며 사는 곳으로 잘 건너왔다. 지금. 나는 행복하다.

양윤희

마흔 중반이 되어 지난날을 돌아보면, '인생사 새옹지마'
라는 말에 고개가 끄덕여진다. 좋은 일이든 나쁜 일이든 그것
을 대하는 태도에 따라 결과가 달라지기도 하니 말이다. 힘들
고 어려운 일이 있으면 나는 책을 찾았다. 해답을 찾기 위해서
라기보다 마음의 평정을 위해서였다. 좋은 문장은 필사했다. 쓰
다 보면 한발 물러선 마음을 만났다. 나보다 먼저 경험한 사람
들의 이야기가 삶의 지혜로 다가왔고 나도 이겨낼 힘을 얻었다.
이제는 나의 이야기가 누군가에게 힘이 되기를 바라며, 오늘도
한 문장을 쓴다.

한기수

　　다섯 가지 주제로 글을 쓰며 삶을 돌아봤습니다. 내가 사랑하는 일이 무엇인지 확인했습니다. 성공의 기쁨, 실패의 아픔, 모든 경험이 소중한 자원이 되는 것을 확인했습니다. 실패를 경험한 것은 도전했다는 증거입니다. 또 하나의 소중한 자원이 쌓인 것입니다. 마음속 불을 켜주는 친구들이 있어 감사합니다. 혼자서는 할 수 없지만 함께하는 사람들이 있어 오늘도 꿈을 꾸며 앞으로 나아갑니다. 사람이 희망입니다. 당신이 희망입니다.

김지혜

　우리 모두는 상처받고 살아간다. 삶을 배워간다는 것은 상처를 마주하는 과정이 아닐까. 나는 상처를 인정하고 이겨내고 깨닫기까지 많은 고민이 있었다. 그때마다 일, 책, 사람 그리고 나 자신에게 도움을 받았다. 모두 나의 최선이었다. 우리의 최선은 각각 다르다. 다만 상처받았을 때, 자신의 최선을 키우려는 자각이 증폭될 뿐이다. 의식과의 만남은 생각의 변화를 일으키고 행동의 변화로 이어진다. 과거를 떠나는 과정은 아프다. 하지만 새로운 나를 찾아가는 과정은 설렌다. 성장이 성공으로 연결되길 기대한다.

정유나

　　누군가 정성 들여 쓴 한 문장이 또 다른 누군가에게는
삶의 이유가 된다. 때로는 삶을 송두리째 바꿔놓기도 할 만큼
문장의 힘은 강력하다. 책 속의 문장 덕분에 감동하고 힘을 내
고 더 괜찮은 나로 살고 싶었던 지난 시절 나와 만나면서 그 힘
을 다시 느낄 수 있었다. 글은 과거를 추억하고 미래를 꿈꾸게
도 하지만, 문장 하나 품고 '지금'을 살아갈 때는 더 큰 용기가
솟는다. 나도 누군가에게 작은 힘이나마 보탤 수 있는 사람이
길 희망하며 우선 이 자리를 빌려 나의 희망인 남편과 딸 주희
에게 감사를 전한다.

상처 하나, 문장 하나

초판인쇄 2022년 9월 23일
초판발행 2022년 9월 28일

지은이 정인구 외 9명
발행인 조현수
펴낸곳 도서출판 프로방스
기획 조용재
마케팅 최관호, 최문섭
교열 · 교정 이승득

주소 경기도 고양시 일산동구 백석2동 1301-2
          넥스빌오피스텔 704호
전화 031-925-5366~7
팩스 031-925-5368
이메일 provence70@naver.com
등록번호 제2016-000126호
등록 2016년 06월 23일

정가 17,800원
ISBN 979-11-6480-250-0 (03810)